나 이대로 좋다

지은이 **맹난자**(孟蘭子)

서울에서 태어나 숙명여자중·고등학교를 졸업하고 이화여대 국문과와 동국대학교 불교철학과를 수료하였다. 1996년 『에세이문학』 여름호에 「찻물을 끓이며」로 등단하였으며 1969년부터 10년 동안 월간 『신행불교』 편집장과 지하철 게시판 『풍경소리』 편집위원장을 지냈으며 『에세이문학』 발행인 겸 주간과 한국수필문학진흥회 회장을 역임했다. 현대수필문학상, 남촌문학상, 정경문학상과 신곡문학상 대상, 조경희문학상 대상을 수상하였다.

저서로는 수필집 『빈 배에 가득한 달빛』 『사유의 뜰』 『라데팡스의 불빛』, 선집 『탱고 그 관능의 쓸쓸함에 대하여』 『만목의 가을』이 있으며, 역사 속으로 떠나는 죽음 기행 『남산이 북산을 보며 웃네』와 개정판 『삶을 원하거든 죽음을 기억하라』, 작가 묘지 기행 『인생은 아름다워라』 『그들 앞에 서면 내 영혼에 불이 켜진다』(I·II)와 『주역에게 길을 묻다』가 있다. 그 외 공저 『풍경소리』(I·II)와 『아름다운 마침표』, 일어판 『한국여류수필선』이 있고, 편저로는 『세계의 유명 작가 명수필』 『한국의 명수필 2』, 일어판 『한국현대수필선집』이 있다.

현재 한국수필문학진흥회 고문, 『에세이스트』 편집고문, 『풍경소리』 편집위원, 『젊은수필』 선정위원, 국제펜클럽한국본부 자문위원, 한국문인협회 회원.

나 이대로 좋다

2013년 10월 25일 초판 1쇄 인쇄
2013년 10월 29일 초판 1쇄 발행

지은이 | 맹난자
펴낸이 | 권오상
펴낸곳 | 연암서가

등 록 | 2007년 10월 8일(제396-2007-00107호)
주 소 | 경기도 고양시 일산서구 호수로 896번지 402-1101
전 화 | 031-907-3010
팩 스 | 031-912-3012
이메일 | yeonamseoga@naver.com
ISBN 978-89-94054-44-5 03810

값 15,000원

나
이대로 좋다

맹난자 수필집

연암서가

나머지는 자연에 맡긴다

여기까지 살자고 생각했다. 일흔둘.

홀로 되신 아버지와 시아버님께서 돌아가신 나이다.

언제인지는 확실치 않으나 이 숫자가 내 안에 들어와 있었다.

아내를 먼저 떠나보내고 병고에 시달리는 두 분의 만년을 지켜본 내게 그것은 쉽지 않은 문턱이었다.

이제 내가 그 나이가 되었다.

한 나무에서 봄, 가을을 일흔두 번이나 보았다.

충분히 살았다. 그리고 충분히 알았다.

대지(大地)가 나를 이만큼 키워 열매 맺게 했고 시들게 하는 것, 자연의 흐름이다.

가을도 깊었다. 언제 떠나게 되더라도 바쁘지 않도록 준비해 두고 싶었다.

흩어진 원고를 정리하고 최근의 심정도 적어 두었다. 나머지는 자연에 맡긴다.

벌거숭이로 와서 아무 능력도 없는 내가 남의 힘으로 이만큼 왔다.

부모님은 물론 지중한 스승님의 은혜를 되새기며 어쩌면 마지막이 될지도 모르는 이 책에 그분들의 이야기를 꼭 담고 싶었다.

역경(逆境)을 딛고 성인의 경지에 이른 작가들, 그리고 철학자들. 생전에 뵙지는 못했지만 내 몽매를 일깨워 준 개안(開眼)의 스승인 그분들에게도 감사드린다.

지금 세상은 온통 단풍으로 곱다.

그걸 보고 있는 또 하나의 단풍이 하늘을 올려다본다.

문학을 사랑하셨던 아버지께 이 책을 바친다.

2013. 10. 25.

觀如齋에서 孟蘭子

차례

여름꽃

봄은 어수선한 축제처럼 지나가고, 나는 지금 마딘 여름 속에 있다.

길고 긴 하루, 하루가 만년 같았던 오십 년 전, 우리 집 마당에는 여름꽃이 앞다투어 피었다.

키 큰 해바라기와 칸나는 북쪽 벽을 면해 있고 그 앞에 달리아며 백일홍, 장미, 맨드라미가 잇달아 피어났고 맨 앞줄엔 봉선화, 채송화, 분꽃이 앙증맞게 피었다.

지금도 눈을 감으면 여름꽃의 함성이 들릴 것만 같다.

책을 읽다가 복도로 나와 창문을 열면 아버지가 화단에서 흙일을 하고 계셨다. 모종삽을 들고 화단 앞에 쭈그리고 앉은 뒷모습, 수척한 어깨 위로 그분의 흥얼거림이 지나갔다.

"울 밑에선 봉선화야 네 모양이 처량하다/길고 긴 날 여름철에…"

방학 날이면 아버지는 서재에서 우리를 기다리셨다. 한 사람씩 불러

세우고는 성적표를 받아 평균 점수를 일일이 주판으로 확인했다. 꾸중도 없는 긴 침묵의 시간이 사람을 더욱 긴장시켰다. 지금 생각하면 그분의 의도였는지도 모른다. 입에선 침이 마르고 가슴이 콩닥거리는 동안 눈은 갈색 대나무 벽걸이에 꽂힌 글라디올러스에 가 머물렀다. 사뿐히 계단을 밟아 오른 소녀처럼 꽃은 층층이 붉게 피어나 환하게 웃고 있었다. 아버지는 유독 그 화병을 좋아하셨고, 거기에 글라디올러스를 즐겨 꽂으셨는데, 때론 그 임무가 내게 부과되기도 했다. 책으로 둘러싸인 아버지의 서재, 어둑해진 공간, 그 적막 속에 혼자 앉아 있기를 좋아하던 어린 내 기억 속엔 글라디올러스가 심상 이미지로 남아 있다. 우리 집의 평화를 담보하던 그 꽃과 아버지의 서재, 그리고 시름 없던 나의 어린 날을 기리며 그 후 나는 보들레르의 시 한 구 "곧 우리는 싸늘한 어둠 속에 잠기리. 너무나도 짧은 우리들의 여름, 발랄한 광명이여!"를 얼마나 마음속으로 되뇌었던가.

캥거루처럼 당신 품속에 넣은 우리들과 책과 화초를 사랑하셨던 아버지. 그분은 타의 반 자의 반 공직에서 물러난 뒤, 집을 줄이느라고 책부터 없앴다. 수복 후 고서점에서 건져낸 책들을 수선하고 매만진 장서 오천 권이었다. 학교에서 돌아오니 책이 보이지 않았다. 책이 없어진 것만 알았지 책을 잃은 분의 심정 따위는 헤아리지 못했다. 화불단행(禍不單行)이라더니 얼마 뒤 우리는 생때같은 남동생을 가슴에 묻어야 했다. 아버지의 탄식과 어머니의 실성, 영락한 세월이 얼마 지난 뒤에 한직이나마 주어져 우리는 이 관사에서 살게 된 것이었다. 오랜만에 되찾은 영일(寧日), 그러나 살얼음을 디딘 듯 불안한 평온이었다. 우리는 어느 누구도 이 집에서 동생의 이야기를 꺼내지 않았다. 그러던 어느

토요일 오후, 퇴근해 돌아오니 어머니가 빈집에서 혼자 딴 세상 사람이 되어 있었다. 왕진 온 의사는 사인을 심장마비라고 했지만 혹시나 자살은 아닐까? 그 벙어리 냉가슴은 오래도록 나를 괴롭혔다.

"세상은 변한 게 없는데 이것이 이별이래."라던 노랫말이 먹먹한 가슴속으로 밀려왔다. 숨이 멎을 듯한 무더위 속, 7월 24일이었다. 백주(白晝)의 정적, 머릿속은 온통 하얗기만 했고 귀는 멍멍했다. 전화로 부고를 알리려고 마당으로 나왔을 때, 내 눈과 딱 마주친 것은 칸나였다. 입안에 잔뜩 핏덩이를 머금은 것 같은 칸나는 마치 늙은 집시 여자처럼 '데스'라고 쓴 카드를 들어 보이며 내게 죽음을 통고하는 듯했다. 엄연한 사실을 수긍하라는 듯. 잠시 지축이 흔들렸다.

왕성한 모든 생명 활동의 극점인 여름이, 내게는 그때부터 죽음과 연결되기 시작했다. 마음 안자락에 깊숙이 스며들던 죽음의 그림자들을 나는 기억한다. 6·25 피란 중에 내다버린 여동생의 시신, 뇌염으로 죽은 남동생, 어머니의 죽음뿐만 아니라 내가 좋아하는 작가들의 대부분도 여름에 죽었다. 죽음에 관한 기억들이 유독 여름의 끝자락과 맞닿아서인지 여름은 언제나 나를 시간 저편(죽음)에 서게 한다.

헤밍웨이가 방아쇠를 당겨 캐첨 산자락을 뒤흔든 것은 7월 2일 새벽이었다.

"영광스럽게가 아니면 결코 파리로 돌아오지 않겠다."던 보들레르가 반신불수의 몸을 이끌고 실어증에 걸려 파리로 돌아온 것도 7월 2일이었다. 그가 입원했던 돔가의 정신병원 앞에서 어느 이른 아침 나는 조바심을 치며, 서성이고 있었다. 왼편 표지판에 "1867년 8월 31일, 46

세의 나이로 보들레르가 이곳에서 어머니 품에 안겨 죽었다."고 적혀 있었고 쇠창살이 촘촘한 일층 창가엔 붉은 넝쿨장미가 그걸 덮고 있었다. 마음속에서 알 수 없는 탄성이 앗! 하고 지나갔다. 장미에 덮인 쇠창살, 나는 그 앞에 멍하니 서 있었다. 일곱 살 때인가. 영문도 모르는 한 컷의 장면, 타인처럼 쇠창살 안에 어머니가 있었다. 잊었던 기억이 의식의 수면으로 떠올라왔다.

정신병원에서 숨진 보들레르, 모파상 그리고 슈만도 여름을 벗어나지는 못했다. 이들은 모두 40대였다. 1856년 7월 29일, 무더운 여름날 오후 4시. 엔데니히 정신병원에 들어온 지 2년, 슈만은 혼자서 숨을 거두었다. 우리 어머니처럼 임종의 순간에 곁에 아무도 없었다. 30분 가량 지나서 그의 아내 클라라가 달려왔을 뿐. 1893년 7월 6일, 블랑슈 박사의 병원에서 숨을 거둔 모파상도 혼자였다. 오베르의 푸른 보리밭 앞에서 총성 일발이 울린 것은 7월 29일, 고흐는 그 자리에 쓰러졌고 동생이 온 뒤 새벽 한 시가 조금 지나서 눈을 감았다.

"테오, 난 지금 죽었으면 좋겠구나."

왠지 그의 말이 가슴속을 맴돈다. 어느 날은 그걸 소리 내어 따라해 본다.

'○○, 난 지금 죽었으면 좋겠구나!'

그 '지금'을 언제로 할까? 상상 속의 장면을 떠올리며 그것이 현실이 된데도 나쁠 것 같지는 않다.

아쿠타가와 류노스케(芥川龍之介)의 음독자살은 7월 24일. 마침 우리 어머니의 기일이기도 하다. 제사를 지내러 남동생의 집을 찾아가던 날, 등 뒤로 쏟아지던 따가운 햇살, 숨이 턱턱 막히는 언덕길에서 나는 다

바타에 있는 그의 집을 찾아가던 날의 기억이 떠올랐다. 짜릿한 통증이 지나갔다.

작가로서 그는 솔직하지 못한 것은 작가가 아니라면서 "나의 어머니는 광인이었다."로 시작하는 「죽은 자의 명부」에서 친가의 감옥 같은 2층 방에 갇혀 있던 어머니에 대해 토로하기 시작했다.

그의 어머니는 큰딸을 잃고 막내로 아들을 낳았지만 액년(厄年)에 태어난 자식을 '버린 자식'으로 만들어 거리에 내다버린 슬픔, 갑작스런 친정오빠의 죽음, 사업가인 남편의 방탕, 산후 우울증과 마음의 병이 겹친 결과였다. 그녀가 죽은 나이는 43세, 우리 어머니의 나이는 48세였다. 내상(內傷)도 비슷했다. 단 하나뿐인 피붙이 남동생의 행방불명, 그것도 어머니에겐 감당하기 어려운 고통이었을 것이다.

광인의 어머니를 둔 그의 무의식에 동조하면서 나는 그의 절망으로 발설하기 어려운 내 슬픔을 치유하며 인생을 쓰다듬는 버릇을 키워온 셈이었다. 어떠한 삶도 인간에겐 가능한 것이 아닌가 하면서.

마치 죽기 위해 태어난 사람처럼 다자이 오사무(太宰治)는 세 번의 자살 기도 끝에 겨우 죽을 수 있었다. 가장 어리석은 형태로 자신을 멸망시키는 일만이 사회에 대한 봉사라고 생각하며 심한 자학의 길로 빠져들었던, 그의 시신이 발견된 것은 6월 19일 생일날 아침이었다. 여름꽃을 좋아하면 여름에 죽는다더니 과연 그는 여름에 죽었다.

"죽으려고 생각했다. 올해 설날 옷감을 한 벌 받았다. 천은 삼베였다. (…) 여름에 입는 거겠지. 여름까지 살자고 생각했다."는 그의 말이 요즘 내 상념을 어지럽히고 있다. 여름꽃을 좋아하는 나도 여름에 태어나서

일까?

　나는 한때 그에게 경도된 적이 있었다. 칸나의 빛깔마저 전율스럽던 그해 여름, 다자이를 읽고 또 읽었다. 『사양』의 여주인공, 가즈코는 일본 전쟁의 패망 후, 귀족의 덕성을 지닌 어머니를 잃고 잇달아 남동생의 유서와 시신을 발견한다. 동병상련이랄까. 그녀와 비슷한 처지로 나도 맨발로 허허벌판에 서 있었던 느낌. 본인의 의지와는 상관없이 펼쳐지는 운명 앞에 좌절을 겪고 있을 때였다.

　"여름에 입는 거겠지. 여름까지 살자고 생각했다."는 그의 말이 내 안에서 후렴구를 치고 있다. 바야흐로 지금은 여름이다.

　여름꽃이 시들어 가던 그날의 폐원이 떠오른다.

　담벼락 앞에 가느다란 목줄기를 뽑아 올린 해바라기가 노란 동그라미로 허공에 대고 마침표를 찍고 있는 것처럼 보였다. 여름의 종언(終焉)을 향해서.

　그 집은 우리 가족이 모여 살던 마지막 장소였다. 어린 동생들은 아버지가 계신 서모의 집으로 들어갔고, 그 후 나는 혼자가 되었다. 텅 빈 여름 한낮.

　그때 바람에 일렁거리던 그 노란 동그라미가 하늘을 배회하는 고단(孤單)한 영혼처럼 보였다.

추석 무렵

삽상한 기류가 서(西)로 흐르고 있다.

사람을 더욱 홀로이게 하던 계절. 울타리 밑에서 피어 올라오고 있는 작은 망울들의 소국(小菊)을 보노라면 포병객(抱病客)이 지병(持病)을 아끼듯, 생의 언저리를 쓰다듬고 싶어지는 건 나만의 버릇일까?

언제나 추석 무렵이 되면, 가을의 문을 여는 주문이라도 되는 것처럼 '추석 무렵이다'를 불러 본다.

그것은 알 수 없는 무엇에 대한 그리움이자 내게는 말로는 다 풀어낼 수 없는 실꾸리에 서린 아픈 응집과도 같은 것이다. 삼십여 년도 더 지난 일이다. 아버지의 좌절과 돌연한 어머니의 별세로 마치 문짝이 달아난 것 같은 집 안에서 동생들만 데리고 맞이하게 되었던 명절날 아침.

하늘은 저쪽으로 멀리도 달아나 있고, 소슬함마저도 한기나 보탤 뿐. 올망졸망한 동생들의 모습을 투명한 햇살은 더욱 극명하게 드러내 주고 있었다.

처연(凄然)하던 가을날 아침. 상제(喪制)인 우리들에겐 마침 어머니의 사십구재가 되는 무렵이기도 했다. 열다섯 살도 못 되는 어린 세 동생들 앞에서 마음 놓고 울 수도 없었던 그 무렵. 둥지에 제비처럼 날아든 한 통의 편지. 그건 멀리 제주도에서 보내온 K 시인의 긴 편지였다.

"추석 무렵이다. 손을 씻고 돌아와 향을 하나 사루고 이 글을 쓴다." 로 시작된 조문(弔問)의 글. 슬픔밖에는 아무것도 없던 그 순백의 일상을 헤집고 '추석 무렵이다'라는 말이 그때 너무 깊게 들어와 앉은 탓일까. 그 후부터 그건 진공의 울림처럼 내게 하나의 의미 있는 부호가 되어 버렸다. 이따금씩 바람 같은 엽서는 계속되었다.

"관(棺) 같은 일실(一室)에서 나는 지금, 썩고 있다."라는 글귀와 함께.

이 시구를 지금도 기억하는 건, 머지않아 나 역시 이 글귀의 심정으로 살게 되었기 때문이다.

결국은 서모집에 가 계신 아버지한테 동생들 셋은 들어갔고, 내 가슴의 절반쯤은 산사태가 되어 내렸으며, 알 수 없는 외톨이로서의 고단한 생활이 시작되었던 것이다.

텅 비어 있음밖에는 생각나지 않는다. 상당한 이유로 집을 떠나야 했던 아버지는 서모네 집으로 안주하시고 주변이 없으신 어머니와 동생들을 위해 나는 가장이 되느라고 어머니 몰래 1년을 앞둔 학교에 휴학계를 내고 돌아왔다. 그 후 복학을 권유하는 김옥길 총장의 편지가 두어 번 더 우송이 되었다. 그러나 겨우 자리 잡은 직장을 그만둘 수는 없었다. 스물한 살의 그 소슬하던 가을 하늘을 어찌 잊을 수 있을까.

그간 가족들을 충실히 부양해 왔음에도 어느 날 그 가족들에게 버림당하여 구석방에 갇혀 버리고 마는 '그레고르 잠자'(카프카의 『변신』)

가 된 기분이 들기도 하였다.

아버지와 서모는 그때 철저히 나를 고립시켰다. 갑자기 가족을 잃고 멍하니 '상심벽(傷心碧)'의 그 푸르디 아픈 하늘을 올려다볼 뿐이었다. 그 후로 나는 하늘을 자주 올려다보는 버릇을 갖게 되었다.

운수지심(雲水之心)으로 극락암의 경봉선사를 찾아뵙기도 하고 하야시 후미코(林芙美子)의 『방랑기(放浪記)』를 읽으며, 해질녘 일본 전후 세대의 고아가 부모를 그리며 불렀다는 노래 〈오가아(母)상 고이(戀)시이〉를 자주 웅얼거리기도 했다.

동대 불교철학과에 적을 둔 것도 그 무렵이었다. 그때 자취를 하던 방에도 만월(滿月)은 쏟아져 들어왔고, 빈 방에 냉수 한 사발처럼 앉았던 그때도 추석 무렵이었다. 남의 눈에 뜨일까 불도 켜지 않은 채, 촛불 아래에서 밤새워 책을 읽었던 기억이 새롭다.

그것밖에는 달리 할 것도 없었지만 왠지 허기와 함께 잠에 들질 못했기 때문이었다. 그러면 그럴수록 더없이 맑게 깨어나는 정신. 그때 중국 당나라의 승려 시인 한산(寒山)과 습득(拾得)의 시를 읽으며 노트에 뽑아 두었는데 찾아보니 '1966년 9월 29일'이라고 명기되어 있다.

뱁새도 제 한 몸 편히 쉬기엔 나무 한 가지(一枝)면 족하거늘 그 나무 한 가지를 아쉬워하던 때였다.

풀잎 잎마다 이슬에 눈물짓고
소나무 가지마다 바람에 읊조린다
내 여기 이르러 길 잃고 헤매나니
그림자 돌아보며 '어디로?' 물어보네

泣露千磐草
吟風一樣松
此時迷徑處
形問影何從

   이것은 한산자(寒山子)가 나를 두고 쓴 것이 아닐까 하는 생각이 들 정도로 내 심경을 잘 대변해 주었다.

   풀잎은 잎마다 눈물짓고, 소나무는 가지마다 바람에 한숨이었다. 어둠에 묻히는 신호등 앞에서 "어디로?" 되묻기를 문득문득.

   "체머리를 흔드는 것이 어찌타 버릇이랴"던 김삿갓도 그때 온전히 이해되었다.

   지금도 길을 걷다가 "어디로?" 하며 자주 걸음을 멈추게 되는 건, 아마 그때의 버릇인지도 모르겠다.

   그림자 하나 이끌고, 그저 망연(茫然)할 수밖에 없었던 텅 빈 공간에 그때 달빛만 가득 들어차서 나와 맞닥뜨린 건 서슬 푸르던 밤의 하나의 차가운 실체, 그것과의 만남이었다.

   빈 방, 그리고 달빛. 그래서 이후부터 '추석 무렵이다'라는 말은 하나의 '실존'을 뜻하는 부호로 남게 되었는지도 모른다.

   밤이 환한 지금도 삽상한 추석 무렵이다. 말할 수 없이 그때가 그리워진다.

목련꽃이 필 때면

'대승불교와 소승불교의 차이'를 알아와 발표하라는 세계사 선생님의 숙제를 안고 탑골승방(보문사)을 찾은 것은 고등학교 2학년 때의 일이다.

어릴 때부터 어머니를 따라 절에 가는 것을 좋아했던 내게 그곳에서의 비밀스런 첫 번째 상대는 험상궂은 사천왕상들이었다. 내가 겁을 먹고 바라보면 윽박지르는 듯하다가 내가 실눈을 뜨고 화해의 눈길로 웃음을 보내면 사천왕들도 웃고 있었다. 그들과 잘 사귀어 보려고 노력하다가 그게 모두 내 마음 탓이라는 것을 짐작하게 되었던 어린 시절, 내 또래의 여스님들과 친구가 되면서부터 나는 그곳에 가는 일이 무척 즐거웠다.

중학교 시절에는 불교 설화에 마음을 빼앗기고, 특히 선인선과의 인연 설화는 착한 마음을 견지하는 데 도움이 되었다. 학년이 올라갈수록 친구 스님들의 책을 빌려와 독서의 단계를 높이고 급기야는 동승들의 이야기를 주제로 한 희곡 작품을 써서 모 대학의 문예 콩쿠르에 입선한 적도 있다. 그때 무대 공연을 위해 승복과 염주를 서슴없이 내어 준 호의는 아직도 잊지 못한다. 이런 사실을 아신 정창범(문학평론가) 선생님께서 그 숙제를 내게 떠맡기신 것이다.

남별당 주지이신 일조스님께 여쭙자 그분은 이렇게 말씀하셨다.

"조금만 기다려라, 속 시원히 일러줄 분이 올 테니." 나는 무작정 그분을 기다렸다. 저녁때가 되자 양복 차림의 훤칠한 남자 한 분이 내 앞에 나타났다. 동대 불교과 재학생이던 이광우(李光雨) 스님이었다. 1958년 여름, 그러니까 54년 전의 일이다.

다생의 인연이 지중했음인가? 광우스님이 정각사를 짓던 그 해에 우리 집은 마침 이 절 근처로 이사를 오게 되었다. 남별당 스님께 소식을 전해 듣고 친구와 둘이서 절을 찾았다. 나는 교복을 벗은 대학생이 되었고, 그분은 남장 차림의 양복이 아닌 먹물 옷을 입고 계셨다. 삭발로 드러난 둥그스름한 두상과 단아한 모습이 퍽 인상적이었다.

1960년, 이것이 광우스님과의 두 번째 재회였다. 스님의 서가에서 김동화(金東華) 박사가 쓴 『불교학 개론』을 빌려다 읽기 시작했다. 당시는 실존주의 사상이 풍미하던 때라 카뮈나 사르트르를 읽어야 행세깨나 하는 줄 알던 때였다. 마침 『교양국어』 책에서 만난 '실존주의와 공(空) 사상'에 관한 박종홍 교수의 글은 마른 짚단에 불을 긋듯 내 가슴에 옮겨 붙었다. 실존철학에 관해 물으러 갔더니 『금강경』을 보라는 하이데거의 말에 충격을 받고 돌아와 『금강경』을 공부하였다는 박종홍 교수의 그 요지를 간추려 똑같은 걸 열다섯 부나 써 가지고 '함께 공부해 보지 않겠느냐?'는 취지문을 각 대학교 철학과, 국문과, 심리학과 등에 보냈다.

　단층 양옥이던 정각사 다다미방은 대학생들로 꽉 찼다. 마침내 김동화 선생님을 모시고 『금강경』 공부를 시작하게 된 것이다. 군더더기 없이, 원칙적이고 본론에 충실한 선생님의 강의는 한 말씀도 놓칠 것이 없으련만 대학생들에게 일요일이란 낭만과 자유를 구가하기에 쓰일 시간이었던지 법당에는 빈자리가 늘어나기 시작했다. 결국 남을 사람만 남게 되었다. 열댓 명을 앞에 두고서도 선생님의 강의는 시종여일하게 진지하였다. 그때 함께 공부한 이로는 나형수 해설위원, 윤호균 교수, 시인 주성윤, 지정관, 박상길, 조묘연 선생, 친구 박영자, 김영희 등이 있었다. 홍정식, 원의범, 황성기, 이영무, 김용정 선생님들께서도 돌아가며 사이사이 특강을 해주셨다. 먹을거리가 귀하던 시절, 공부가 끝나면 명성 노스님께서는 호박을 썰어 넣고 칼국수를 끓여 주셨다. 우리는 심신의 허기를 이곳에서 채웠다. 낯선 한문 글자와 그 속에 담긴 심오한 『금강경』의 오의는 쉽게 해득되지 않았지만 빠지지 않고 말석에 참석하였다.

　장대비가 무섭게 쏟아지던 어느 여름날이었다. 나는 머리가 깨지도록 생각이 많았다. 갑자기 가족들을 돌봐야 하는 급박한 상황, 어머니 모르게 학교에 휴학계를 내고 돌아와 서울시청 공무원이 되었다. 친구들과 가는 길이 달라진 나는 더 이상 학생도 아니고, 그렇다고 아직 어른도 아닌, 대학 3학년짜리는 제 손으로 인생이라는 한 장의 피륙 한복판을 칼로 긋고 스스로 마음의 문을 굳게 닫아버렸다.

　'실험극장'의 활발하던 연극 활동도, 문학에 대한 꿈도, 학업도, 친구도 일시에 끊고, 완전히 외딴섬이 되어 점차 말을 잊고 지냈다. 그때 선생님께서는 타심통으로 관해 보셨던지 칠판에 커다란 글씨로 이렇게 쓰셨다.

有求면 有苦,
無求면 無苦

그것을 본 순간, 벼락 치듯 온몸을 관통하는 전율. 가슴속 멍울들이 그대로 과녁에 꽂힌 듯 절절히 녹아내렸다. 놓지 못하는 것 때문에 생긴 괴로움이라는 걸 알았다. 미명 속에서 어둠이 걷히듯 눈앞이 훤히 트여 왔다. 안에서 무언가가 자꾸만 무너져 내렸다. 아마 이때부터 나는 놓아버리는 습성을 익히게 되었던 것 같다. 억지로 가지려고 하기보다는 쉽게 버리는 쪽을 택해 왔다. 그것이 내 삶과 문학에 중심이 되었고, 내 인생에 지족(知足)을 선물했던 게 아닌가, 고맙게 여긴다.

그 후 김동화 선생님의 권유와 광우스님의 주선으로 동국대학교 불교학과에 편입하게 되었다. 학기가 시작되기 전, 여행 겸 경봉스님을 뵙고 싶어 통도사 극락암을 찾았다.

"이름이 蘭子라고 하니 무슨 난초인고? 일러라."

그 후 스님과 주고받은 서신은 『불교신문』에 소개되었고, 그곳에서 지낸 하룻밤을 「極樂之一夜(극락지일야)」라는 기행문으로 썼는데 그것을 박경훈 선생께서 『불교신문』(66년 9월)에 전문을 실어 주셨다.

그때 경봉선사께서 예언처럼 내게 해주시던 말씀이 생각난다.

"자네 방석을 뒤집어 깔고 앉았군!"

그건 직장을 그만두고 공부에 발심을 낸 것을 지적한 것이었다. 고개를 갸우뚱하시더니 내게 결혼운이 보였던지 "마아, 결혼해도 부처님 일을 하게 될끼다."라고 하셨다. 과연 그 말씀은 틀리지 않았다. 평생을 불은(佛恩) 속에서 지내게 되었으니.

정각(正覺)을 주창하는 정각사에서는 '바로 알고 바로 행해 참사람 되자'는 정신(正信) 정행(正行)을 근본이념으로 삼아 '신행회'를 설립하고 『신행회보』를 펴내기에 이르렀다. 1969년 2월의 일이다. 등사판으로 시작된 『신행회보』가 광우스님의 원력으로 『신행불교』로 제호를 바꾸면서 문서 포교의 불모지나 다름없었던 그 시대에 작은 등불의 역할이나마 감당해 왔다고 나 스스로도 자부한다. 부처님께 약속드린 10년을 그 일에 바쳤다.

김동화 선생님의 원고를 받으러 수유리 자택으로, 쌍문동 자택으로 찾아뵈면 선생님은 한복 차림으로 언제나 책상 앞에 단정히 앉아 계셨다. 온화하며 말씀이 적었던 그분은 아버지다운 자애를 베풀어 주시기도 했다. 동국대 불교대학장으로 계시던 선생님 방에는 김인덕 선생이 조교로 근무했는데 내가 불쑥 찾아가면 점심밥을 나눠 주시는 바람에 딴 데서 시간을 보내야 했고, 퇴근 무렵 지프차에 태워 주셔서 좋아라 했더니 을지로 4가 전차정거장에서 내리라는 것이다. 전차표 한 장을 주시면서. 선생님댁은 돈암동이라 삼선교에서 나를 내려 주면 될 것인데… 서운했으나 선생님의 기준에 승복할 따름이었다.

1980년 이른 봄, 국립의료원으로 문병 갔을 때의 선생님 모습이 요즘 부쩍 더 생각난다. 누워 계신 선생님은 손으로 당신 몸을 가리키며 "이게 많이 아파."라고 하셨다. 내가 아픈 게 아니라 이 몸뚱이가 아프다는 말씀이다. 몸에서 마음을 떼기가 어찌 쉬운 일이라 하겠는가. 우리에게 가장 큰 우환은 몸이 있다는 사실일 것이다.

선생님 가신 지 어언 32년. 이 사람도 피할 수 없는 과정을 겪으며 '이게 많이 아파'라던 선생님의 말씀을 화두처럼 곱씹게 된다. 아프다고 소리를 질러도 마음만은 아프지 않은 평정(平靜)에 들도록 노력하는 중이다.

그 후 광우스님께서는 김동화 박사의 뜻을 기리기 위해 '뇌허학술상'을 제정하고 한국 불교 발전에 기여한 젊은 학자들에게 이 상을 수여하였다. 뇌허(雷虛)불교학술상의 첫 수상자는 김영태 선생님이었다. 허리를 좀 받쳐 드리고 싶을 만큼 몸을 낮추고 어리숙하게 서 계신 김영태 선생님은 "학은(學恩)에 감사드린다."며 수상소감을 말했는데 왠지 나는 벅차오르는 감격을 누르기가 어려웠다. 불교문화연구소에서 『삼국유사』 원전 강독을 지도해 주신 김영태 선생님. 그 연구소의 소장으로 계셨던 뇌허 선생님. 일요일마다 서서 강의하시던 법당 그 자리에서 계신 김영태 선생님. 나는 이 아름다운 인연의 의미를 되새겨 보지 않을 수 없었다.

"생멸(生滅)이 끊어진 자리에서 누가 상을 주며 누가 상을 받는단 말인가? 상을 주고받는 이가 없는데, 오늘 김동화 선생님의 상을 김영태 교수가 받는다고 하니, 이는 아마도 세세생전에 김영태 교수와 김동화 선생이 모두 석가여래의 사자(使者)이었을지도 모른다."는 전관응 스님의 치사는 왜 그렇게도 가슴을 뛰게 했는지. 그리고 "오늘 눈에 보이는 이 상은 김영태 교수에게 시상하지만 아마 김동화 선생님은 눈에 보이지 않는 상도 드리고 싶어 하실 것입니다. 그러니 여러분께서는 마음으로 그 상을 다 받아 가지시면 좋겠습니다."라는 원의범 선생의 말씀에 나도 상을 받아 가진 듯 마음이 뿌듯했었다.

눈을 감으면 아직도 벅찬 그 법당의 기운이 느껴진다.

1980년 4월 5일, 타계하신 선생님의 영결식은 동국대학교 교정에서 치러졌다. 나는 오후에 수업이 있어 장지까지 따라가지 못하고 그 자리를 떠나오고 말았다. 내려오는 골목길에 흰 목련꽃이 집집마다 가득 가득 피어 있었다. 상장(喪章)처럼 내 가슴에 내려앉던 묘표(墓標). 그 목련꽃이 지금 또 피어나고 있다. 선생님을 뵙는 듯, 그 시절이 다시 그리워진다.

빈 배에 가득한 달빛

　우리 집 작은 방 벽면에 수묵화 한 점이 걸려 있다. 사방이 겨우 한 뼘 남짓한 소품인데 제목은 〈귀우도(歸雨圖)〉이다. 조선조 중기 이정(李楨)이란 사람이 그린 그림의 영인본이다.

　오른쪽 앞면에는 수초(水草)가 물살 위에 떠 있고 어깨에 도롱이를 두른 노인이 노를 비스듬하게 쥐고 있다. 간단하면서도 격조 있는 그림이다. 그런데 언제부턴가 나는 흐르는 강물과 그 위의 배 한 척이면 그것이 실경(實景)이 되었건 그림이 되었건 간에 무조건 좋아하는 버릇이 생겼다. 그래서 한국문화재보호협회에서 보내 준 안내문을 보게 되자 곧바로 달려가게 되었던 것인지도 모른다.

　잔잔히 흐르는 물살. 그 위로 떠가는 시간.

　그러한 강물과 마주하게 되면 이내 '서사정(逝斯亭)'이 떠오르고 "가는 자 이와 같은가?" 했다는 공자의 그 말이 생각나곤 했다. 나 또한 발길이 막히면 강가에 나가 '가는 자 이와 같은가?'를 되뇌어 보기 몇 번이었는지 모른다.

강물은 참으로 사람을 유정(有情)하게 하기에 충분한 것 같았다. 어느 날은 숨죽인 강물의 울음소리가 내 안에서도 일어나는 것이다.

얼큰하게 술이 오르면 아버지께서 자주 부르시곤 했던 노래. 아직도 귓전에 맴도는 젖은 목소리.

"이즈러진 조가악달.

가앙물도 출렁출렁 목이 멥니다."

이런 강물 위에 달빛마저 실린다면 가을 풍경으로서는 나무랄 데가 더 있을 것 같지 않다. 그러고 보면 강물과 배와 달빛은 내게 우연히 각인된 것이 아니었다.

어느 날이던가 돌아가신 어머니의 옷가지를 내다 태우고 돌아온 날 밤, 동생들 모르게 실컷 울어 보려고 광에 들어갔는데 거기에도 달빛은 눈부시게 쏟아져 들어왔다.

그때 달빛만 있으면 어디에서건 세상은 아름답게 보이는 것이라 생각하게 되었다. 슬프면서도 왜인지 그다지 서럽지가 않았다. 흰 눈이 더러운 흙을 감싸듯, 달빛은 지상의 온갖 것들을 순화시키는 따스한 손길을 갖고 있는 듯싶었다.

달빛은 또 감성의 밝기를, 그리고 그 명암의 농도를 조종하는 장치도 갖고 있는 듯했다.

16년 전쯤 되나 보다. 교단에서 두시(杜詩)를 가르칠 때였다.

마침 가을이어서 「추흥(秋興)」 여덟 수 가운데서 나는 첫 번째의 시를 골랐다.

또 국화는 피어 다시 눈물 지우고

배는 매인 채라

언제 고향에 돌아가랴.

고향으로 떠나지 못하고 있는 한 척의 작은 배.

그 '고주일계(孤舟一繫)'는 두보 자신일 것이었다. 55세 때의 작품이라고 한다. 그는 오랜 표랑 끝에 무산(巫山)에 들어가 은거하고 있었는데 벌써 폐병과 소갈증으로 신병이 깊은 후였다. 고향으로 가는 도중 배 안에서 죽으니 나이 쉰아홉.

이 시가 그대로 내 가슴속에 들어와, 어쩌면 내가 그 실경(實景) 속의 주인공이나 된 듯싶었다. 아니 내 경험 속에도 이와 비슷한 장면은 들어 있었다. 서울이 집인데도 명절날 집에 가지 못하고 자취방에서 멍하니 혼자 있을 때, 그때도 만월은 눈부시게 쏟아져 들어왔다.

빈방, 그리고 달빛.

알 수 없는 무엇인가가 그때 가슴에 차오르기 시작했다.

누르기 어려운 충일(充溢). 아, 어떻게 말로 다 풀어낼 수 있을까?

빈 배와 달빛과 그 허기를.

그래서 아마 그때부터 달빛은 나의 원형이 되었고, 빈 배는 그대로 나의 실존을 뜻하게 된 것인지도 모른다. 나는 저 수묵화 속에서 노옹을 빼버리고 아예 빈 배로 놔두고 싶다. 그 위에 달빛만 가득하다면 거기에 무얼 더 보태랴.

아무것도 가질 수 없을 때, 나는 버리는 것부터 배웠다. 그 때문인지 세수하러 왔다가 물만 먹고 간다는 토끼처럼 도중에서 아예 목적을 버리고 마는 버릇. 투망(投網)을 하러 바다에 나갔다가 또 '어획(漁獲)' 그 자체를 버리게 되고 마는 것이었다. 그리하여 돌아오는 배에는 달빛만 이 가득하거니, 달빛만 가득 하다면 그것으로 좋았다. 무형(無形)의 그 달빛은 내게 있어 충분히 의미 있는 그 이상의 무엇이 되었으며, 언제 인가부터 나도 제 혼자서 차오르는 달처럼 내 안에서 만월을 이룩하 고 싶었다.

저 무욕대비(無慾大悲)의 만월을.

아무르

　'고령화시대, … 치매 아내 죽인 70대에 이례적 실형'이란 굵다란 신문기사 제목이 눈길을 끌었다. 아내를 죽인 70대라? 돋보기를 쓰고 신문을 끌어당겼다.

　녹색 수의를 입고 피고석에 앉은 백발노인은 자택에서 치매에 걸린 아내(73)를 살해한 혐의로 기소된 이모(78) 씨였다. 명문 사립대를 나와 건설회사 등에서 근무했으며, 49년 전 결혼하여 두 아들과 손자를 여럿 둔 할아버지다. 그는 "아내가 의부증과 폭언, 폭력 등 치매 증세가 심해 목 졸라 죽였다."고 범행 사실을 모두 시인했다.

　재판부는 징역 3년의 실형을 선고했다.

　"피고인이 1년 간 치매에 걸린 피해자를 헌신적으로 병간호했고 가족이 선처를 원하고 있다."면서도 "점점 고령화 되어가는 사회에 치매로 가족 내 문제가 증가하는 상황에서 유사 범죄의 유발을 방지할 필요성이 있다."고 밝혔다.

이씨는 아내의 폭언과 폭행을 견디다 못해 1년 전 투신자살을 시도한 적도 있었으며, 사건 당일에도 아내는 홀어머니 밑에서 "배운 것 없이 자랐다", "다른 여자랑 바람을 피웠다"며 욕설을 퍼부었다고 했다. 그는 재판정에서 "나를 괴롭히는 것은 참을 수 있었지만 아내가 나를 괴롭히는 모습을 보기 힘들어하는 아들과 손자들이 집에 늦게 들어온단 얘기를 듣고 함께 죽을 마음을 먹었다"고 말했다. 마음이 서늘했다. 같은 시대 동년배를 살고 있는 사람으로서 인격을 따질 수 없는 치매, 암울한 노경, 그 위에 며칠 전에 본 영화 〈아무르〉가 겹쳐 왔다. 치매에 걸린 아내의 얼굴을 쿠션으로 누른 뒤 자살을 택한 노부부의 인생을 다룬 영화다.

음악회에 다녀온 뒤 아내의 이상 증후가 발견된다. 피아니스트인 안느는 그 후 두 번의 뇌졸중으로 식물인간 상태에 이른다. 남편 조르주는 최선을 다해 아내를 돌본다. 딸은 요양소로 보낼 것을 주장하지만 그는 병원이나 요양소로 보내지 말아 달라는 아내의 부탁을 끝까지 존중한다. 음식을 거부하는 아내에게 억지로 물을 먹인 뒤, 삼키라고 소리치자 안느는 입안에 물고 있던 물을 그대로 남편의 얼굴에다 뿜어댔다. 순간적으로 아내의 얼굴을 강타한 손. "여보 미안해…"를 연발하던 조르주. 그는 자신들이 죽음을 준비할 때가 되었음을 감지한다. 카메라는 차분하게 노인의 일거수일투족을 담아낸다. 오고야 말 것이 온 것이다. 생명의 한계다.

조르주의 걸음도 눈에 띄게 달라졌다. 어느 날 비둘기가 창밖에서 안으로 날아들었다. 처음은 가볍게 쫓아냈다. 두 번째는 거실에서 종종대는 그놈과 힘겹게 대결하다가 조르주는 커다란 천으로 마룻바닥을 덮어 두 손으로 감싸 쥔다. 혹 저러다가 죽이는 건 아닌가 지켜보는 내내 조마조마했다. 그러나 그는 일기장에 "두 번 다 놓아주었다."고 썼다. '아 다행이구나!' 싶었다. 아내의 병증을 상징하는 비둘기의 두 번째 침입. 조르주는 죽음의 덫에서 아내를 그렇게 놓아준 것이리라. 영화는 대사 없이 많은 것을 보여 준다. 외출을 하려는 안느에게 다가가 남편이 코트를 입혀 준다. 안느가 돌아보며 조르주에게 말한다. "당신도 코트를 입고 와요."

조르주는 예전보다 더 비칠거리며 짧은 보폭으로 그녀 쪽으로 향한다. 두 사람의 외출. 그들은 이승을 하직하듯 집을 떠나는 것으로 이 영화는 끝난다.

팔십 노인의 담담한 연기는 머지않은 장래의 우리들 모습이었다. 죽어간다는 것과 죽음을 생각하게 하는 영화였다. 함께 영화를 보던 남편도 아무 말이 없다. 남편의 시중을 받던 안느는 혼잣말처럼 식탁에서 이렇게 되뇐다.

사진첩을 들추며 "아! 아름답다." 사진첩을 덮으며 "인생은 길다."

그때 그녀의 '길다'는 말이 왜 그런지 내겐 절실하게 다가왔다. 살 만큼 살았으니 '지루하다'는 나이에 죽음이 찾아온다는 것은 기실 얼마나 다행한 일인가. 때로는 죽음도 구원이 아니겠는가 싶다.

성숙한 인간은 무르익은 과일이 나무에서 꼭지가 떨어지듯 그렇게 자연스러운 최후를 맞는다. 그러나 예기치 못한 낙과(落果)처럼 땅에 떨어지고 마는 풋과일들. 자살로 마감한 영화배우 최진실 남매와 그의 전 남편 조성민의 사진이 며칠 전 신문에 나란히 공개되었다.

'인생은 아름답다.' 그러나 '아! 길다.' 그것을 그들이 알고 갔더라면 좋았을 걸 하는 안타까운 생각이 들었다. 지루한 인생을 살아낸다는 것은 어쩌면 죽음에 대한 원한 없이 떠나가기 위해서인지도 모른다. 인생이 길고 지루하다던 영화 속 인물들에게도 죽음의 원한 같은 게 남아 있었을까? 아닐 것 같다. 어떤 경우든 원한(怨恨) 없이 떠나야 한다는 게 나의 주장이며 어떤 경로로든지 간에 죽음을 수용할 수 있을 때 죽음이 찾아와 준다면 그때가 바로 떠나기에 적기가 아닐까 한다. 안나나 조르주처럼.

죽음으로 이르는 도정에 늙음과 병듦이 배치된 것은 참으로 고마운 자연의 이법(理法)이라고 생각된다.

철학은 죽음을 배우기 위한 학문이라고 한다.

"죽음만이 삶의 의미를 부여한다."는 철학자 비트겐슈타인은 제1차 세계대전 때 자원입대하여 최전방으로 전출되기를 원했다. 이탈리아의 어느 포로수용소에 갇혀 "죽음에 가깝다는 것이 삶에 빛을 던져 줄 것"이라고 썼다. 목숨을 던져 삶을 건져내려고 했던 것이다. 위로 셋이나 되는 형들의 자살을 목격한 뒤 죽음에 대한 천착이 깊어지더니 그는 막대한 유산을 사회에 기부하고 독신으로 평생을 검소하게 지내다가 생을 마쳤다. 마지막 말은 "멋진 삶을 살았다."였다.

멋진 삶을 살고 간 사람. 죽음은 이렇게 죽어가는 사람에게서 배울 수 있다. 비트겐슈타인 외에도 많은 사람들이 있지만 나는 스콧 니어링(1883~1983)을 나의 모델로 삼고 싶다. 사회개혁가이자 자유주의자였던 스콧은 100세의 생일이 다가오자 스스로 곡기를 끊음으로써 평화로운 '죽음'을 맞이했다. 그는 자신이 원하는 자신의 죽음을 죽을 수 있었다.

생명의 자기결정권을 주체적으로 행사한 것이다.

"오! 주여. 자신의 죽음을 죽을 수 있게 하소서."라던 릴케의 죽음을 나 역시도 많이 생각했었다. 어떻게 해야 자신이 원하는 그런 죽음을 죽을 수 있을까 하고.

스콧이야말로 자신의 죽음을 죽은 것이다.

죽음은 다만 '옮겨감'이거니 그는 "낮에서 밤으로 바뀌는 것과 비슷한 변화"라고 말했던 그 죽음에게로 건너간 것이다.

그의 아내 헬렌 니어링이 스콧에게 속삭여 준 말을 나는 내 것으로 준비하고 있다.

> "몸이 가도록 두어요. 썰물처럼 가세요. (…) 당신은 훌륭했어요. 당
> 신 몫을 다했어요. 새로운 앞으로 나아가세요. 빛으로 나아가세요.
> 사랑은 당신과 함께 가고 있어요."

머지않은 장래의 이러한 순간을 나도 그려본다.

'몸이 가도록 두어요.' '빛으로 나아가세요.'

작별의 순간에 나도 이렇게 말할 수 있을까?

'사랑은 당신과 함께 가고 있어요.'

입속으로 중얼거려 본다.

보내는 이와 떠나는 이의 모습이 다 함께 아름답다.

이들의 작별에는 사랑을 넘어선 또 다른 사랑이 있었다. 안느와 조르주의 작별에도 '아무르'가 있었다. 노을에 물든 이들의 모습이 노을보다도 곱다.

안국역에서

냉방이 잘된 전동차 안에서 오늘 공부할 교재를 꺼내든다. 『주역』 「계사전」 하편 제5장이다.

『주역』에서 말하기를 "자주 자주 가고 오면(憧憧往來) 벗이 네 생각을 좇는다(朋從爾思)."라고 하니 공자가 이에 말씀한다.

"천하가 돌아가는 곳은 같아도 길이 다르며(同歸而殊塗), 이르는 곳은 하나인데 생각을 백 가지로 하나니(一致而百慮) 천하에 무엇을 걱정하리오."

'동귀수도'에 눈이 머문다. 숨을 고르며 이 대목을 다시 한 번 살핀다. 길은 달라도 같은 곳에서 만난다는 '귀일(歸一)'의 의미가 새삼스럽게 와 닿는다. 그러자 별안간 엔도 슈사쿠(遠藤周作, 1923~1996)의 얼굴이 떠올랐다. 두 달 전 큐슈에 있는 그의 문학관을 다녀와서일까? 그의 작품 『침묵』의 무대인 시쓰(出津) 해안에 올라 나는 엔도의 심정으로 꼭 한번 그 해안을 내려다보고 싶었다.

1597년 도요토미 히데요시가 기독교 탄압을 위해 후미에(성화 밟기)를 자행했다. 소설 『침묵』에서 끝까지 이를 거부한 모키치와 이치조의 수책형 장면이 그 바다 위에 떠올랐다. 수책형이란 바다에 기둥을 세우고 죄수들을 묶어두면 약 일주일 뒤 밀물의 고통 속에서 죽어버린다는 것이다.

바다의 파도는 이들의 시체를 삼켜버리고 여전히 같은 표정이며, 신은 그 바다와 똑같이 침묵하고 있었다며 이 장면을 침통하게 지켜보았을 로드리고 신부를 엔도는 생각했고, 나는 그들이 앉았던 자리에서 두 사람을 생각했다.

> 인간이 이렇게 슬픈데
> 주여 바다가 너무나 파랗습니다.

이런 글귀가 '침묵의 비' 뒤편에 새겨져 있었다. 엔도가 증언하려는 기독교의 신앙은 잘 믿기만 하면 축복을 받게 되는 그런 신앙이 아니고 역설적으로 버림받은 사람이, 버린 사람을 구원한다는, 즉 가롯 유다가 그가 배반한 예수에 의해 구원을 받을 수 있었던 것처럼 결국은 모두가 구원된다는 메시지가 아닐까? 그런 생각을 짚어보게 된다. 배교자(페레이라 신부, 로드리고 신부, 기치지로)의 고통을 통해 죄 가운데서야말로 구원의 가능성을 찾을 수 있었다고 하는 것이 엔도 문학의 핵심이 아닐까 생각된다.

죄와 구원은 별개의 것이 아니라 실은 표리일체이며 등을 붙이고 사는 샴쌍둥이와 같다는 것이다. 마이너스 중에 플러스가 있고 죄에는 재생의 기원이 포함되어 있다. 그러니 죄조차도 무의미한 것이 아니라며 그는 마이너스를 부정하기보다는 그것을 플러스로 전화(轉化)할 것을 권장한다.

음(陰) 속에 양(陽)이 있고 양 속에 음이 있듯 플러스, 마이너스를 음양의 대립 구조가 아닌 대극합일의 상생(相生)의 구도로써 수용한다. 불교의 선악불이(善惡不二)를 말하던 그는 이미 대립심을 넘어선 사람이었다. 그는 또 나지마(名島) 성을 찾아가 동료를 배반하고 신념[종교]을 바꾼 고니시 유키나가(小西行長)의 비열함과 그의 통증을 되씹어보며 돌계단에 앉아 있었다. 이런 작가를 생각하며 나도 '침묵의 비' 앞에서 신념을 뒤집은 약자나 패배자들의 내밀한 고통을 생각하며 바다에 눈을 던졌다. 문학이란 어차피 나약한 인간에 대한 이해가 아니던가.

엔도는 『침묵』과 만년의 대표작인 『깊은 강』으로 범신론자라거나 종교다원주의자라는 개신교로부터의 비난을 면치 못했다. 그러나 그가 말하고 싶었던 것은 신(神)은 존재한다기보다 움직이는 것(실천)이며, 양파(神을 지칭)는 움직이는 실체라는 것. 그는 양파(神)의 존재를 유대교도들에게도, 이슬람교도들에게도 느끼며 양파는 언제 어디에도 있다고 말한다. 그것을 공자는 '역무체(易無体) 신무방(神無方)'으로 표현했다. "역(易)은 형체가 없고 신은 어디에나 있다."

작중 인물 오쓰는 밤마다 간디의 어록을 읽는다.

　… 여러 가지 종교가 있지만 그것들은 모두가 한 지점으로 가는 여러 가지 길인 셈이다. 같은 목적지에 도달하는 한, 우리들이 서로 다른 길을 가려 한들 상관없는 일이 아닌가.

길은 달라도 돌아가는 곳은 같다는 '동귀수도(同歸殊塗)'가 오늘 아침 엔도를 떠올리게 했나 보다. 동귀란 천하의 만물이 모두 진리로 돌아감을 뜻한다. 진리는 정점에서 만난다. 만물이 마침내 돌아가는 곳은 그 하나. 하나로 시작해도 시작한 그 하나가 없고, 하나로 마쳐도 마친 그 하나가 없는, 끝내는 시종(始終)이 없는 태극(太極)이 아닐까. 해가지면 달이 뜨고, 달이지면 해가 뜬다. 천진한 아이처럼 동동(憧憧)거리며 이들은 왔다 갔다 한다. 한·서(寒·暑)도 마찬가지, 염량(炎凉)이 때를 알아가는 듯 고쳐 오니 더위와 추위가 자주자주 엇바뀐다. 그러고 보면 일월한서(日月寒暑)의 왕래는 천지자연의 정당한 동동왕래(憧憧往來)이다.

여기에 슬그머니 우리의 생사거래(生死去來)를 대입해 본다. 가되 어디로 가는가? 나온 데로 돌아간다. 수면 위에 떨어진 태양처럼 갔다가 다시 떠오르는 동동왕래. 앞으로 3보 전진, 뒤로 3보 후퇴, 그것은 진퇴(進退) 전의 본래 그 자리다.

생사(生死)의 본래 그 자리를 의상스님은 '행행본처 지지발처(行行本處 至至發處)'로 요약했다. "간다간다 해도 본래 그 자리요, 도착했다고 해도 떠난 그 자리"라는 무시무종(無始無終)의 불이(不二)를 생각하고 있는데 덜커덩거리면서 차바퀴가 속도를 늦추더니 어느새 안국역이다.

내가 태어나서 자란 곳, 6년 동안 학창 시절을 보냈으며 직장 생활을 마친 곳도 이 안국역 부근이다. 안국역을 빠져나와 크라운베이커리 앞에서 동덕빌딩을 끼고 길을 건넌다. 지금은 없어졌지만 조계사 근처 우정총국 옆에 자리 잡았던 견지병원. 개한테 물려 혼자 토끼주사를 맞으러 다니던 일곱 살짜리 꼬마애가 지금 그곳을 지나쳐 걷고 있다. 동동거리던 65년의 세월이 포물선을 그으며 한달음에 지나간다. 이 근방 어디엔들 내 발자국이 없으랴. 이젠 더딘 걸음으로 천천히 불교여성개발원 교육관으로 향한다. 내 '동동왕래'의 귀일을 되짚어보며.

오늘 강의는 아무래도 엔도 슈사쿠 쪽으로 기울 것 같다.

고통조차도 긍정적인 것으로 전환시키고, 인생을 즐기며 균형 있는 삶을 살았던 사람. 피해갈 수 없는 죽음이라면 그럴수록 삶을 즐기고 살아야 한다는 한 작가를 생각하면서 나는 오른쪽 골목길로 접어들었다.

어둠에 눕다

거실 창문에 번지는 어둠을 멍하니 바라본다. 하루가 저무는 어슴푸레한 고요의 빛깔이 내 안으로 스며든다. 나도 무채색(無彩色)이 된다.

여름의 어둑새벽, 희부염하게 밝아오는 여명을 혼자 맞이하는 것도 좋지만, 지금처럼 늦가을 이른 저녁의 어둑한 일모(日暮)에 감싸이는 것 또한 그에 견줄 바가 아니다. 수직으로 내려앉는 푸른 어둠은 창을 통과해 바닥에 누운 내 가슴 위를 지난다. 깊어지는 어둠 속, 사물들의 형체는 모습을 감추고 모두 누운 밤에는 차별이 없다. 그대로 누워 나도 하나의 땅이 되고 싶다.

목 디스크로 전등을 켜지 못한 채, 어둠에 누워 지나가는 행인들의 소음을 듣던 긴 여름날이 생각난다. 먼저 집에 돌아온 식구가 전등을 켜면 신천지같이 금세 밝아지던 세상. 환한 것이 좋아서 집안의 전등을 모두 켜놓았는데 언젠가부터 빛이 눈에 부담이 되고 있다. 어둠이 편해 요즘은 불을 켜지 않고 지내는 시간이 늘어난다. 이제는 눈만 빛이나 활자를 감당하지 못하는 것이 아니라 신경도 부담을 사양한다. 다급한 마음에 채찍을 들어도 노마(老馬)는 꿈쩍도 하지 않는다. 그냥 머물러 앉으려고만 든다.

여명(黎明)이 일어섬(出·立)이라면, 일모(日暮)는 내려앉음(沒·坐).

나는 지금 일몰의 시간 속에 있다. 생장(生長)의 때를 지나 지금은 수장(收藏)의 때, 바야흐로 생명을 거두어 갈무리하는 11월이다. 자연은 계절마다 할 일을 마치면 물러난다. 나도 어느새 그러한 때에 당도한 것이다.

무성한 초목을 누렇게 시들게 하고 젊음을 늙게 한 다음 늙게 하더니 영원히 쉬게 한다. 누가 그렇게 하는가? 눈에 보이지는 않으나 존재하는 현상, 그것들의 배후는 각각 내재하는 도의 작용이 있는데 그것이 그렇게 하는 것이 아닐까.

지난여름은 잦은 태풍과 무더위로 힘들었다. 거듭되는 기온 상승으로 헉헉 가쁜 숨을 몰아쉬던 지구의 허파도 다행히 지금은 한차례 숨을 돌릴 시각, 모든 사물은 시작된 근원으로 마침을 돌이킴이니 팽창과 수축, 상승과 하강의 반복운동으로 11월의 대지는 서늘하다. 한 번 더웠으니 한 번은 추운 것. 이것이 도(道)다. 태어났으니 죽는 것도 도의 작용이다. 그 작용이 나를 여기까지 데려온 것이 아닌가.

떨어진 나뭇잎이 제 밑동으로 돌아가듯, 귀근(歸根)을 돌이키게 되는 계절이다. 생과 사, 음과 양은 상호의존한다. 그리고 전화(轉化)작용에 의해 발전, 변화한다. 밝음이 있는 것도 어둠의 작용이 있기 때문이다. 절대적 가치가 상대계에 나타날 때는 마이너스 가치의 양상을 드러낸다. 도는 말없이 다만 작용으로써 그 변해가는 양상을 우리에게 보여 줄 따름이다. 사계절의 변화가 그렇고, 생로병사의 순환도 그렇다. 그러나 여기에는 보이지 않는 도의 질서가 있다. 원형이정(元亨利貞)이라는 내재적 작용으로 11월은 바로 이정(利貞)의 때다. 때를 따라 차례에 순응하는 것이 도(道)이니 어찌 귀근을 마다할 수 있겠는가.

어릿어릿 초점이 흔들리는 물체처럼 때론 중심을 잃고 기우뚱대는 나를 본다. 손끝은 어둔하고 잔글씨의 숫자는 엎드린 개미처럼 보인다. 자연으로 돌아가려는 내 몸의 변화를 속일 수 없다. 허긴 나도 고정된 실체가 아니라서 연기(緣起)를 따라 흐름을 계속하는 중이다. 누군가 물[氵]처럼 흘러가는[去] 것을 법(法)이라고 했다. 도법자연(道法自然)이다. 누구라서 자연의 변화에 예외일 수 있겠는가.

"모든 사람이 명석한데 나만이 흐리멍덩하구나."

그렇게 탄식하던 융의 만년 모습이 자꾸만 떠오른다.

"속인은 소소(昭昭)한데 나 홀로 흐린 듯하구나."라던 노자(老子)를 그는 노경에 많이 생각했다고 한다. 나는 또 지금에서야 그들의 심정을 되짚어 생각한다.

무엇보다 먼저 자신의 나이를 인정해야 하리. 사물이 흐릿하다던 노자나 융보다 훨씬 더 어둔한 멍텅구리가 되었다. 이제 이목구비를 닫고 어둠에 편히 있고자 한다. 향(香)에 대한 분별과 말을 쉬는 것, 그것은 사람을 자유롭게 한다. 때가 되니 눈과 귀도 저절로 멀어진다. 어둠은 눈을 감는 것, 근원으로 나를 안내하는 것도 어둠이 아닌가 하고 무거운 눈 뚜껑을 내려놓는다. 공적(空寂)한 운해(雲海)에 몸을 맡긴 듯, 심신이 공중으로 날아오른다. 묘한 해방감을 느낀다.

어둠에서 나는 편안한데 어느 날 마더 테레사는 "내 안에 끔찍한 어둠이 있었다."고 토로했다. 잠시 의아했었다. 천국과 신의 존재를 회의한다며 그녀는 편지에 이렇게 썼다. "제 영혼은 너무 많은 모순으로 가득합니다. 신앙도 사랑도 열정도 없습니다. 영혼도 저를 끌어당기지 못하고 천국도 아무 의미가 없습니다. 저에게는 텅 빈 곳으로만 보입니다. 그러나 이 모두에도 불구하고 제가 하느님께 계속 미소 지을 수 있도록 저를 위해 기도해 주십시오."라던 그의 편지들은 『나의 빛이 되어 달라』는 책으로 묶여져 나왔다. 너무나도 솔직하고, 처절한 신앙 고백에 무엇으로 한방 얻어맞은 느낌이었다. 그러나 하느님의 존재를 느끼지 못한 채 살았음을 절규로써 고백하는 동안 그의 어둠은 이미 극복된 것이 아니었을까 싶다. 왜냐하면 어둠[無明]의 뿌리는 빛[지혜]에 닿아 있기 때문이다. 빛과 어둠은 태극(太極)에 뿌리를 둔 한 가지 작용의 두 가지 현상이 아닌가 한다.

불교에서는 다른 이에게 '나의 빛이 되어 달라'고 말하지 않는다. 내가 빛[自性光明]이기 때문이다. 무명업식(業識)의 어둠을 타파하기만 하면 자신의 광명불이 안에서 발현한다는 것. 빛은 어둠을 떠나지 않았기에 어둠, 그 속에서 전식득지(轉識得智)[1]할 것을 오히려 권한다.

물과 파도처럼 번뇌와 보리[覺]는 서로 다른 것이 아니기 때문이다.

요즘은 마음보다 먼저 몸이 어둠에 눕는다. 어둠이 점점 편안해진다. 그만 거대한 천지의 합벽(闔闢)[2] 속으로 들어가고 싶다.

---

1 전식득지(轉識得智): 번뇌로 오염된 망식(妄識)을 전환하여 지혜를 증득(證得)함.
2 천지의 합벽(闔闢): 하늘과 땅의 열고 닫음.

나 이대로 좋다

바람 부는 언덕에 선 채, 이대로 좋다.

눈앞에 펼쳐진 일망무제, 발아래의 삼계화택(三界火宅)에서 용케도 견디어 왔다.

어느 대왕이 학자들에게 '인간의 역사'를 써 오게 하자 그들은 수백 권의 저서를 기술하여 대왕께 올렸다. 백성들이 읽기에 분량이 너무 많으니 좀 더 줄여 보라고 지시했다. 간추린 수십 권의 저서도 더 줄일 것을 요구했다. 이 같은 과정을 되풀이한 뒤, 학자들은 마침내 합의점을 찾았다. 대왕께 올린 것은 커다란 종이에 쓰여진 '고(苦)'라는 글자 하나였다. 그제야 대왕은 만족한 얼굴로 고개를 끄덕이더라는 것이다.

만약 누가 나더러 '인간의 역사'를 써 오라고 한다면 나 역시 '苦'라는 글자를 크게 써서 올릴 것이다. 그러나 그 고(苦)를 통해서 우리의 영혼은 성장을 거듭하고 성(聖)으로 나아가게 되는 것이 아닌가.

오래전 일이다. 어느 심령술사가 내게 "당신은 전생에 해인사에서 수도하던 사람"이라고 했을 때, 갸우뚱하다가 정말 그런 게 아닌가 하는 생각이 든 것은 해인사에서 공부하던 스님 세 분을 차례로 속가에서 만나게 된 인연 때문이다.

햇볕이 따사로운 어느 봄날, 후원에서 담소를 나누던 세 분은 무슨 연유에서인지 뱀사(蛇) 자를 넣어 호를 나누어 가졌는데 세 분 모두 속퇴하여 한 분야에서 일가를 이루었다. 청사 석도륜(미술평론가), 홍사 고은(시인), 백사 유충엽(명리학자) 선생이다. 이분들과 인연이 닿아 인간의 운명과 『주역』에서 말하는 생사(生死) 원리에 대해 관심을 갖게 되었고, 불교와 문학의 언저리를 기웃거리며 함께한 시간들이 있었다. 첼리스트 조현진 씨를 데리고 정각사에 오신 석도륜 선생을 만난 것은 1960년, 차례로 이분들을 만나면서 서로간의 친분 관계를 알고는 놀라지 않을 수 없었다. 정말로 깊은 불연(佛緣)이다.

마음대로 되지 않는 화수미제(火水未濟)의 인생길을 에둘러 여기까지 왔다.

'인간의 고통 중에 가장 큰 고통, 어떻게 해야 생사의 고통에서 벗어날 수 있겠는가?'라는 물음을 가지고 애를 태우던 중, 불생불멸(不生不滅)이라는 석가의 말씀에 압도된 적도 있었다. 그러나 요즈음엔 설법에도 등한한 편이다. 재액(災厄)으로부터 지켜 달라고 법당에 가 엎드리지도 않는다. 가족의 영달과 복을 달라고 매달리지도 않는다. 아무 발원도 없이 그저 바람 부는 언덕에 나와 온몸으로 그걸 맞고 있다.

발원(發願)은 물론 좋은 것이다. 하나의 목표를 향한 에너지의 응집이며 때로는 자기 위안이기도 하다. 그러나 엄연한 인과(因果)에서는 벗어날 수 없는 일. 밭이랑에 심어 놓지 않고 어찌 거둘 게 없다고 탓하겠는가? 기도에 매달려 어찌 약속되지 않은 수확을 바라겠는가. 지은 게 없는지 나는 이 생에서 유복하기는 틀렸다. 그렇다고 내생의 빈보(貧報)를 받지 않기 위해 복의 종자를 부지런히 심어야겠다는 생각도 들지 않는다. 마음속에 발원도 내려놓고 나니 가슴이 뻥 뚫린 듯 휑한 공동이 느껴진다.

요즈음 들어 더 한 가지 이상한 일은 나를 둘러싼 결핍된 사항과 부족한 것들에 대해 그 개선을 요구하고 싶어지지 않는다는 사실이다. 그대로 놓고 불편한 대로 지낼 만하다. 나는 지금 텅 빈 가슴으로 나목(裸木)처럼 서 있다. 그 앞에 저항하지도 않고, 달아나려고도 하지 않으며 미련하달 만큼 한곳에 서서 맞을 것 다 맞고 싶다. 그리하여 정직한 대가를 치르고 버릴 것은 버리며, 세상과의 관계 맺음에서 홀가분해지고 싶다.

> 끌어 모아서 얽어매면, 한 칸의 초가집.
> 풀어헤치면 본래의 들판인 것을!

어느 선사의 시구처럼 허물어져 가는 한 칸의 초가집 같은 나.
언젠가는 본래의 들판으로 돌아가리.
바람 부는 언덕에 선 채, 나 이대로 좋다.

봄볕에 나와 서다

공원 담장에 기대 나는 온몸으로 봄볕을 받고 있다.

전신으로 퍼져오는 이 나른함, 알 수 없는 이 안도감은 무엇일까?

다리에서 슬며시 힘이 빠지던 어느 날의 취기와도 같고, 수술실로 들어서기 전, 마취 상태에서 맛본 짧은 순간의 황홀함과도 닮아 있다.

스르르 눈이 감긴다. 무거워진 눈꺼풀로 공원 표지석이 세워진, 늘 가서 앉던 벚꽃나무 옆의 벤치로 간다. 풍랑 없는 기착지에 닻을 내린 거룻배처럼 무언가 홀가분하고 편안한 마음이다. 지난 추위가 혹독한 사람에게 있어 봄볕은 얼마나 큰 위안이던가. 나는 지금 그런 은총 속에 있다. 봄이 점점 더 좋아지는 이유도 아마 이 봄볕 때문이 아닌가 한다.

가을은 중년의 계절, 고독한 나그네가 누구보다 가을 소리를 앞서 듣는다. 그것은 스산한 바람 탓이리라. 봄은 노년의 계절, 마음 시린 노인네가 봄볕을 먼저 반기게 되는데, 그건 선 자리가 음지(陰地)이기 때문이다.

볕바른 양지에 앉아 나는 기분 좋게 눈을 감고 벚꽃나무의 냄새를 찾아 더듬어 올라간다. 머릿속은 벌써 향긋한 벚나무 냄새로 가득하고 편편(片片)이 날리던 작은 꽃잎의 군무, 눈을 감고 있어도 얼마든지 보인다. 구름 떼같이 만개한 벚꽃을 보러 나는 십여 년 동안 이곳에 왔었다. 그리하여 저들의 빛나는 시간을 기억하고, 또한 생장소멸(生長消滅)로 이어지는 윤회의 고리를 지켜보았다.

지금 저 나무에서도 수액을 실어 나르는 정령(精靈)들의 고단한 손길이 느껴진다. 올려다본 벚나무의 몸피에는 어느새 작은 망울들이 부풀고, 머지않아 고놈들은 예쁜 꽃을 피울 테지. 파릇하게 접힌 새잎은 자라고 자라서 선홍빛 고운 단풍이 들리라. 나는 변화 속의 지속, 거기에서 시간의 불사(不死)를 본다.

꽃잎이 한 번 피었다가 우르르 떨어지는 이 생멸법(生滅法), 모습만 달리할 뿐, 본질의 세계에서는 생멸도 가감(加減)도 없다. 밤하늘의 달이 늘어나거나 줄어든대도 끝내 없어지지 않는 것처럼. 이렇게 순환 상생으로 이어지는 자연의 이법(理法)을 따라 나는 누구의 방해도, 지시도 없이 다만 변화할 뿐인 존재인 것이다.

새까맣게 잘 여문 분꽃 씨앗이 어느 날 '똑 또르르' 하고 땅에 떨어질 때, 그 생명 속으로 들어가 분꽃으로 다시 태어난대도 무방하다.

봄볕 탓인가? 검붉은 밭이랑의 흙처럼 스멀스멀한 어떤 기운이 내 안에서도 일어난다. 이 또한 생명의 활동일 테지. 지나가는 현상을 몸으로 감각하는 일, 이것이 살아 있다는 것일까.

천지의 도(道)는 바뀌지 않지만, 천지의 변화는 날마다 새롭다. 불역 (不易) 속의 일신(日新)이다. 이제는 그만 남루를 벗고, 고치에서 빠져나 온 나비처럼 새롭게 태어나고 싶다. 할 수만 있다면『유리알 유희』의 주 인공, 크네히트처럼 다섯 번째의 진화한 영혼으로 한 번 더, 그리고 그 다음은 세상에 올 일이 없었으면 한다.

눈부신 봄볕 아래 서니 그동안의 삶이 아득한 전생사(前生事)같이 멀게만 느껴진다. 이 따뜻한 나른함 속, 그대로 혼곤한 잠에 들어도 좋 으리.

무거운 눈꺼풀을 내려놓는다. 남의 집 담벼락 밑에서 동사한 성냥팔 이 소녀의 모습이 떠오른다. 왠지 나와 무관하지 않은 어느 전생의 일 같다. 그녀가 무수히 그어댄 짧은 성냥개비의 불꽃 속에서 만난 것은 무엇이었을까? 자꾸만 그 환영(幻影)에 마음이 간다.

약해진 시력 탓인지, 물안개같이 눈에 어른거리는 들판의 그림자. 어 서 오라는 사람의 손짓 같다. 구름같이 사방으로 흩어지는 모습에 잠 시 마음을 빼앗긴다.

봄의 대합실에서 바꿔 타야 할, 다음 기차를 기다리는 승객으로 나 는 앉아 있다. 아! 이렇게 겨울 뒤에 봄이 있다는 것은 얼마나 감사한 일인가.

진실로 나와 악수할 수 있는 시간이 내게 허여된다는 것은.

한 뼘씩 봄이 내게로 다가오고 있다.

니르바나의 노래

그분의 행방은

세탁기 앞에서 작동이 멈추기를 기다린다. 잔여 시간 2분. 세탁기 뚜껑에 손을 얹으니 '부르르' 하는 진동이 손끝에 전해진다. 마지막 숨결을 거둘 때의 호흡도 이렇지 않을까?

무엇이 바쁜지 전에는 더러 종료 버저가 울리기도 전에 세탁기의 뚜껑을 열곤 했다. '턱' 하고 소리를 내며 회전통이 급하게 멈추어 섰다. 일기일회(一期一會)의 그 생명체의 여진을, 그것이 도달해야 할 지점을 방해한 것 같아 미안한 마음이 들었다.

간혹 바닷가에 나가면 힘찬 포말을 일으키며 기세 좋게 다가와 발밑에서 스러지고 마는 파도의 종말을 지켜보게 된다. 정점에 이른 파고(波高)는 어김없이 하향곡선을 그으며 다시 오던 물길로 돌아선다. 간단(間斷) 없는 이 일어남과 스러짐, 그것을 말없이 지켜보노라니 모든 사물은 극점에 이르러서는 원래의 상태로 되돌아간다는 '극즉반(極則

反)'이란 말이 떠올랐다. "되돌아간다는 것은 도의 움직임이며 반복하는 것이 도(道)"라던 구절도 생각났다. 조물주가 천지만물을 만들었다고 하나 그렇다고 할지라도 조물주 이전에 그것을 낳은 시원(始原)이 실재하나니 노자(老子)는 이를 '도(道)'라 하였다. 도라고 하는 것은 만물을 존재케 하는 근거로서 그것은 만물을 생성, 변화시키지만 극점에 이르러서는 원래의 상태로 되돌아가게 한다는 것이다. 누구의 힘도 아닌 자연 상태로서 그렇게 된다는 것이 그분의 논리였다. 그러고 보면 달의 영허소장(盈虛消長)이나 우리의 생사(生死) 또한 자연 현상이 아니던가.

눈앞에서 펼쳐지는 파도의 반복 운동, 그 일어남과 스러짐의 출생·입사(出生·入死)를 지켜보면서 우리의 생사·거래(生死·去來)를 돌아보게 되던 것이다.

'천행(天行)은 건(健)'하다더니 과연 자연의 질서는 엄정하다. 가을 산에 물이 마르듯, 내 몸 안에서도 하향 곡선의 여진이 느껴진다. 혈당이 떨어지면 안에서 떨림이 일어난다. 여진이 지나가기를 기다린다. 책장을 펼치면 글자들이 그만 아릿해진다. 활자와 다툴 전의도 접고 그냥 멍한 상태로 앉아 막연한 심사가 되어 버린다. 잠시 어느 선 밖으로 밀려난 듯한 허전함, 어릿어릿하니 점차 바보가 되는 느낌이다. 그러나 그것마저 내려놓고 아무 생각 없이 공허한 경지에 마음을 풀어놓는다. 허공으로 퍼져 나간 사념들은 연기처럼 자취마저 없고 몸은 창공을 나는 새처럼 가벼워진다. 할 수만 있다면 푸른 하늘로 그렇게 날아오르고 싶다.

인도의 속담으로 '산으로 가는 나이, 예순도 지나고 일흔이라니…'. 이제는 자연으로 가는 나이가 된 것 아닌가.

창밖에 어둠이 내려앉는 저녁 풍경이 그대로 눈에 비쳐 온다. 화선지에 먹물 스미듯 나도 그것에 흡수된다. 사위는 어둠에 물들고 내 마음은 그윽한 어둠의 세계에 잠긴다. 마치 어머니의 양수 속에 떠 있는 듯, 알 수 없는 어떤 기운이 나를 그렇게 떠받쳐 주며 평화롭게 한다. 태어나기 전이 이랬을까? 생각도 없고 일도 없는 그 무위(無爲)의 공간이 침묵처럼 편안하다.

밖에서는 바람이 지나가는지 목련나무 잎사귀들이 창 앞에서 크게 일렁거린다. 흔들흔들 바람에 흔들리는 풍선처럼 아무 저항 없이 나도 거기에 몸과 마음을 맡겨 본다. 취기도 없는데 어질어질한 이 기분 좋음! 시야는 흐릿하고 의식은 몽롱하다.

형체가 있는 것도 같고 없는 것도 같으며, 변화하면서도 변화하기 전의 아직 아무것도 없는 무(無)의 상태를 가리켜 그분(老子)은 '황(恍)'하고 '홀(惚)'하다고 하였는데 지금 나의 이런 상태를 황홀이라고 할 수 있나?

그 황홀 속, 깊고 어두운 요명(窈冥)의 경지에 멍하니 앉아 계시던 바로 그분의 모습이 언뜻 보였다.

거친 베옷을 입고 안에는 옥(道)을 품은 사람. 헙수룩한 그 노인의 탄식을 나는 그만 듣고 말았다.

"아! 피곤함이여. 돌아갈 바 없는 듯하다."

노구를 이끌고 함곡관을 떠나 서쪽으로 갔다 하나, 누구도 그분의 행방은 알 수 없었다. 우화이등선(羽化而登仙)했다는 속설도 있지만 과연 그분의 행방은? 나도 궁금했다.

세상에 존재하는 것은 아무것도 없는 것에서 생겨난 것이다. 우리가 태어났으면서도 태어나기 전의, 아직 아무것도 없는 무(無)의 세계. 결국은 우리가 돌아가야 할 도의 근원인 무(無)로 돌아간 것 아닐까. 그러니 돌아갈 바가 없다고 할 수밖에. 그분의 뜻이 조금은 이해되는 순간이었다.

생명은 자연의 것이다.

청력도 시력도 멀어진 지금에야 나는 어둠 속 고요가 잘 맞는 옷처럼 편안하다.

잔여 시간 2분. 나머지는 자연(自然)이 알아서 제 할 일을 하리라. 흐리멍덩하게 앉아 있는 이 사람을.

종내에는 나, 공(空)과 무(無)로 돌아가리. 여기에 무엇을 더 보태랴.

가부좌로 앉은 사과 한 알

겨울 해가 부쩍 짧아졌다.

하루의 반밖에 살지 못하는 노경(老境)이 내게도 찾아와서 어름어름 하루해가 비껴간다. 몸도 전처럼 활발하지 못하고 계획을 세운 일도 마음처럼 되어 주질 않는다. 얼마간은 접어두고 무기력해진 몸을 데리고 사나흘에 한 번꼴로, 집 앞에 있는 개롱공원으로 나간다. 걷고 걸으면서 마지막 가는 길을 생각하게 된다.

구부러진 둘레의 완만한 곡선 길을 따라 걷다가 나중에는 운동장 흙길을 반복해서 걷는다. 걷다가 쉼표처럼 잠시 의자에 걸터앉아 숨을 고르는 시간, 이때 살아 있다는 존재감을 느낀다.

"존재하라, 그리고 동시에 비존재의 조건을 알라. 비존재의 조건을 알 때, 인간은 자유로워진다."는 릴케의 말이 언뜻 이마를 스친다. 언젠가부터 나는 존재에서 비존재를 연관 짓는 버릇을 키우고 있었다.

숲 둘레에는 어둠이 먹물처럼 번지고 있다. 수은등이 켜지는 다섯 시 반쯤 이 무렵, 숲은 다른 빛깔로 태어난다. 따뜻한 불빛에 감싸인 공원의 모습은 참으로 고즈넉하다. 동심원을 그리며 전구 바깥으로 배광(背光)처럼 흐르는 불빛의 파장을 지켜보면서 내 안의 빛[佛性]을 생각하게 된다. 낮게 소리 내어 나는 최면을 걸듯 내게 주문을 외운다.

'이 마음이 광명(光明)하여지이다.'

그러면 어느새 내 마음이 환하게 밝아지는 것을 느낀다.

'이 마음이 청정(淸淨)하여지이다.'

이렇게 발원하면서 마음의 먹구름을 밀어낸다. 마음이 한결 맑아지는 것을 느낀다.

'이 마음이 화합(和合)하여지이다.'

이것을 되뇌면서 마음의 모서리를 깎아내고, 나를 낮추어서 남들과 더불어 화합할 것을 마음속으로 다짐한다. 그러나 상대에 따라 무쟁(無諍)이 쉽지만은 않다. 그렇더라도 나는 다툼을 끊고 마음의 평화를 유지하고 싶다. 툭툭 털고 일어나 다시 걷는다. 운동장 모서리를 돌아서는데 "무(無)라, 무(無)라!" 하시던 효봉스님의 음성이 덜미를 잡는다. 입적할 때까지 들고 계셨던 그분의 무자(無字) 화두.

무엇이었을까?

일체만물에는 불성(佛性)이 있다고 해놓고 어째서 조주선사는 개에게는 불성이 없다고 다른 말씀을 하셨을까?

아마도 그것은 유(有) 무(無)를 타파하기 위한 하나의 공안이 아니었을까?

언젠가 화계사에서 숭산(崇山)스님을 뵈었을 때의 일이 떠오른다.

찻상에 놓인 사과 한 알을 불쑥 내 앞에 들이밀며 "색(色)이냐? 공
(空)이냐?" 답해 보라는 것이었다. 기습적인 그날의 강타는 독사처럼 내
안에 자리를 잡았다.

'색즉시공 공즉시색(色卽是空 空卽是色).'

그 후로 오십여 년의 세월이 눈 깜짝할 사이에 흘렀다.

나는 지금 텅 빈 나뭇가지 앞에 서 있다. 봄 되면 저 빈 나무속에서
꽃이 피어난다. 공즉시색이다. 조건만 맞으면 연기(緣起) 상황으로 존재
하다가 조건이 다하면 돌아간다.

연기에 의해 가합(假合)된 이 몸뚱이는 그림자처럼 실체가 없는 것이
기에 본래 공(空)하다는 것을 알면, 일체의 고액에서 벗어나게 된다는
『반야심경』을 나는 얼마나 되뇌었던가.

'무라! 무라.' 나는 『반야심경』의 '공중무색, 무수상행식(空中無色, 無
受想行識)', 즉 "공한 가운데는 육신도 없고 감각과 표상작용도 없으며
행위와 분별작용도 없고 눈·귀·코·혀·몸·뜻의 6근(根)도 없으며 형
상·소리·냄새·맛·감촉·생각의 6경(境)도 없으며, '무안계내지 무의식
계(無眼界乃至無意識界)', 6근과 6경이 부딪혀 일으키는 인식작용인 제6
의식(意識)도 없느니라."를 다시금 되뇌인다.

모든 것은 6근과 6경의 인연 조합과 거기에 보태진 마음의 작용인
바 모두가 마음이 만들어낸 허상인 것을 숙지하면서 발 박자에 맞추
어 그걸 외워 본다. 제7식과 제8식인 아뢰야식의 공(空)함도 함께 통찰
한다. 결국은 무(無)다. 제법무아(諸法無我)다.

"무명(無明)도 없고, 무명의 다함도 없으며 늙고 죽음도 없고, 늙고 죽
음의 다함도 없나니." 이 '12연기' 가운데 특히 나는 늙고 죽음이 없다

는 '무노사(無老死)'를 마음판에 새긴다. 어디에 죽을 내가 있던고.

'무고집멸도(無苦集滅道) 무지역무득 이무소득고(無智亦無得 以無所得故).'

고(苦)와 고의 원인인 집(集)과 고가 해결된 멸(滅)과 멸에 이르는 실천 방법인 도(道)도 없고 지혜도 없으며 지혜를 실천함으로써 주어지는 공덕의 얻음 또한 없는데 왜냐하면 원래 얻을 바가 없기 때문이니라. 여기까지를 소리 내어 철필로 마음에 새기듯 외운다. 원래 얻을 바가 없다는 이 대목을 나는 좋아한다.

그동안 덜어내기가 쉽지 않았던 '나'라는 에고와 소유에 대한 복잡한 감정들이 『반야심경』 덕분에 어렵지 않게 녹아내린다. 공한 가운데 이것들은 내가 몸으로, 생각으로 만들어낸 마음작용의 현현(現顯)인 것에 지나지 않는다는 데에 이르고 보면 고단한 칠십 평생이 한 조각 꿈처럼 허망하게 여겨진다.

어느 도인께서는 물에서 나왔는데 옷이 젖지 않았다고 하시니 얼마나 다행한 일인가. 물에서 젖지 않고 불에서 타지 않는 그 도리를 생각해 보게 된다.

수심이 깊고 흔들림이 없는 고요한 바다, 이것을 물의 본질인 공(空)으로 본다면 마음에 솟구치는 노도(怒濤)는 현상으로서의 드러난 색(色)이라고 할 수 있다. 이들은 서로 상반되는 것처럼 보이나 상즉상입(相卽相入)의 관계로 둘이면서 기실은 하나이다. 그러므로 무(無)의 본체와 유(有)의 현상을 같이 보아야 하는 까닭은 둘은 본래 한 가지로 나오면서 그 이름이 무(無)와 유(有)로 달라진 것이기 때문이다. 무(無)에 해당하는 무극(無極)과 유(有)에 해당하는 태극(太極)이 같은 근원

에서 나와 그 명칭이 달라진 것과도 같다고나 할까. 그리하여 생사가
둘이 아니라는 것을 겨우 짐작이나마 해본다.

이 몸은 본래 주인이 없고
오온(五蘊)은 원래 텅 비었어라
저 칼이 내 목을 친다 해도
봄바람을 자르는 것과 다름없어라.

이것은 중국의 승조스님이 재상 자리를 마다한, 왕명(王命) 거역죄로
처형될 때 읊은 노래이다. 봄바람에 꽃잎 떨어지듯 칼날에 생사를 맡
겨 버린 스님의 무애행을 생각하게 한다.
'오온(우리 몸의 구성요소)은 원래 텅 비었어라'를 마음에 새긴다. 그러
자 내 몸이 갑자기 솜사탕처럼 부풀어 올랐다가 누군가 훅하고 불지도
않았는데 의식 속에서 푹하고 꺼져 버린다. 순간 내 몸이 사라진다. 미
래에 없을 그 내가 지금 오른발로 땅을 향해 굳건히 내딛고 있다. 현상
으로서의 색(色)이다. 존재다. 왼발을 떼면서는 본체로서의 공(空)을 또
생각한다. 무(無)다. 나의 일보(一步)는 아직 계속 중이다.

있다고 할 것이냐, 없다고 할 것이냐?
그날의 사과 한 알이 가을을 머금고, 잘 익은 빛깔로, 새콤한 향기로
내 앞에서 웃고 있다. 다시 숭산스님과 마주 앉는다면 아무 말 없이 그
걸 받아서 맛있게 먹으리라.
내 안의 사과로 나는 흙으로 돌아가 어쩌면 사과꽃으로 피어날지도

모르겠다. 눈을 감고 잠시 하얀 사과꽃밭으로 들어간다.

나뭇가지에 가부좌로 앉은 사과 한 알. 오롯하게 전(全)존재로 빛난다.

다르마[眞理]의 몸을 뵙는 듯하다.

니르바나의 노래

　니르바나(nirvāṇa)는 "훅 불어서(吸) 끈다"는 범어로, '적멸(寂滅)' 또는
'열반'으로 번역되며, 번뇌의 뜨거운 불길이 꺼진 고요한 상태를 가리
킨다. 부처 혹은 깨달은 이의 사후 입멸을 반열반(般涅槃), 또는 무여(無
餘)열반이라 하고, 번뇌를 소멸한 이가 육신을 가지고 누리는 평안함을
유여(有餘)열반이라고 한다.

　육신을 가지고 누리는 대평안, 누구인들 이러한 경지를 원하지 않으
랴. 미당 서정주 선생께서도 만년에 니르바나를 화두로 삼고 최후의
작품을 구상 중인데 잘 안 된다고 하셨던 게 생각난다. 오래전부터 나
도 이 문제에 붙들려 있었다.

　붓다가 세상에 나온 것은 중생을 건지기 위해서가 아니라 오로지 생
사(生死)와 열반이라는 두 견해를 건지기 위해서라고 했다. 생사와 열반,
이것은 인간 누구에게나 최대의 과제가 아닐 수 없다. "열반이란 절대로
태어나지도, 늙지도, 죽지도 않고, 사라지지도 않으며 재생(윤회)하지도

않는다."(『밀린다경』)고 한다. 재생(再生)을 멈추게 한다는 열반(니르바나)에 관심이 증폭되었던 것도 그 때문이었다. 어떻게 하면 윤회의 사슬에서 벗어날 수 있을까? 고통뿐인 이 사바세계에 다시 태어나지 않을 수 있을까? 어떻게 하면 생사 문제에서 벗어날 수 있을까? 왜 태어나는가? 궁극에는 어디로 가는가? 윤회는 무엇이며, 그 수레바퀴를 멈추게 하려면 어떻게 해야 하는가? 마지막 구경처인 니르바나는 어떤 것인가? 이런 질문을 품고 선지식을 찾고 관련 서적을 찾아 읽기도 했다.

2,500여 년 전, 인도의 가비라국에서 태어난 싯다르타 태자는 생사의 고통에서 벗어나는 이 문제를 해결하기 위해 출가를 결행했고 6년 동안 극심한 고행과 정진 끝에 깨달음을 얻었다. 그의 머릿속에서는 의혹의 꼬리가 꼬리를 물고 이어져 나갔다.

무엇이 있기 때문에 늙고 죽음이 있는 것일까? 무엇에 연고해서 노사(老死)가 있는 것일까?

아! 태어남이 있기 때문에 늙고 죽음이 있는 것이다. 그 태어남을 인연해서 바로 늙고 죽는 것이 있는 것이다.

그렇다면 무엇이 있음으로 해서 태어남(生)이 있단 말인가?

유(有)가 있음으로 해서 생(生)이 있는 것이다. 유(有)는 다시 취(取)로 인해, 취(取)는 애(愛)로 인해 있고, 애(愛)는 수(受)로 인해 있고, 수(受)는 촉(觸)으로 인해 있고, 촉(觸)은 6처(處)로 인해 있고, 6처(處)는 명색(名色)으로 인해 있고, 명색(名色)은 식(識)으로 인해 있고, 식(識)은 행(行)으로 인해 있고, 행(行)은 무명(無明)으로 인해 있는 것임을 알아내었다.

이러한 과정과 단계를 거쳐 정리된 것이 12연기법(緣起法)이다. 즉, 생

(生)을 멸하면 노·사가 멸하고 노·사 멸하면 우비고뇌(憂悲苦惱)가 멸하는 것임을 알았다. 명성이 반짝일 때 등정각(等正覺)을 이루어 불타(깨달은 사람)가 되었다. 이로써 그는 우리에게 죽음에 대한 해답을 제시해 줄 수 있었다. 이를 더 알기 쉽게 내 자신을 위해 정리해 본다.

우리는 왜 늙고 죽는가? → [生] 태어났기 때문이다.

왜 태어나는가? → [有] 업의 생성력 때문이다.

업은 왜 생기는가? → [取] 집착 때문이다.

집착은 왜 생기는가? → [愛] 갈망과 애욕의 갈애 때문이다.

갈애는 왜 생기는가? → [受] 느낌 때문에

느낌은 왜 생기는가? → [觸] 감촉 때문에

감촉은 왜 생기는가? → [六入] 6식(識)이 있기 때문이다.

6식은 왜 생기는가? → [名色] 영혼과 육체의 결합 때문이다.

영혼과 육체의 결합은 왜 생기는가? → [識] 재생의 식 때문에 생긴다.

재생의 식은 왜 생기는가? → [行] 모든 행위는 형성력을 갖고 있기 때문이다.

형성력(行)은 왜 생기는가? → [無明] 무명 때문이다.

무명에 의해 태어남으로 → [老死] 가 있는 것이다.

무명(無明)을 윤회의 원인이라고 한다. 밀린다 왕이 나가세나 비구에게 이것을 물었을 때에도 답은 같았다.

"윤회의 근본은 우치(愚癡)입니다. … 우치[無明]가 생기면 식(識)이 생기고… 은애(恩愛)에서 탐욕이 생깁니다. 그리고 다시 태어나게 됩니다."

은애와 탐욕은 욕망과 집착을 말한다.

"욕망은 무명의 근본, 온갖 고뇌를 일으키나니…"(『증일아함경』)

"무명에 덮이고 욕망의 결박에 묶이어 긴 밤(많은 생) 동안 윤회한다." (『잡아함경』)

이렇게 무명과 욕망은 결합되어 윤회의 주원인으로 나타난다. 무명 때문에 사람들은 현생에서 선과 악을 짓고 후생에 다시 태어난다. 무명이 찾고 욕구하는 것, 그것을 욕망이라고 부르는데, 그 욕망 때문에 탐욕과 은애에 빠져 재생과 늙음과 병과 죽음에서 벗어날 수 없게 된다는 것이다. 무명은 윤회의 제일원인이고, 욕망은 그것의 이차적인 원인이라고 할 수 있다. 그러므로 윤회는 무명 때문에 일어난다고 하는 것이다.

붓다는 도를 이룬 뒤 최초의 설법 때부터 "욕망이 고(苦)의 원인"이라고 되풀이하여 가르쳤다. 고를 발생시키는 고(苦)의 원인인 욕망의 제거. 그것을 뿌리째 뽑아야 한다. 욕망의 근본 뿌리는 무엇인가? 그것은 '내[我]가 존재한다'는 생각이다. 모든 욕망은 '내가 존재한다는 생각'에 그 근원을 가지고 있다. 사실 내가 존재하지 않는다면 누가 또는 무엇이 욕망을 일으킬 수 있겠는가? 그러므로 "내가 존재한다는 생각이 모든 욕망을 낳는 욕망의 어머니"라고 『잡아함경』은 말한다.

그리하여 고(苦)의 원인인 아(我)에 대한 추구가 끊임없이 계속되었다. 우리 존재란 무엇인가? 이른바 5온(五蘊)이다. 5온은 색·수·상·행·식이다. 색(色)은 물질, 수(受)는 감각, 상(想)은 지각, 행(行)은 형성력, 식(識)은 식별작용을 말한다. 이 다섯 무더기의 쌓임을 존재라고 붓다는 말했다. '나'란 비실체적인 몇 가지 요소들이 모여 일시적으로 존재하고 있는 임시적 존재, 인간은 '무아적 존재(無我的存在)'다. 무아 이론을 강조하는 것은 바로 고(苦)의 문제를 해결하기 위해서였다.

내가 없다는 무아(無我)를 깨닫게 하기 위하여 『반야심경』에서는 인연법의 현상이 모두 공(空)한 것임을 강조하고 있다.

"조견오온개공 도일체고액(照見五蘊皆空 度一切苦厄)."

'5온이 모두 공한 것임을 알아 일체의 고액에서부터 벗어났다.'가 그것이다.

『반야심경』은 5온, 12처, 18계와 12연기, 4성제와 그 깨달음마저도 실체가 없다는 것을 차례차례로 부정하며 잘못된 견해를 파사(破邪)해 나간다. 그러므로 5온의 공(空)함을 비추어 보고 일체의 고액을 건너 저 언덕에 이른다는 것이다.

『증일아함경』은 말한다.

"색(色)은 무상(無常)이요, 무상은 곧 고통이다. 이 고통은 무아(無我)다. 무아란 곧 공(空)이며 공이란 유(有)도 아니요, 유(有)가 아닌 것도 아니다."

『반야심경』에서는 그것을 '색즉시공 공즉시색(色卽是空 空卽是色)'으로 표현했다. 색은 즉 공이요, 공은 곧 색(물질)이라고. 만물의 본질은 공(空)이며 나타난 형상은 연기(緣起)의 법칙에 의한 것으로 본다.

일체가 무자성(無自性)이며 공(空)임에도 불구하고 눈앞에 나타나는 이 현상세계는 그렇다면 어떻게 설명할 수 있을까? 이러한 세계의 실상을 밝히려고 나타난 것이 유식(唯識)사상이다. 반야의 근본이 진공(眞空)이라면 유식의 근본은 묘유(妙有)가 된다. 공임에도 불구하고 눈앞에 펼쳐지는 이 세계를 '진공묘유(眞空이면서 妙有)'로 설명한다.

일체가 오직 식(識)일 뿐

우리가 실유(實有)라고 여기는 현상세계는 사실은 우리의 심층 마음이 형성한 허상일 뿐이며 가유(假有)라고 주장한다. 이 세계는 마음이 형성한 것, 마음이 그린 영상일 뿐이기에 마음 내지 식(識)과 다를 바 없으며, 따라서 일체가 오직 식(識)일 뿐이라는 '유식(唯識)'을 말한다. 일체유심조(一切唯心造)다. 유식이 성립하는 것은 우리의 식이 표층적 의식에 그치지 않고 현상세계를 형성하는 심층의 마음 활동이 있기 때문이다.

마음의 심층 활동이 그 대상을 덧칠하기 때문에 세상은 우리가 보는 것처럼 그렇게 있지 않다. 그러므로 대상은 없고 오직 마음뿐인 '유식무경(唯識無境)'이라 한다. 만법은 유식[萬法唯識]이다. 마음이 만든 걸 아는게 깨달음이다.

우리의 감각기관인 5근(안·이·비·설·신)이 감각 대상인 5경(색·성·향·미·촉)을 만나 그것들을 하나의 대상으로 지각하고 판단하는 식을 전(前)5식이라 한다. 눈이 인식의 대상인 색깔[色境]을 구별하는 식이 안식(眼識)이다. 보는 특정한 놈이 있어서 보는 것이 아니라 안·색의 작용으로 본다는 것, 즉 인식의 주체자인 '나'가 없다는 것을 말하려는 것이다. 이식, 비식, 설식도 마찬가지다. 의식은 의근(意根)이 법경(法境)을 만나 일으키는 식으로 제6식이라고 한다. 제6의식보다 더 심층적인 식이 제7 말나식인데 말나식은 제6의식보다 더 깊이에서 아집(我執)과 법집(法執)을 일으키는 심층식, 무의식적 의지라고 볼 수 있다.

제7 말나식은 대상을 그릇되게 인식하여 근본적인 번뇌를 야기하는 번뇌식의 성질을 갖고 있는 심식(心識)이다. 인간의 마음 가운데 깊이 자리 잡고 있으면서 아뢰야식의 진여성을 망각하고 번뇌를 일으키는데 그것은 아치(我癡), 아견(我見), 아만(我慢), 아애(我愛) 때문이다. 말나식은 선과 악의 상대적인 작용을 끊임없이 야기하고 많은 업력을 조성케 하여 윤회하도록 하는 동력이 된다.

제8 아뢰야식은 '저장'이라는 뜻의 알라야에서 음역된 것으로 저장식이다. 제6의식과 제7 말나식이 업을 지으면 그로부터 남겨지는 업력 종자(種子)가 아뢰야식을 이룬다. 조건이 형성되면 언제든지 발현하게 되는 씨앗과 같다. 그 종자들은 인연이 갖추어지면 구체적인 모습으로 현실화하여 변화한 것, 즉 전변(轉變) 결과물이라고 본다. 식(識)이 전변한 결과이기에 식일 뿐이며 영상일 뿐이다. 유식이라는 식(識) 안에 진짜 나는 없다. 나란 나를 포함한 일체의 현상이 원인과 조건 화합으로 생겨난 것이기에 독자성(獨自性)이 없으며, 본질적으로는 공(空)이며 무아다. 세상은 내가 만든 마음의 환영(幻影)에 불과하며 이 모든 것은 욕망이라는 원인에 의존한 현상일 뿐이다. 그러므로 욕망의 불을 끄는 것, 이것이 윤회에서 벗어나는 첫 번째 관문이다. 니르바나에 이르는 길이다.

그러기 위해서는 먼저 번뇌장(煩惱障)을 정화해야 한다.

오온의 집합체인 나를 나의 실체라고 착각하고 나와 내 것에 대해 일으키는 집착을 아집(我執)이라 하고, 나 밖의 모든 것에 대한 집착을 법집(法執)이라고 하는데, 아집은 번뇌장에 의하여 나타나고 법집은 소지장에 의하여 나타난다. 소지(所知)는 지혜를 뜻하며, 장(障)은 지혜를 장애하는 것을 뜻한다. 지혜를 방해하고 진리의 법계를 망각하여 그것은 나의 실체가 있다고 믿는 유신견(有身見)을 발생한다. 그리고 망령된 생각[妄]과 의심과 무지[無明]와 애착[愛]과 성냄[瞋]과 아만의 번뇌를 일으키며 지혜를 장애한다. 지혜를 가리고 열반을 장애한다.

인연법으로 생겨난 모든 법은 타(他)를 의지해 생하므로 의타기(依他起)라 한다. 마음의 체성[心王]과 마음의 작용[心所]도 인연에 의하여 형성된 것이며 인연에 의하여 행동이 시작되기 때문에 이를 의타기성이라고 한다. 인연법을 따라 생기(生起)하는 오온의 집합체가 공인 줄 알면, 따라서 윤회의 주체인 제8식도 공(空)인 줄을 알게 된다. 왜냐하면 식(識)은 연기된 것이기 때문이다. 아뢰야식의 공(空)함을 알면 윤회에서 벗어나게 된다. 그러므로 수행의 첫째 관문인 의식을 조절하는 일은 중요하다.

미국의 인지심리학자인 대니얼 데닛도 뇌 속에서 일어나는 모든 일을 관찰하고 통제하는 난쟁이 같은 의식은 존재하지 않는다고 말한다. 사람들은 감각 입력들이 모이고 통합되고 상영되는 내적 자아의 공간이 있다고 믿어 왔지만, 실제 뇌에는 그런 장소가 없으며 의식은 뇌의 정보가 다양한 메커니즘을 통해 분산적으로 처리되고 연속적으로 생성·편집되는 이야기들의 흐름 같은 것이라고 주장했다. 한 존재를 후속 존재에 연결시키는 그 식(識)은 명색(名色)에 의하여 조건 지어지며 영혼과 육체의 결합[名色]은 재생의 식(識) 때문에 생기는 것이다.

식(識)은 명색과 상호의존적으로 새로운 존재를 이룬다. 사후(死後)에 한 개체의 재생을 가져오는 것은 업(業의 형성력)에 의해 조건 지어진 식(識) 때문인 것이다. 전생(轉生)하는 것은 아무것도 없다. 다만 중단없이 지속하는 운동(陰陽)일 뿐이다. 그래서 업과 과보(果報)는 있지만 그것을 짓는 자는 없다고 말한다.

그렇다면 짓는 자가 없는데 어떻게 업과 과보가 있겠는가?(有業報而無作者)

『장아함』은 말한다.

"업과 과보는 있지만 그것을 짓는 자는 없다. 이 존재가 사라지면 다른 존재가 계속한다."

실재적인 존재가 없음에도 불구하고 이 상속(相續)은 존재가 죽어도 끊이지 않고 계속된다. 그것은 자립적인 것이다. 왜냐하면 그 자체 속에 계속의 원리가 있고, 그것은 업에 의해서 계속되기 때문이다.

업은 의도다. 생각이다.

미국의 심리학자 윌리엄 제임스는 '의식'을 이렇게 설명한다.

"그것은 끊어진 마디마디가 연결된 것이 아니다. 그것은 흐른다. 그것을 가장 자연스럽게 묘사하려면 '강'이나 '개울'이란 비유가 적절할 것이다… 우리는 그것을 생각의 흐름, 의식의 흐름, 또는 주관적 삶의 흐름"이라고 하는 것이다. 의식=주관적 삶의 흐름.

비유하자면 우유가 변하여 낙(酪)이 되고, 낙은 생소(生酥)가 되고 생소는 숙소(熟酥)가 되고 숙소는 제호(醍醐)가 되는 것과 같은 경우이다. 새로 태어난 존재는 죽은 존재가 남긴 결과이기 때문에 동일한 존재는 아니다.

상속(相續)이론에서는 죽은 자는 다시 태어나는 자와 동일한 '존재'가 아니라고 한다. 왜냐하면 존재를 구성하는 모든 요소들이 나타나자마자 저절로 그리고 즉시 사라져 버리므로 아무것도 한 존재에서 다른 존재로 옮겨가지 않는다는 것이다.

나비의 탈바꿈으로 비유할 수 있다.

알이 애벌레로 → 번데기 → 나비가 되었다.

이 경우 나비는 애벌레와 같지 않지만 그렇다고 완전히 다른 것도 아니다. 이 이론은 자립적(自立的)이다. 지속의 원리가 그 지속(持續) 자체 속에 있기 때문이다. 그것이(지속) 계속되는 것은 업과 욕망에 의해서다.

"그렇다면 업은 누가 주재하는가? 유식에서는 내 스스로 내 업보에 의해서 내가 주재한다고 한다. 그러나 식(識)의 공함을 알고 사량분별을 멈추며 업과 번뇌가 말끔히 없어짐으로써 해탈이 있게 된다. 업과 번뇌는 사유·분별로부터 생겨난다. 그러한 것들은 공(空)을 이해함으로써 없어진다."는 「중론송」의 말씀이 크게 다가온다.

앞으로 21세기의 사유는 무(無)와 공(空)을 생활 속에서 경험하는 것으로부터 출발해야 한다는 하이데거의 말이 아니더라도 공을 아는 일은 중요하다. 그는 '무의 사유'를 닥쳐올 미래적 사유로 제시한 바 있다.

아뢰야식의 전변에 대한 통찰은 내 몸이 있다는 유근신(有根身), 그리고 기세간(器世間), 자아와 세계가 공(空)이라는 것, 즉 아공(我空)과 법공(法空)을 밝게 증득함으로써 무거운 장애(번뇌장과 소지장)를 끊고 뛰어난 증과(해탈과 보리)를 얻게 함에 있다. 연기(緣起)된 식(識)의 공함을 알고 그 모든 게 마음의 투사일 뿐, 실재(實在)가 없는 가유(假有)로서 그것은 꿈일 뿐, 아뢰야식의 전변(轉變)이라는 알아차림은 마침내 우리를 꿈에서 깨어나 자유인이 되게 한다.

윤회의 주체인 아뢰야식의 공(空)함을 깨닫는 순간 고(苦)로부터의 해방이다. 붓다가 출현하신 진정한 목적도 이고득락(離苦得樂), 여기에 있었다.

생멸(生滅)이 없어진 자리,
적멸(寂滅) 그대로 즐거움이다.

생멸멸이(生滅滅已)
적멸위락(寂滅爲樂)

니르바나의 노래이다. 이것은 나찰이 설산동자에게 들려준 게송이다.
부처님의 전신인 설산동자는 만행을 다니던 중 아래의 게송을 듣고
무척 기뻤다.

세상의 모든 것은 무상하다.
이것은 났다[生]가는 사라지는[滅] 법이다.

제행무상(諸行無常)
시생멸법(是生滅法)

설산동자는 다음 구절을 기대하며 주위를 둘러보았으나 사람을 잡
아먹는 나찰(악귀)밖에는 아무도 없었다. 그에게 후렴구를 간청하자 나
찰은 배가 고프다며 설산동자의 몸을 요구했다. 그 조건에 응한 동자
는 '생멸멸이 적멸위락'의 후렴구를 듣고는 곧바로 나무 위로 올라가
나찰을 향해 몸을 던졌다. 순간 나찰은 제석천으로 변하여 설산동자
를 받아 안았다.(『대열반경』) 마음 작용이 사라지고 나면 열반이다.
적멸위락(寂滅爲樂). 이 네 글자를 요즘 가슴에 품고 지낸다. 몸을 버

릴 나이에 가까워지니 공(空)을 모르면서도 공(空)으로 나아가게 된다. 색(色) 그대로 공(空)을 보듯, 무상(無常)한 내 존재를 그대로 본다. 여기에 따라붙을 호오(好惡)가 없다.

친절한 영가(永嘉)스님께서 내게 한 말씀 던지고 가신다.

'깨치면 업장은 본래 공(空). 아직 깨치지 못하면 당연히 묵은 빚[宿債]을 갚아야 하네.'

주섬주섬 나는 묵은 빚을 챙긴다. 그런데 이번 여름 알 수 없는 미열에 잡혀(대상포진으로 판명 났음) 거미줄에 걸린 생명체처럼 아무 저항 없이 지냈다. 귀청 따가운 매미의 절박한 울음소리를 들으며 찌는 폭염 속에서 그저 멍하니 투항하듯 무심(無心)밖에는 다른 방도가 없었다.

내가 올라탄 거미줄이 음표처럼 출렁였다. 때론 이슬로 '반짝'했다. 그 위로 서늘한 바람 한 줄기가 지나갔다. 헐거워진 나사처럼 불편한 대로 남은 생을 껴안고 삶을 좋아하지도 죽음을 싫어하지도 않으련다. 두더쥐처럼 어두운 땅굴을 헤쳐나오는 데 한평생이 걸렸다. 훤하게 밝아오는 새벽, 그것과 마주하는 이 조용한 기쁨, 내가 살아서 누리는 전부가 아닌가 한다.

환지본처(還至本處)

먹기 위해 살 것인가, 살기 위해 먹을 것인가? 이런 논제를 가지고 우리는 제법 심각하게 설전을 벌인 적이 있었다. 이제 생각해보니 인생 경력이 짧은 대학생들의 그저 탁상공론 같은 짓이었다. 부모님 슬하에서 밥 먹는다는 일의 어려움을 알 리 없었고 살려면 먹어야 한다는, 먹을 수 있는 기능의 소중함도 알지 못할 때였다. 그때는 젊고 건강했으며, 세상 풍파를 덮어 주는 부모님이라는 거대한 지붕이 있었을 때였으니까.

요즘은 밥이 어려워 동반 자살을 결심하는 가장이 늘어나며, 각종 범죄와 카드빚 신용불량자가 나날이 늘어나서 사회 문제로 제기되고 있다. 나도 밥이란 그냥 먹어지는 것인 줄만 알았다. 그러다 남의 부모가 되어 보고서야 인생의 책임과 밥 먹는 일의 고달픔이 어떠한 것인지를 가늠하게 되었다.

커튼이 드리워진 창밖으로 불빛이 새어 나오고 가족이 둘러 모인 식탁에 어머니가 따끈한 된장 아욱국을 차례대로 앞에 떠놓으며 "식기 전에 먹어라" 미소 띤 그 말씀도 얼마나 듣기 좋던가. 그런 날이 늘 이어지는 줄만 알았는데. 내 어린 시절을 떠올리면 가족의 식탁이 무엇을 의미하는지 그 소중함이 절실해진다.

며칠 전 TV에서 본 영화 〈피아니스트〉의 한 장면도 잊혀지지 않는다. 생존을 위한 절대 식량. 유태인 학살을 피해 숨어 지내야 하는 그에게 물 한 방울 빵 한 조각은 그대로 생명이었다. 먹어야 살기 때문이다.

많지도 않은 월급에 좋은 시절을 다 바쳐야 했던 지난 시간을 돌이켜보면 조금은 억울하다. 할 수만 있다면 돈을 지불하고서라도 젊음의 그 시간을 되돌려 받고 싶은 심정이다. 남보다 늦은 결혼과 취직, 남편을 도와 '집 장만을 위해서'라는 목표로 애들을 제쳐두고 직장으로 뛰어야 했던 시절. 무더운 오후였다. '솟대' 같은 친정이라도 있으면 몸살기가 있을 때 가끔씩 달려가 누우련만.

그날따라 미열도 느껴지고 몸이 무거워 발걸음이 잘 떨어지지 않을 때였다. 신발은 굽이 있는 구두였고, 핸드백을 든 양손에는 무거운 찬거리가 들려 있었다.

눈앞에 언덕길은 턱에 차고 날은 저무는데 어두워지는 골목길을 빠져나오니 아이들이 배고플 시간, 황망히 집 근처에 다다를 때였다. 내 앞에 맨발로 우뚝 나타나신 부처님, 묵묵히 가사를 수하시고 한 손에 밥을 빌어 드신 채로 물끄러미 나를 바라보고 계셨다. 애민한 눈빛으로 그래서는 안 된다는 말씀을 하시려는 듯 보였다.

힘겹던 내 삶의 무게가 그대로 녹아내리는 순간이었다. 부처님께서 허기만을 위해 밥을 빌어 오신 것만은 아닐 터이다. 나도 모르게 주르록 눈물이 흘렀다.

법도대로 일상을 지키고 나서 환지본처(還至本處)하여 높은 정(定)에 드셨다는 『금강경』의 한 대목이 뜨겁게 가슴에 차올랐다.

부처님께서 사위국 기수급고독원에서 천이백오십 인의 비구들과 함께 계셨는데 밥 때가 되자 부처님께서는 가사를 입으시고, 바리때 (밥그릇)를 들고 사위성으로 들어가시어 그 성안에서 밥을 걸식하실 적에 차례차례로(일곱 집까지만) 빌어 마치시고는 본래 계시던 곳으로 돌아와 ─ 환지본처(還至本處)하여 진지를 잡숫고 나서, 가사와 바리 때를 거두시고 발을 씻으시고는 자리를 펴고 앉으셨다.

그냥 무심히 지나쳐 읽었던 『금강경』의 한 대목이었는데 나는 거기에서 목이 메고 말았다. 마음속으로 합장을 올리고 그 자리에 서서 거기에 계신 듯 반배를 드렸다.

우리는 저마다 가서 도달해야 할 환지본처가 있다. 분명 먹기 위해 사는 것은 아닐 터이다. 각자 그 환지본처에 도달하고자 애써 밥을 먹고, 밥을 먹은 다음 높은 정(定)에 드신 것을 보여 주신 부처님처럼 우리는 저마다 도달해야 할 본래 그 자리를 알고 있다.

삶이 귀찮고 고달프다고 일상생활을 소홀히 할 수 있겠는가? 나는 전쟁의 공포와 아사(餓死)를 극복하고 방송국에 돌아온 피아니스트가 다시 제 자리에 앉아서 들려주던 쇼팽의 음악을 잊지 못한다. 아름다운 선율로 우리의 아픔을 어루만져 주던 그의 손길과 따스한 눈빛을 오래도록 잊을 수 없다. 본래 자리로 돌아오기 위해 피아니스트는 화장실 오물로 목을 축이고 생명을 연명했던 것이다.

맨발로 밥을 얻어 나오시는 부처님의 모습에서 나는 크나큰 생의 위안을 전해 받으며, 무언(無言)의 설법을 다시금 되새기곤 한다.

만목(滿目)의 가을

은행나무가 노랗게 물들기 시작하면 마음에 따라와 번지는 가을. 깊숙이 그 속에 들어앉고 싶다. 거리를 거닐면서도 눈은 연신 은행나무 잎을 살피게 되는 버릇. 야위어 가는 푸른빛의 퇴색을 심장(深長)하게 바라보게 되는 것이다. 미망(迷妄)에 갇힌 어느 젊음이 완성으로 이르는 길목 같아서다.

해질 무렵, 시월 넷째 주 올림픽공원을 찾았다.

눈에 가득 들어차는 가을. 단풍이 곱다. 원두를 잘 끓여낸 커피색의 갈참나무. 왕벚나무의 선홍빛 단풍도 곱지만 내가 항용 마음을 빼앗기게 되는 것은 은행나무의 노란 단풍이다. 칙칙하던 녹음 속에서 깨어나 환하게 웃고 있는 얼굴. 내명(內明)한 어느 현자(賢者)를 만난 듯싶어 괜히 가슴이 설렌다.

이맘때가 되면 나는 연례행사처럼 은행나무 아래를 서성이곤 한다.

무엇인가 가슴에 차오르는 생의 충만감을 누르며 노랗게 물든 그 나무 밑을 즐겨 왕복하게 되는 것이다. 작년에도 그랬고, 내년에도 그럴 것이다. 아름답게 제 빛깔을 완성한 그 은행나무 잎들이 떨어지고 나면 그야말로 내 한 해는 다 가고 마는 느낌. 생존을 확인하는 교차 지점이기도 하다.

올림픽공원 남문 밖이다.

길가에 줄지어 선 은행나무들의 저 늠름한 자태. 리듬을 타고 나뭇잎들이 물결친다. 거기에 카라얀의 뒷모습이 겹친다. 그의 지휘봉을 따라 황금비가 노랑나비의 음표로 쏴르르 쏟아져 내린다.

석양 속으로 가벼이 가벼이 날리는 영혼.

눈앞에 펼쳐지는 이 장관을 어떻게 전하랴?

그때 전광석화처럼 운문(雲門)선사의 한마디가 머리를 스쳤다.

'체로금풍(體露金風).'

"나무가 시들고 잎이 떨어지면 어떻게 됩니까?" 하고 제자가 물었을 때 운문은 "가을바람에 본체(本體)가 드러나지." 하고 이 넉 자를 썼던 것이다.

가을바람에 몸만 말고 마음의 비늘도 떨어내야 하리라.

심신의 탈락(脫落)이 전제되지 않고서는 어찌 본체[진리]를 보랴.

요즘은 환(幻)인 줄 알면 곧 여읜다는 『원각경』의 '지환즉리(知幻卽離)'를 가슴에 새기면서 곱씹고 있는 중이다. 자의식(自意識)이 그려놓은 허깨비[관념]에 속지 말라는 말씀을.

우수수 또 한 차례 황금비가 쏟아진다. 하늘의 무슨 기별(奇別) 같다.

그것들은 노랑나비 떼처럼 공중을 선회하다가 사뿐히 내 어깨 위로 내려앉는다. 그것을 감각(感覺)하는 나라는 존재는 분명 여기 있는데 가합(假合)된 이 존재는 정말 있는 것일까?

갑자기 이런 생각이 든 것은 생명의 낙하(落下)가 바로 눈앞에서 펼쳐진 때문이다. '현상적(現象的)인 나'라는 그 존재가 없다는 것은 아닐 터.

'나'라고 하는 관념이 실체(實體)가 아니라는 사실을 깨닫는다. 그리하여 관념의 허상(虛像)과 주객(主客)이 떨어져 나간 자리에 오롯이 드러나는 본체[自性]. 운문은 그것을 말하고자 함이 아니었을까?

등뒤로 내리쬐는 햇볕이 따스하다.

이런 날은 햇볕에 나와 옷을 말리다가 이[蝨]를 옷 속에 다시 넣어 입었다는 양관(良寬)선사가 문득 그리워지기도 한다.

설사하며 임종에 이르러 그가 내놓은 말.

겉도 보이고,
속도 보이며
떨어지는 단풍이여!

나는 이 시구를 좋아한다. 고매한 정신과 무상한 육체의 탈락. "떨어지는 단풍이여"로 언하(言下)에 드러나는 진면목(眞面目).

'체로금풍'이다. 이렇게 주객을 떼지 않고도 분별을 떨쳐 버린 자리. 이런 자유인들이 그리워지는 계절이다.

소쇄한 가을바람에 본체를 드러내는 저 나무들.

저녁노을에 물든 은행나무가 금색 옷을 입으신 대일여래(大日如來)로 다
가온다. 거룩한 광명의 현현(顯現). 나는 그 앞에 잠시 망부석이 되었다.

　　눈 시린 이 만목(滿目)의 가을에.

지성감천(至誠感天)

지성이면 감천이다.

지극한 정성에는 하늘도 감동하고 만다는 뜻이니 예부터 우리 선인들은 매사에 '정성' 그것도 보통 정성이 아닌 '지극한 정성'을 다하라고 강조해 왔다. 성(誠)과 경(敬)은 유학에서 늘 강조해 오던 최고의 덕목이다.

"사람에겐 성(誠)에 이르는 것 이외에 다른 일이 없다(至誠則無他事)."고 말한 이는 순자(荀子)였다. 무슨 일을 하건 정성이 지극하면 이루지 못할 일이 없다는 경우에 이 말은 쓰인다.

신라 때 사람, 손순(孫順)은 품팔이를 하여 늙은 어머니를 봉양하였다. 끼니때마다 어린 손자 놈이 노모의 음식을 뺏어 먹는지라 하는 수 없이 그는 아내와 의논했다.

"아이는 다시 얻을 수 있지만 어머니는 두 번 다시 구할 수 없소."

이렇게 결론을 내린 내외는 아이를 들쳐 업고 취산 북쪽 기슭으로 가서 땅을 파기 시작했다. 아이를 묻으려는 순간 그곳에서 기이한 석종이 하나 발견되었다. 집에 가져와 대들보에 매달고 소리를 울려보니 여태까지 듣기 어려운 아름다운 소리였다. 맑은 종소리의 경위는 임금의 귀에까지 들어가게 되었다. 이로써 손순의 지극한 효가 세상에 알려지게 되었고 이에 감동한 임금은 집 한 채를 그에게 하사하고 해마다 쌀 50섬씩을 주게 하였다. 사람들은 한결같이 입을 모아 '지성감천'을 운위했다.

그러나 나는 되물을 수밖에 없다. '지성(至誠)에 과연 감천(感天)이 따라 붙는 것인가?'

이것의 불일치로 얼마나 많은 사람들이 배반감을 경험해야 했던가. 사람들은 저마다 자기 방법대로 최선을 다하며 산다. 남모르는 인고로 정성을 다해 바쳤건만 하늘은 그때마다 응답을 주지 않았다. 아직은 때가 이르지 않았다거나, 기도가 부족했다거나, 혹은 정성이 모자랐다고 귀띔하는 이들도 있다. 지성에 감천이 없는 것이다. 메아리 없는 불감천, 묵묵부답인 하늘 앞에 절망의 가슴을 쓸어내려야 하는 손길은 또 얼마나 많았던가.

한바탕 입시철의 먹구름이 지나갔다. '불감천'의 허탈에 빠져 있는 학부모들을 무엇으로 위로할 수 있을까. 어느 날 나는 산문에 들어가 선사께 여쭈었다.

"지성감천이란 정말 있는 것입니까?"

선사의 대답은 뜻밖이었다.

"거, 감천은 떼어버리시오."

속으로 무릎을 쳤다. 얼마나 통쾌했는지 모른다. 그렇다. '감천(感天)'은 떼어버려야 한다. '감천'을 계산에 넣은 '지성'이란 지성이 아니기 때문이다. 이것은 마치 놀부의 박과도 같다. 목적의식이 계산된 선행이 어찌 선행(善行)이 될 수 있겠는가. 부모를 위해 아들을 묻어야겠다고 생각한 손순의 지효는 미리부터 석종을 겨냥한 것이 아니었다. 뜻이 순수할 때, 비로소 지극무사(至極無私)한 하늘의 뜻과 합치될 수 있는 것이리라.

하늘의 도는 성(誠)이요, 그 성(誠)을 생각하는 것은 사람의 도다.

"지성으로 사람을 감동시키지 못하는 것은 없다(至誠而不動者 未之有 也)"고 한 이 말은 『맹자(孟子)』에서 연유된 듯싶다. 공자의 손자이며 맹자의 스승인 자사(子思)는 『중용(中庸)』 25장에서 이렇게 말하고 있다.

지성(至誠)은 사람을 움직인다. 그 지성이 있는 사람만이 세상에 감화를 미치게 한다(唯天下至誠爲能化).

우리는 최선을 다할 뿐이다. 지성(至誠)에 휴식이 없는 저 하늘처럼, 그리고 땅에 발을 딛고 무거운 바윗돌을 올려야 하는 시시포스처럼 되풀이되는 노작(勞作)을 마다 않고 결행해 나아가는 것이 한편 삶이 아닐런가.

하늘의 움직임은 굳건하다. 지성무사(至誠無私)하다. 하늘은 말없는 가운데 네 계절을 순환시킨다. 기분 좋다고 해서 봄을 빨리 오게 하지 않는다. 춥다고 해서 겨울을 물리치지도 않는다. 한 치의 오차도 없이 봄, 여름, 가을, 겨울이 가고 오며 밤과 낮이 이어지게 한다. 오직 성(誠)이 있을 뿐이다.

"지언(知言)은 말을 초월한다. 지위(至爲)는 무위(無爲)와 같다." 여기에 한 마디를 보태고 싶다.

"지성(至誠)은 성(誠)을 초월한다."

별

별을 별답게 처음 본 것은 6·25 피난지인 어느 초등학교 마당에서였다. 우주에 대한 첫 경험은 아홉 살짜리에게 놀라운 경이였다. 어둠 속에서 오롯하게 존재를 드러내던 신비로운 별, 작은 가슴이 팔딱거렸다.

이후로 두 번째의 충격은 지난겨울, 피지에 갔을 때였다. 그곳 원주민들이 모여 산다는 '나발라의 민속촌'을 찾았다. 300채의 부레(草家)에서 그들은 공동체를 이루며 살고 있었다. 관습에 따라 '술루'라는 치마를 구해 입고, 카바가루와 빵을 사 들고 현지인의 안내를 받으며 그들을 예방했다. '마마누카'라는 전통의식을 치른 뒤 추장이 내어 준 방에서 하룻밤을 묵게 되었다. 전기도 없는 오지의 산간 마을, 뒷간 볼 일로 남편을 깨워 더듬더듬 밖으로 나왔다.

칠흑 같은 밤에 대체 누구의 마련이던가.

온 하늘에 금강석을 뿌려놓은 듯, 찬란하게 펼쳐진 수많은 밤하늘의 별들. 태고의 신비 앞에 불려나온 듯했다.

손을 뻗치면 금방이라도 닿을 듯한 공간에 주먹만한 별들이 허파로 숨을 쉬는 게 느껴졌고, 눈을 깜박거리는 별들의 촉광도 감지될 듯했다. 연이어 소리 없는 폭죽이 사방에서 터지고, 길게 꼬리를 물며 땅으로 내리꽂히는 유성들의 낙하. 숨죽이며 그 장관을 지켜보고 있었다.

어린왕자와 윤동주가 보았던 별도 이처럼 장엄하였을까?

"별 하나에 추억과 별 하나에 사랑"을 외치던 윤동주 시인도 하늘에 올라가 별이 되었을까?

나는 별의 탄생과 윤회를 생각하다가 문득 서울에 두고 온 이시우 선생의 책이 생각났다.

「별처럼 사는 법」에서 선생은 별과 인간의 일생을 비교하면서 왜 우리가 별처럼 살아야 하는가를 조용히 역설한다.

별은 우리 인간과 달리 태어날 때, 평생 먹고살 수 있는 양식(질량)을 갖고 태어난다. 그러므로 그들에겐 탐욕이 없으며 탐진치(貪瞋癡)가 없다. 어떠한 집착심도 없이 여여(如如)한 무아의 경지를 이루고 있다. 이미 수행도 필요치 않으며 후세에서 과보 또한 받지 않는다.

별은 잘났다는 자아의식도 없으며, 남과 다투며 남을 무시하는 인상(人相)도, 다른 별들을 무조건 따라가는 중생상(衆生相)도 없고, 오래 살고자 하는 수자상(壽者相)도 없다. 별은 오직 조상 대대로 물려받은 화학적 및 물리적 집단 무의식만을 지니고 있으며 이것을 다음 세대에 물려줄 뿐이라는 것이다.

별은 언제나 가장 낮은 에너지 상태에서 가장 적은 에너지를 쓰면서 외부 반응에 순응하며 이웃과 조화롭게 관계를 맺고 있다는 대목에 나는 연필을 깎아 밑줄을 그었었다.

욕심을 줄여 별처럼 살지 않는다면, 우리는 과연 이 병든 지구에서 다른 생명들과 얼마나 더 어울려 살 수 있을까?

　전기도 없이, 문명의 혜택도 없이, 온 식구가 방 하나에 거처하면서 손으로 빵을 뜯어먹고, 소박하게 웃으며 맨발로 걸어 다니는 간소하기 이를 데 없는 그곳 사람들의 삶을 보면서, 그날 밤 하늘의 별이 왜 그토록 영롱했었는지를 알 수 있을 것 같았다.

이 마음이 청정하면

입추가 지나더니 바람 끝이 벌써 다르게 느껴집니다. 금년 여름은 집
중호우 때문에 그다지 더운 줄도 모르고 지냈습니다. 여름은 여름다워
야 하는 건데 왠지 피식 꺼지고 마는 젖은 불쏘시개를 보는 듯 마음
한구석이 편치 않았던 것은 왜일까요.

수마가 지나간 방안에서 허탈해하는 김해 시민들의 표정은 참으로
망연하여 말할 수 없이 안타까웠습니다. 어이없는 수재(水災)에 그래도
주부들은 팔을 걷어붙이고 그릇을 씻고, 곰팡내 나는 벽지를 뜯으며
가족들을 위해 삶의 터전을 매만지는 걸 보니 가슴이 찡해 옵니다.

그러나 가구는 물이 불어서 저절로 떨어지고, 썩어서 악취가 나는
밭작물은 걷어내는 일이 오히려 더 큰 일이었습니다.

어떻게 하면 그분들에게 삶의 용기를 불어넣어 줄 수 있을까요? 하
늘의 어느 부분이 뚫린 듯 끊임없이 쏟아져 내리는 비를 원망스레 올
려다봅니다.

왜 해마다 이와 같은 일들은 되풀이되는 것인지요? 홍수와 가뭄으로 몸살을 앓는 것은 우리나라뿐만이 아니라 이제 지구촌 어디라도 기상이변의 영향에서 벗어날 수 없게 되었다고 합니다.

수몰 위기에 처한 남태평양의 섬나라, 투발루는 인도양에 위치한 몰디브 등과 협력하여 미국과 오스트레일리아 변호사를 통해 소송을 위한 준비 중에 있다고 합니다.

이유인즉 평균 표고가 1.5m인 투발루가 8년 뒤에는 그 해면이 88cm나 상승할 것이라는 기후변동에 관한 정부의 발표가 나오자 아예 전 국민을 이주시켜야 하는 계획에 봉착하게 되었기 때문입니다.

해면 상승의 원인은 지구 온난화에 따른 것이며, 원인 제공자로서 손해배상을 청구 받게 될 대상은 석유, 자동차, 무기, 담배회사 등의 해당 관련자들인 것입니다.

그러고 보면 수재(水災)는 자연의 재해가 아니라 사람이 만들어낸 인재(人災)임에 틀림없습니다. 최근 이와 같은 기상이변을 두고 전문가들은 지구 온난화 외에 한 가지 원인을 더 추가하고 있는데 그것은 계속되는 환경오염으로 인한 엘리뇨 현상이라는 것입니다.

태평양 동부 해역의 수온이 비정상적으로 높아져 바람과 강수량의 유형을 바꿔 천재지변을 일으키는 현상인데 4~5년 주기로 일어나 4년 전에도 이미 2만 4천여 명의 목숨을 앗아갔고, 세계의 곳곳을 황폐화시켰습니다.

반갑지 않게 이번에 또 찾아온 엘리뇨도 동유럽과 아시아 일부 지역에 홍수 재난을, 그리고 아프리카와 터키, 동남아, 미국 지역에는 극심한 가뭄 현상을 초래하는 등 참으로 예측할 수 없는 재앙을 몰고 왔습니다.

뿐만 아니라 귀중한 역사와 문화재까지 위협하고 있습니다. 동유럽을 강타한 집중호우는 모차르트의 고향인 잘츠부르크와 작곡가 드보르자크의 생가가 있는 프라하 북쪽 지방도 물에 잠기게 했고 엘바강의 범람으로 독일의 '바로크 시티'로 불리는 드레스덴의 피해도 컸다는 보도입니다.

오페라 극장 젬퍼오퍼는 물이 차서 문을 닫아야 했고, 츠빙거궁 미술관은 라파엘로의 명화 〈시스티나의 성모〉 등 그림 4천여 점을 급히 대피시키느라 소동을 벌여야 했습니다.

유네스코가 세계문화유산으로 지정한 프라하의 천년 고도도 물바다가 되고 말았습니다. 우리가 애써 가꾼 문화도시, 궁전, 탑, 미술품, 농작물 인명에 이르기까지 수몰과 유실은 실로 눈 깜짝할 사이에 일어나고 맙니다.

그러나 그것을 다시 이룩하기란 결코 쉬운 일이 아닙니다. 외양간을 아무리 튼튼하게 고친다 해도 한 번 잃은 소는 다시 되찾을 수 없는 노릇이기 때문이지요. 망극할 따름입니다.

우리의 편리한 문명 생활을 위한 자동차, 석유, 매연, 산(酸) 등이 그런 기상이변을 불러오게 한 주범이라는군요.

또 아시아의 하늘을 덮고 있는 '갈색 구름층'은 오염미립자로 이것은 일주일에 지구 반 바퀴를 돌 수 있을 정도로 이동 속도가 빠르며 이 구름 떼가 전 세계에서 기상이변을 일으킬 수 있다고 경고합니다. 이제 지구촌의 가족은 뗄 수 없는 한 몸입니다.

아시아에서 목재나 가축 배설물을 사용하여 난방을 해도 그것이 오염 구름층을 형성하여 곧 지구의 기상이변을 초래하게 됩니다. 보이지 않게 이렇게 세계는 연결고리로 이어져 있습니다. 그러므로 아시아가 병들면 세계가 병들고, 서양이 무력해지면 동양도 위태로워지고 맙니다. 이에 부처님 말씀이 한 가지 떠오릅니다.

"천지는 나와 더불어 한 몸(天地與我同根)"이라는 말씀이 그렇게 실감나게 다가올 수가 없습니다. 이제는 나만의 '나'가 아니라 '다수' '중생' '세계' 속의 나로 자각하는 각성이 필요할 때입니다.

눈을 감으면 한 장면이 다시 떠오릅니다. 부처님께서 많은 비구들과 보살들을 거느리고 남쪽으로 향하다가 갑자기 걸음을 멈추고 마른 뼈 무더기가 쌓여 있는 곳을 향해 절을 하셨지요. 그것도 정중한 오체투지로. 너무도 깜짝 놀란 아난존자가 세존께 여쭈었습니다.

"삼계의 대스승이며, 사생(四生)의 어버이신 세존께서 어찌하여 이 뼈 무덤에 절을 하십니까?"

그때 부처님의 말씀은 참으로 충격적이었습니다.

"아난아, 이 한 무더기의 뼈는 혹시 나의 전생의 할아버지이거나 부모일 것이기에 절을 하였느니라."

나는 그 후 『은중경』에서 전생의 일을 보게 하신 '불인숙세(佛認宿世)'에 대해 생각해 보는 계기를 갖게 되었습니다. 일찍이 이런 것을 꿰뚫어보신 심원한 부처님의 인연관에 머리가 숙여질 따름이었지요.

네가 있으므로 내가 있고 내가 있으므로 모든 것이 존재한다는 연기관(緣起觀). 이와 같은 원리, 이와 같은 진리를 미리 알았더라면 지구의 생태계가 덜 망가지고 덜 병들지 않았나 싶습니다. 전(前) 전생의 할아버지, 전(前) 전생의 부모 아닌 게 없다고 생각하니 미물에도 꽃 한 송이에도 숙연해집니다.

십수 년 전의 일입니다. 벽제 화장터에서 어린 조카는 가루가 되어 나왔습니다. 나무 상자에 담긴 얼마 안 되는 하얀 가루. 그것이 예쁜 그 아이의 몸이었습니다.

우리는 그 아이를 예쁜 라일락꽃이 핀 나무 밑동에 뿌렸습니다. 어느 결에 내 무의식 속에서는 그 아이와 라일락이 맺어져 무심히 스치는 라일락 향기에도 소스라칠 때가 있었고, 아름다운 향내가 마음 안에 들어오면 가슴 한끝이 저려 오곤 했습니다. 다섯 살 난 예쁜 여자아이였습니다.

이후로 모든 사물이 간단하게 여겨지지 않았습니다. 팔랑대는 나비한 마리, 창가에 앉은 새 한 마리, 무심히 밟힌 구둣발, 남을 위해 하기 싫어도 바쳐야 하는 내 시간, 그리고 이 『금강』 지와의 인연도 어느 날갑자기 바람처럼 다가온 것이 아니라는 생각이 듭니다.

누군가 인생의 길흉과 화복에 대해 말씀하시기를, 그 모든 것이 연고(緣故)가 있게 오는 것이라는 가르침이 문득문득 떠오르곤 합니다. 우리가 지금 받은 재앙도 까닭없이 온 것이 아니었으며 하늘이나 보고 원망해야 하는 천재(天災) 또한 아니었습니다. 이 때문에 유마힐 거사께서 애꿎게 중생의 병을 앓았던 것이지요.

이젠 조금씩 덜 편리해져야 하겠습니다. 음식 덜 먹고 쓰레기 줄이기, 자동차 덜 타고 걸어 다니기.

내 마음이 이러한 근검에 동의할 때, 기분은 말할 수 없이 상쾌해집니다.

이 마음이 청정하면 그 몸이 청정하고, 그 몸이 청정하면 여러 몸이 청정하고, 여러 몸이 청정하면 국토가 청정하고, 국토가 청정하면 세계가 청정하다.

『원각경』의 말씀은 틀림없는 진리인 것입니다. 인류의 재난(災難)을 극복하는 대안으로 부처님의 말씀과 연기관을 여러분 앞에 내놓고 싶습니다.

일조진(一朝塵)

은퇴 이후의 삶이란 언뜻 평온해 보이나 기실은 좀 지루하다.

바쁘지 않게 해가 뜨고 별다른 일 없이 해가 진다. 그날이 그날 같다지만 몸 안에서 일어나는 변화는 그렇지 않다. 하루에도 수만 개의 세포가 죽고 다시 태어나며, 하루 동안에도 마음은 대략 5만 가지를 생각할 정도로 산란하게 요동치며 변화를 계속한다고 한다. 항상(恒常)한 것은 하나도 없다. 어제와 달라진 나를 감지하며 천천히 물러나는 일을 익히는 중이다.

액자 '虛心(허심)'에 눈이 더 간다. 글씨를 써 주신 오영수 선생도 벌써 딴 세상 사람이 되셨다. 요즘 나는 〈가요무대〉를 통해 지인들과 함께한 추억의 시간 속으로 곧잘 빠져들곤 한다. "지나친 그 세월이 나를 울립니다." 이 멜로디를 기타로 들려주시던 선생의 모습도 그립고 "파도여 파도여 서러워 마라."를 외치던 친구의 제스처까지도 눈앞에 그려지는 것이다. 어젯밤 꿈엔 그 친구와 함께 있었다.

불교의 인연으로 만난 J씨는 '무문회(無門會)'의 회장이고 나는 그 모임의 총무였다. 그분은 친구와 내게 가끔씩 우리가 좋아할 만한 물건(스카프나 핸드백)을 내놓고 고르게 하였다. 30년 전, 우리는 그걸 요긴하게 나누어 썼다. 이제는 내가 서랍과 장롱을 정리해야 할 나이에 이르러 물건을 없애는 중인데, 간밤엔 그 친구와 내가 그전처럼 옷가지와 패물 앞에 나란히 앉아 있었다. 친구는 부동자세였고 나는 이것저것 뒤적이며 '누구라도 줘야지' 하면서 몇 가지를 골라 들었다. 눈웃음을 치며 좋아라 하던 그 친구는 시무룩한 표정이었고 요긴한 것도 아닌데 손에 든 내 자신도 그다지 유쾌하지는 않았다. 찜찜한 상태에서 눈을 뜨니 꿈이었다.

'확' 하고 찬 기운이 스쳐 갔다. 두 사람은 이미 죽은 사람이 아닌가.

그때 며칠 전 〈전설의 고향〉에서 본 마지막 장면이 덮쳐 왔다. 혼인을 언약한 선비가 몇 해 만에 낭자의 집에 당도했는데 집은 이미 폐가가 되었고, 낭자의 간청으로 그날 밤 두 사람은 냉수를 떠놓고 작수성례를 올린 뒤 신방을 치렀다. 아침에 깨어 보니 이불 속 신부는 간데없고 해골이 누워 있었다. 그날 아침, 선비의 심정이 나와 다르지 않았으리.

나는 꿈에서 내 마음을 보았다. 놓는 연습을 익혀 왔건만 무의식의 창고에 이렇게 물욕이 남아 있다니… 심층 밑바닥에 있는 내 마음의 찌꺼기를 볼 수 있는 기회였다. 그야말로 백골 앞에서 이런 것들은 다 하루아침의 티끌이 아니던가. '일조진(一朝塵)' 하고 낮게 부르짖었다.

화면에서는 연이어 최백호 씨의 노래가 흘러나온다.

첫사랑 그 소녀는 어디에서 나처럼 늙어 갈까?

가버린 세월이 서글퍼지는 슬픈 뱃고동 소릴 들어보렴.

가버린 세월에다 획을 내리긋는 듯한 긴 무적 소리가 환청으로 울려
온다.

만나본 지 하마 오래된 나의 지인들. 그들은 어디에서 지금 나처럼
늙어 가고 있을까? 각자 목숨을 추스르느라 힘든 시간을 보내고 있을
그들을 떠올리다가… 그만 아득해지고 만다.

… 다시 못 올 것에 대하여.

마치 엇갈린 기차처럼, 이대로 지나쳐 버리고 마는 것이 인생인 것도
같다.

제3부

문학과 인간

문학과 인간

인간에게 문학은 무엇인가?

고해인가? 위안인가? 첫사랑과도 같은 설렘으로 다가왔던 문학, 그 열망도 나이 따라 한풀 꺾인 지금 나는 내 문학적 행보를 돌아본다. 왜 그랬을까? 전과자가 은밀하게 범죄 현장을 찾듯 내 발걸음이 닿은 곳은 불우한 작가들이 숨진 마지막 장소이거나 그들이 묻힌 묘지였다. 모파상이 혼자 숨진 블랑슈 박사의 정신병원, 보들레르가 눈을 감은 돔가(街)의 정신병원, 시인 제라르 드 네르발이 목을 맨 파리의 어느 뒷골목. 다자이 오사무가 뛰어내린 다마카와 상류. 가와바타가 자살한 가마쿠라의 마리나 맨션. 아쿠타가와 류노스케가 자살한 다바타 435 번지의 주소를 들고 동네 어귀를 몇 바퀴나 돌기도 했다.

내 안의 어떤 요소가 그들을 찾게 했을까?

그들의 자살과 고통의 의미를 내 몸에 문신으로 새겨 넣으면서 그들의 문학과 아픔에 동참하려고 애썼다. 나는 그들의 절망을 양식 삼아

내 고통을 치유하면서 인생과 화해하는 버릇을 키워 왔다. 자살하지 않고 이만큼 둔하게 살아남은 이유일지도 모른다.

한동안 나는 아버지가 자살하실까 봐 전전긍긍하면서 마음 졸이던 때가 있었다. 인생 중반의 부당한 실직과 분노, 장남의 급사, 어머니의 심장마비, 서모와 삐걱거리던 그분의 삶은 결국 파국으로 끝났고 요양소로 면회를 가면 '여차하면…' 하고 손으로 목을 그어 보이던 아버지의 동작. 그럴 때면 마음이 다급해지기도 했었다.

어느 날 신문에 난 '자살한 영혼은 죽어서 천당에도 못 간다.'는 김동리 선생의 기사를 오려서 급히 요양소로 부치기도 했었다. 긴 장마 중 폭우 속에 면회 간 그날은 아버지가 초췌하게 병실에 혼자 계셨다. 같이 있던 H씨가 어제 죽어 나갔다며 '다음은 내 차례지…' 말없이 마당을 돌아 나오는데 줄지어 핀 과꽃들이 이상하게 영안실의 향냄새를 풍겼다. 어쩔하게 머릿속이 곤두박질쳤다. 아버진 자살한 일본 작가 아리시마 다케오(有島武郎)나 가와바타를 좋아하실 뿐 아니라 기질적으로도 상통한 데가 있어서 더욱 마음을 놓을 수 없었다. 그 무렵 고맙게도 두 동생들은 아버지가 그곳에 계시는 동안 서둘러 짝을 맺게 되었다. 그 힘으로 버티셨던 게 아닌가 한다. 퇴원한 뒤 아들네 뒷방에서 몇 해를 더 계시다가 일흔둘, 당신의 '정명(定命)'이라면서 편안히 생을 마감하셨다. 얼떨결에 이제 내가 그 나이가 되었다.

'편안히'라니? 그런 불경이 없다. 한밤중 잠들지 못하는 그분 심중의 빈 칸, 환과(鰥寡) 고독이 되짚어진다. 책상에 늘어나는 자잘한 약 봉지들. 파스, 소화제, 진통제, 비타민. 우두커니 책을 붙들고 앉아 계시던 모습. 때론 그것도 극기가 아니었을까? 그만 아득해지고 만다.

유진 오닐의 자전적 연극 〈밤으로의 긴 여로〉를 보고 온 날도 나는 쉽게 잠들 수 없었다. 연극배우이던 오닐의 아버지는 아내가 해산할 때, 돌팔이 의사를 고용해 그의 어머니는 마약중독에 이르게 된다. 모르핀이 떨어지자 견디다 못한 메리는 잠옷 바람으로 뛰쳐나가 템스강에 몸을 던지려 했다. 잃어버린 소녀 시절로 되돌아간 그녀는 웨딩 가운을 걸친 채 층계를 내려오며 혼자 중얼거린다.

"내가 여길 무얼 찾으러 왔지?"

연극을 보며 나는 내내 편치 못했다. 젊은 날, 아버지의 외도와 실직, 어린 동생들의 죽음, 심한 우울증으로 어머니는 다급하게 약을 찾았고, 나는 히로뽕을 사기 위해 삼선교에서부터 종로 4가까지 울면서 걸었던 내 어린 시절이 떠올랐다. 한 주먹씩 먹어야 했던 파스와 나이드라지드. 나도 폐병을 앓으며 눈물로 쓴 오닐의 가족사에 무심히 지나칠 수 없었다. 오닐의 생활은 고통의 연속이었다. 늙은 채플린과 결혼한 외동딸과는 의절하고, 손자는 생후 3개월 만에 급사했다. 그 아이의 아버지인 장남은 자살, 연극 실패, 소뇌의 세포가 퇴행하는 희귀병을 앓으면서도 오닐은 천천히 다가오는 죽음을 최선을 다해 기다렸다. 때로는 '왜 빨리 죽지 않는지 모르겠다.'고 소리치면서 울었다고 한다. 셸턴 호텔에서 숨을 거두기까지 2년 가까이 그는 방 밖으로 나가지 못했다.

찰스강이 내려다보이는 조그만 방에서 안락의자에 앉아 강을 보든지 차량의 행렬을 지켜보는 것으로 대부분의 시간을 보냈다는 그의 모습이 자꾸만 눈에 어른거린다. 삶이 단조로워진 지금, 어둠이 오는 창 밖을 멍하니 바라보다가 문득 문득 그의 심정이 되곤 한다.

십여 년 전, 나는 그들이 실제로 살았던 무대의 현장인 뉴런던의 '몬

테크리스토 커티지'를 찾아간 적이 있었다. 해질녘, 그의 마당에 서서 밤을 맞았다.

살아 있다는 것은 무엇인가? 타인의 고통을 통해 아픔을 넘어서려는 극복의 의지, 인간에 대한 증명이 아닐까?

문학은 인간의 나약함을 증거하고 약자의 패배를 이해하며 인간의 폭을 넓혀 나가기 위한 인생의 대학습장 같은 것이 아닐까? 그런 생각이 들었다.

자살은 쉽다. 그러나 삶을 살아내기란 얼마나 어려운 일인가. '왜 빨리 죽지 않는지 모르겠다.'고 소리치던 그의 말이 요즘 귓가에 맴돈다. 그러면서도 죽음이 올 때까지 고통 속에서 견딘 그의 인내를 곱씹어 보게 된다.

산다는 것도 죽는다는 것도 얼마나 어려운 일인가.

지금도 눈을 감으면 안개 짙은 템스강가의 긴 무적(霧笛) 소리가 내 가슴 위를 지난다.

길 떠나야 할 나그네

나그네 길에 오르면 바쇼처럼 비감해지곤 했다. 여즉인생(旅即人生)이라던 그도 나그네 길에서 숨졌다. 나는 지금 도연명을 생각한다. "집이란 한때 묵는 여관 같거늘, 결국 길 떠나야 하는 나그네." 그 나그네는 죽기 며칠 전 스스로 자기 제문(自祭文)을 지었다.

"때는 정묘 9월, 하늘은 차고 밤은 긴데 바람 기운은 삭막하기만 하다. 큰 기러기들은 날아가고 초목들도 누렇게 시들어 떨어진다. 도(陶) 아무개는 임시로 몸 담았던 객사[逆旅之館]에서 물러나 바야흐로 영원한 본연의 집[永歸於本宅]으로 돌아가고자 한다. 정든 이들은 슬퍼 우는데 나는 오늘 밤, 떠나는 나의 길에 제사를 지내고자 한다."로 시작되는 글이다. 76행 313자(字)로 너무 길어서 총 90자(字)인 「만가」를 소개할까 한다.

만가(挽歌)란 상여를 메고 장지로 향할 때, 혹은 시신을 매장한 뒤 흙을 다지면서 부르는 노래다. 다른 이들이 망자를 애도하는 노래이건만 도연명(陶淵明)은 스스로 「만가」 세 수를 지었다.

荒草何茫茫　황폐한 풀은 거칠게 우거졌고,

白楊亦蕭蕭　백양나무도 쓸쓸하게 서 있다.

嚴霜九月中　서리 덮인 구월에 사람들은

送我出遠郊　나의 상여를 멀리 교외까지 전송해 나왔다.

四面無人居　사면에 인가라고는 하나도 없고,

高墳正嶕嶢　높은 무덤들이 우뚝삐뚝 솟아 있다.

馬爲仰天鳴　말도 하늘을 보며 울고

風爲自蕭條　바람도 서글프게 분다.

幽室一已閉　무덤 구멍 한번 닫히면

千年不復朝　영원히 아침을 다시는 못 보리라.

千年不復朝　영원토록 아침을 다시 맞이하지 못하니,

賢達無奈何　현인이나 달인도 어찌할 수 없어라.

向來相送人　여지껏 나를 전송해 준 사람들도

各自還其家　저마다 집으로 돌아간다.

親戚或餘悲　친척이 더러 혹 슬퍼해 주고

他人亦已歌　어떤 이들은 다시 만가를 부르기도 한다.

死去何所道　허나 이미 죽은 나는 무어라 말할 수가 없다.

託体同山阿　몸을 맡기어 산의 흙과 동화되고 말리라.

　　　　　　　　　　　　　　　—도연명의 「만가」 3에서

그때가 아니고서는 실감이 나지 않던 일들이 요즘 하나둘씩 마음에

와 닿곤 한다. 이제는 하루도 반일(半日), 어느새 날이 저물고 만다. 연한 청회색으로 물들어 가는 거실 창밖의 어둠을 우두커니 지켜보는 낙(樂). 하루가 닫히는 그 빛깔에 몸을 맡겨 어둠에 누우면 나는 곧잘 거기가 황폐한 들판인 양 시신으로 눕는 기분이 들곤 한다. 밑에서 흡수해 들이는 어떤 기운, 내 몸은 땅속에 이끌려 따습고 보드라운 손길에 감싸임을 느낀다. 몸은 서서히 해체되어 수분은 땅속으로 흐르고 체온과 호흡은 공중으로 흩어진다. 불가에서 말하는 오온(五蘊)의 해체를 자신에게 적용시켜 본다. 결국은 흙 한 줌이다.

지난해 조성한 동명에 있는 가족 묘원(墓苑), 화장해 모신 어른들의 유해를 한지에 싸서 맨흙에 그대로 묻었다. 보다 빨리 흙과 동화되기를 바라면서. 나 또한 그렇게 되어가는 과정을 상상해 보게 되는 것이다.

도연명은 「만가」 1, 2에서 미리 죽어 보는 자의 심정을 담담히 피력하고 있다.

엊저녁엔 같은 사람이었으나 오늘 아침은 명부에 이름이 있더라. 시체는 텅 빈 관 속에 있고 애들은 아비 찾아 우네. 전에는 없어서 못 마셨던 술이 공연히 잔에 넘치네. 안주 수북한 상을 내 앞에 두고 벗들 곡하여 우네. 생전에 주었더라면 하는 그의 아쉬움이 딱하기만 하다. 그는 늘 배가 고팠다. 그가 살던 동진(東晉)시대는 왕실의 세력이 약화되고 신흥 군벌이 대두하여 각축을 벌이던 난세(亂世)였다. 전란과 흉년으로 생계가 막연하니 밥이나마 해결하려고 출사와 은퇴를 다섯 번씩이나 반복했으나 그의 천성이 벼슬살이에 맞지 않았다. 무도한 유유(劉裕)는 공제(恭帝)를 유폐시키고 스스로 제위에 올라 국호를 송(宋)이라고 했다. 그의 손길을 뿌리치지만 않았어도 기아를 면할 수 있었을 텐데. 그는 도(道)가 없은즉 물러나, 추위와 굶주림에 시달리면서도 고궁절(固窮節)을 지켜냈다.

"가난한 내 집, 클 필요 없고 누울 잠자리 터전 있으면 족해."라던 그분의 안빈낙도(安貧樂道)로 나는 내 가난을 다스릴 수 있었다.

동쪽 울타리 밑에 핀 국화꽃 꺾어들고, 멍하니 남산을 바라보고 서 있는 노인. "산기운 저녁나절에 좋고, 나는 새도 함께 돌아오네. 이 가운데 참뜻이 들어 있으나 따져 말하려 해도 이미 말을 잊어버렸노라."던 득의망언(得意忘言)한, 대상과 나와의 간극이 없는 지경. 그는 이미 자연과 둘이 아니었다. 내 몸을 이 세상에 맡기고 살날도 얼마나 될지? 허나 대자연의 섭리를 좇지 않을 수가 있겠는가?

"모름지기 천지조화의 원칙을 따라 죽음의 나라로 돌아가자! 천명(天命)을 감수해 즐긴다면 그 무엇을 의심하고 망설일 것이냐?"고 자답한다. 그렇다. 늙어 죽거늘 무엇을 의심할 것인가?

전적으로 나는 이 시인에 동감하며 여산 아래 시상(柴桑)이라는 작은 마을로 그를 찾아간 적이 있었다. 도씨(陶氏)의 집성촌은 추색 짙은 잡초 속에 벽돌집만 띄엄띄엄 있을 뿐, 올려다본 하늘은 아득하게 푸르고 퇴락한 민가(民家)는 쓸쓸했다. 1,600여 년 전, 도연명은 바로 이곳에서 63세의 나이로 하세(下世)했다. 밤은 길고 바람 기운은 삭막한데 홀로 죽음과 대면하여 「자제문」을 쓰던 그분의 모습이 떠올랐다.

"흙으로 돌아간 나는 결국 흙이 되어 없어져 아무것도 없는 공(空)으로 화하고, 또 사람들 기억에서도 멀어져 아득하게 되고 말 것이다.

내 무덤에는 봉토도 안할 것이며 비석도 세우지 않은 채로 세월과 더불어 스러지게 하리라."던 그분의 말씀이 사나운 바람처럼 들판에 선 내 가슴속을 훑고 지나갔다.

　나 또한 그냥 세월과 더불어 스러지리라. 모래언덕의 풍화 장면이 눈앞을 스친다.

한 줌 흙

더는 미룰 처지가 못 되었다.

건강이 부실한 큰집 시동생은 일흔 중반이 되었고, 남편도 어느새 팔십이 불원이다. 더는 시간이 허락되지 않을까봐 조바심이 났었다. 드디어 날짜가 잡혔다.

2012년 5월 10일. 하루 전날, 우리는 큰집 시동생 내외와 서울역을 출발했다.

그전 같으면 둘째집 시숙 내외와 사촌 시누이 내외가 떠들썩하게 어울려 시제를 지내러 다니던 대구 길이다. 가을철 나들이 겸 종반간의 우애도 다질 겸 함께한 세월이 30년이다. 그 사이 작은집 시숙 두 분이 돌아가셨고, 우리 집 시동생들은 미국 시민이 되었다. 윗대는 모두 사형제분인데 다음 대에 이르러 봉제(奉祭)할 자손이 마땅치 않게 된 형편이다. 요즘은 남녀 구별 없이 하나씩만 두고 있으니 제사며 산소 일이 큰 숙제로 남았던 것이다.

서울역을 출발한 기차는 덜컹거리며 급하게 내달린다. 달리는 속도 위에 몸을 싣고 있자니 기분까지 흔들린다. 머잖아 우리도 가야 할 그곳이 아닌가. 그때가 아니고서는 절실해지지 않던 문제였다. 어떻게 몸을 버릴 것인가? 사후의 몸을 생각하게 되는 요즘이다.

24년 전 기차를 타고 충남 보령을 오르내리던 일이 떠올랐다. 88올림픽이 있던 그해 봄, 친정아버지는 용미리에 누워 계신 어머니와 할머니의 유해를 이장하는 일에 온 힘을 쏟으셨다. 할머니의 유골함은 땅에 묻고 봉분을 세웠으며, 습골해 온 어머니의 유골은 상자에서 꺼내져 칠성판 위에서 다시 조립되었다. 하얀 뼈로 드러난 어머니지만 다시 뵐 수 있는 기회였다. 아홉 살짜리 막내를 두고 멎은 심장 따위는 보이지 않았다. 우환덩어리인 살이 모두 내리고, 햇볕에 눈부시게 반사된 백골은 내게 똑똑히 보아 두라는 듯했다. 백골관(白骨觀)을 잠시 생각했다. 그래, 어디에 고통과 애욕의 흔적이 남아 있는가. 그렇게 서두르시더니 그해 가을 아버지는 어머니 옆에 마련된 유택(幽宅)으로 들어가셨다. 얼마나 안도하며 만족해하셨던가. 산소 일은 얼마나 큰일이던가. 우리들도 가슴을 쓸어내렸다. 그런데 우리는 지금 선영의 산소를 파묘하러 가는 길이다. 수목장을 지내기 위해.

5월 9일 오전 10시 30분. 칠곡 청구공원에 도착하였다. 이른 아침부터 파묘가 시작된 시조부모님의 유해는 오후 5시가 지나서야 산을 내려왔다. 길도 묻혀 버린 산의 정상인지라 포클레인도 올라갈 수 없고, 사람의 키를 한 길도 넘는다는 땅을 손으로 파야 했기 때문이다. 인부들의 손에 들린 두 개의 자루는 묵직해 보였다. 유골은 공원묘지 안치

소에 맡기고 산 밑에 잡아놓은 숙소로 돌아왔다. 이상하게 밤 내 잠이 오지 않았다. 얼굴도 뵙지 못한 시조모님의 생각이 꼬리를 물었다. 건강이 여의치 않았던 큰댁의 시숙이 어린 나이에 죽고 다른 분에게서 아들을 얻었건만 성정이 칼칼하셨던 시조모님은 남편을 양자 들이고 싶어 했다고 한다. 어쩌면 나는 그분의 종손부가 될 뻔했다.

오래전, 지인들을 따라 어느 좌석에 참석했을 때다. 생면부지인 무녀에게 혼이 실렸는지 "내가 니 시할미다."라며 존재를 밝힌 뒤 나를 어루만지며 "손부야 고생 많았다. 내가 땅 사고 집 사게 도와줄게."라고 하는 게 아닌가. 쑥스럽기도 했지만 그분의 진심어린 손길이 싫지 않았다. 반 년 뒤 우연찮게도 보령에 땅을 사게 되었고 조그만 집이라도 장만할 수 있었다. 자루에 검은 매직펜으로 쓰여진 글씨는 '한산 이씨 ○○신위' 바로 그 할머님 유골 자루였다.

한산 이씨라면 대성리학자 목은(牧隱) 이색(李穡)과 내가 흠모해 마지 않는 토정(土亭) 이지함(李之菡) 선생의 후손이 아니신가. 당파와 사화로 얼룩진 불운한 시대를 살면서도 인간의 대의(大義)를 저버리지 않았고 천문, 지리, 복서, 의학에 통달한 선생은 국난을 예언하고 걸인청을 만들어 백성들을 구휼하고 끝내는 빈손으로 생을 마감한 이 땅의 진정한 휴머니스트이시다. 우연찮게 사게 된 땅이 어떻게 토정 선생의 고향이란 말인가? 이 우연을 어떻게 설명할 수 있을까? 보령은 이제 부모님이 누워 계시는 내게는 제2의 고향과도 같은 곳이다. 마음이 끌린 것이 다 이런 음덕 때문이었을까?

토정 선생이라면 진작 묘소에 참배하고 그분에 관한 글도 여러 지면에 발표한 바 있었다. 내 시할머님이 바로 그분의 후손이라니… 벅차오르는 마음을 가누기가 어려웠다. 뜬눈으로 맞이한 새벽녘 산 밑 공기는 청랭하고 정신은 맑기만 하였다. 감격스런 여명이었다.

이른 아침 시부모님 묘소 앞에 다다르니 포클레인과 인부들이 우리를 기다리고 있었다. "삽 들어갑니다. 신위는 놀라지 마소서."고(告)한 뒤 포클레인이 봉분을 슬쩍 건드렸을 뿐인데 주변의 석물들이 삽시간에 치워지고 흙 밑에서 석관이 나왔다. 인부 가운데 연장자인 두 분이 밑으로 내려가 습골을 해 올렸다. 나는 일련의 과정을 놓치지 않으려고 애썼다. 일곱 기의 파묘는 한나절밖에 걸리지 않았다. '툭 툭' 내 눈앞에서 무덤들이 사라져 갔다. 포클레인이 흙을 찍고 관 두껑을 밀어 젖힐 때, 나는 보호자 없이 무연고 묘로 처리된 내 동생의 무덤이 떠올랐다. 내가 달려갔을 때, 파묘된 미아리 공동묘지는 무 뽑힌 밭처럼 검붉은 흙으로 뒤집혀져 있었다. 그 죄책감과 허망함을 어떻게 다 말할 수 있으랴. 그 후 나는 홍제동 화장터 앞산에 올라 누렇게 피어나는 연기를 바라보며 동생의 실체를 느껴보려고 애썼던 때가 있었다. 그리고 불과 반세기, 절대 성역인 무덤이 이렇게 처리될 줄은 누가 상상이나 하였겠는가. 만감이 교차했다.

사람은 죽어 대체 어디로 가는가? 그런 걸 생각하며 화장터 굴뚝에서 뭉실뭉실 피어나던 연기를 바라보며 서 있었다. 솜사탕처럼 피어나는 연기는 구름으로 흡수되고, 흡수되어 뭉친 기는 흩어져 비로 쏟아져 내린다. 땅 위의 비는 수증기로 다시 하늘로 올라가 취산(聚散)을 거듭하는 것이 아니겠는가.

화담(花潭) 서경덕(徐敬德) 선생은 생사(生死)를 바로 기의 뭉침과 흩어짐으로 풀이한 바 있다.

"형(形)이 모여 물(物)이 되고 형(形)이 무너져 원(原)에 되돌아간다. 원시반본(原始反本), 그것이 역(易)에서 말한 '유혼위변(遊魂爲變)'일 거라고 송대의 철학가 장횡거(張橫渠)는 말했다. 유혼(遊魂)은 사람의 몸을 떠난 것으로 사람이 변화한 것인바[遊魂爲變], 이것이 귀(鬼)이다. 귀(鬼)는 귀(歸)요, 신(神)은 신(伸)이다. 만물의 생성과 변화의 두 측면이 '귀와 신'이다."

이미 사람의 마음은 우주와 같으니 마찬가지로 일종의 신(神)의 작용이 있다. 그 체(体)로 말하면 태극음양이요, 그 용(用)을 말하면 귀신 혹은 신(伸)이다. 다시 말해 귀신이란 음양 2기(氣)의 상호 감응(感應)이다. 심(心)은 기(氣)에 있는 양능(良能)과 같으므로 신(神)은 곧 마음 안에 있다는 것. 그러므로 조상의 기를 불러오게 하는 문제는 결국 자손의 마음에 달려 있다는 것이다. 귀신의 이치는 바로 이 마음의 이치이기 때문이다.

나는 동서가 산행 날짜를 알려왔을 때, 조상님을 위해 무엇이라도 마음 한 조각을 보태고 싶었다. 한산 이씨 할머님 외에도 명(命)이 아닌데 사고로 돌아가신 시어머님과 젊은 나이로 타계한 시동생들, 시댁 어른들의 왕생극락을 발원하면서 『금강경』 한 질을 사경하기로 마음먹었다. 특히 인연 따라 생멸 변화하는 "일체 유위법(有爲法)은 꿈같고, 환(幻) 같고, 물거품 같고, 그림자 같고, 이슬 같고 또한 번갯불 같나니 마땅히 이와 같이 볼지니라."라는 『금강경』의 대목을 마음에 새기면서 글자를 썼다. 눈의 초점이 흐려져 펜이 자주 멈추었으나 그래도 강행하여 출발 전에 마칠 수 있었다.

점심식사가 끝난 다음의 절차는 화장이었다. 인부 세 사람이 가스불로 빠르게 처리했다. 나는 눈을 떼지 않고 자리를 지켰다. 묘를 쓰지 않았던 시동생과 조카는 부모님 봉분 근처에 한 줌 재로 뿌려졌기에 그 언저리에서 흙을 떠다 자리를 잡았다. 구양순체로 집자(集子)한 '안강노씨일문(安康盧氏一門)'이라 쓰여진 석벽이 병풍처럼 둘러쳐진 그 아래 『금강경』을 봉안하고 시조부모님의 유해를 모셨다. 화장 처리된 유골은 평장으로 안치했다. 본관과 이름, 그리고 생몰 연월일이 적힌 조그마한 이름표(묘석)를 그 아래 세웠다.

여기저기 흩어져 있던 가족들이 오롯이 한자리에 모였다. 멀리서 바라보니 열(列)을 따라 펼쳐진 열한 개의 이름표는 마치 조선 왕가의 가계도를 방불케 했다. 시아버님이 계시는 자리 밑에는 이미 막내 시동생이 한 줌 흙으로 누웠고, 그 줄 왼쪽의 빈터가 남편의 자리쯤인 것 같다. 그 옆자리를 눈으로 짚어 본다. 흙에 눕는다고 생각하니 흙의 냄새와 감촉이 전해진다. 비가 오면 보드라운 한지에 싸인 유해는 보다 쉽게 흙과 동화되고 말리라. 상상만으로도 마음이 가벼워진다. 한 줌 재로 친정 부모님 곁에 뿌려 달라고 말해 두었으나 그마저 아이들의 의사에 따르리라 마음먹는다. 조경은 아직 덜 되었지만 바위틈 사이사이에 진달래도 심고 소나무도 심으련다. 조손과 고부 간의 가족이 둘러 모인 뜨락에 밤이 되면 달이 뜨고, 겨울이면 흰 눈이 내려 쌓이겠지. 산간에 묻힌 노씨 일문(一門)의 작은 평화를 그려본다.

남편에게 부탁한, 할머님 묘소에서 떠온 한 줌 흙을 나는 가방에 챙겨 넣었다. 인부들은 오색토(五色土)라고 자랑스레 말했다. 이 산의 임자는 시백부로 되어 있으나 정작 돈을 낸 분은 아들의 할아버지시다.

그러나 막상 거기에 눕고 나면 무슨 분별이 있으랴. 시비(是非)도 불가하다. 결국은 모두가 한 줌 흙이다. 나는 그것을 아들에게 전하고 싶었던 것인지 모른다.

고타로의 오두막에서

눈 내리는 겨울 밤. 한 사람의 생애를 생각한다.

영하 20도가 넘는 이와테 산속 오두막에 홀로 정좌한 노인. 절대 고독. 궁벽한 산간에 스스로를 유배시킨 그 사람의 이름은 다카무라 고타로(高村光太郎, 1883~1956)이다.

조각계의 대부이자 황실 기예원인 아버지 밑에서 유복하게 자랐으며 도쿄미술학교를 졸업하고 로댕에게서 배웠다. 예술에 대한 부자의 의견은 엇갈렸다. 고타로는 서양화가 지망생이던 지에코를 만나 장남의 상속권도 포기한 채 그녀와 결혼하여 오직 창작에만 전념했다. 지에코도 유화에 뜻을 두었으나 가난과 예술에 대한 갈등, 잦은 병치레와 친정의 파산 등으로 정신이상 징후를 보였다. 7년을 힘들게 투병하다가 정신병원에서 숨을 거뒀다. 슬하엔 자식이 없었다.

고타로는 허전함을 잊기 위해 방대한 양의 시를 써서 어린 학생들을 전쟁터로 내몰았다. 일본이 패망하자 어리석은 인간의 전형인 자신의 과오를 솔직하게 시인하고 참회의 눈물로 시집 『전형(典型)』을 엮었다. 그 뒤 종전(終戰)과 함께 그는 이 오오타 산간 마을에 들어와 독거 생활을 시작했다. 아내를 불행하게 만들었다는 죄책감과 어린 생명들을 전쟁터로 몰아세운 일을 속죄하면서 63세의 노인은 손수 집을 짓고 물을 길어 채마밭을 가꾸며 끼니를 때웠다. 최소한의 자급자족이었다. 천식과 폐병으로 호흡곤란을 겪으면서도 조각 작품을 만들고 때로는 시를 쓰며 그림을 그렸다.

내가 이 오두막을 찾은 것은 2004년 5월 27일이었다.

그가 아내 지에코를 잃고 실의에 빠져 있을 때, 동화작가인 미야자와 겐지(宮澤賢治)의 권유로 그의 고향인 이와테현의 이곳, 하나마키(일본의 동북지방)로 오게 되었다고 한다.

이 오두막의 원형 보존을 위해, 어느 의사가 집 전체를 유리벽으로 둘러쳐 놓아 우리는 유리를 통해 그 내부를 들여다볼 수 있었다.

세 평 남짓한 허름한 목조건물인 오두막이 그의 거실이자 창작 공간이었다. 선반에는 주인의 손때 묻은 몇 점의 화구와 책들. 화덕에는 주전자가 놓이고 그 위에 램프가 매달려 있었다. 빈 방에 그를 앉혀 놓고 화덕 앞에서 시를 쓰던 그의 모습을 그려본다.

지에코는 죽어서 다시 회생하여 내 육체 안에 살면서 이런 산천 초목에 둘러싸여 기뻐한다. (생략) 두어 칸 오두막 화롯가에 앉은 나는 이곳을 지상(地上)의 메트로폴리스라 생각한다.

—「메트로폴리스」에서

그가 앉았던 이 절대궁벽한 곳의 메트로폴리스를 유리벽 밖에서 내려다본다. 그의 성역(聖域), 여기가 그의 '꽃자리'였다.

공초(空超) 오상순(吳相淳) 선생이 늘 말씀하시던 대로 '앉은 자리가 꽃자리'다. 메트로폴리스다. 수처작주(隨處作主)라는 글귀도 함께 떠올랐다. 그는 아내를 그리워하며 이곳에서 많은 시를 썼다.

> 죽은 아내가 담가 놓은 매실주는
> 10년의 무게로 가라앉아 광채를 띠고
> 이제 호박 빛 구슬처럼 엉겨 붙는다.
> 홀로 맞는 이른 봄.
> 밤기운 쌀쌀할 때면 드시도록 하세요.
> 자기 죽은 후에 홀로 남겨질 사람을 걱정하던 당신. (생략)
> … 7년의 광증은 죽어서야 끝났다.
> 부엌에서 찾아낸 매실주의 향미를
> 고요히 음미한다.
> 미쳐 날뛰는 세상의 외침도
> 이 순간을 넘보지 못한다.
> 가련한 한 생명을 정시할 때.
> 세계는 단지 그를 멀리서 둘러쌀 뿐이다.
> 밤바람도 고요하다.
>
> ─「매실주」에서

이와테 산의 밤바람 소리를 들으며, 세상의 그 어떤 외침도 넘볼 수 없다는 '이 순간'을 정시(正視)하던 그의 깨어 있는 정신과 가부좌를 튼 모습을 상상해 보며 집 밖으로 나왔다. 그의 넘볼 수 없는 순간과 절대 고독에 마음이 끌렸다. 무언가 채 가시지 않은 침묵의 긴 여운으로 집 둘레를 두어 바퀴 돌고 있을 때였다.

'다카무라 고타로 옛집의 보존'이란 표지판 위에 '무득전(無得殿)'이란 현판 글씨가 눈에 들어왔다. '무득전이라니 혹시?' 하며 현판 앞으로 다가갔다. 과연 좌측하단에 '무지역무득 이무소득고'라는 잔글씨가 보였다.

'無智亦無得 以無所得故.'

지혜[깨달을 것]도 없고 얻을 것도 없으니 본래 얻을 것이 없기 때문이라는 『반야심경』의 '무득(無得)'에서 따온 것임이 분명했다. 일체(一切)가 원래 없는 것이기 때문에 얻을 바가 없다는 공도리(空道理)를 그는 진작부터 알고 있었던 것일까? 별안간 가슴이 뛰기 시작했다. 감춰진 그의 어떤 면목(面目)을 보는 듯해서 반가웠다.

바랄 것도 없고 아무것도 얻을 게 없다는 집-무득전(無得殿)에서 고타로는 69세까지 살았다. 거기가 그의 메트로폴리스였다.

내가 그곳을 다녀온 지도 어언 9년이 지났다. 이제 나도 그 현판을 우주에다 내다 걸고 싶다.

'無得殿.'

눈을 감으면 아직도 이와테 산속의 오두막에 한 남자가 앉아 있다.

게임의 종말

단풍이 고운 11월 초순, 남산에 있는 '별오름극장'을 찾았다. 사무엘 베케트의 〈게임의 종말〉을 관람하기 위해서다.

인간 존재의 부조리성, 삶과 죽음의 양극, 시작도 끝도 없는 인간 게임의 종말이라는 포스터 글귀가 눈길을 끌었다.

그의 대표작으로 알려진 〈고도를 기다리며〉와 쌍벽을 이루고 있는 이 〈게임의 종말〉은 아직 우리나라에서는 제대로 공연되지 않았고 더구나 베케트 자신이 이 작품을 자신의 대표작으로 꼽았기에 나는 포스터를 보자마자 내심 얼마나 반가웠는지 모른다. '극단 미학'의 대표인 정일성 씨의 번역과 연출로 꾸며진 무대였다.

베케트의 무대 〈고도…〉를 두 번째 본 지도 하마 이십 년은 더 된 것 같다. 그 후 나는 기묘하게도 가끔 내가 〈고도…〉의 실제 작중 인물인 것처럼 느껴질 때가 많았다. 아무것도 없는 썰렁한 무대에 서 있던 다만 한 그루의 나무. 우리 집 거실에 자리 잡은 회초리목 같았던 벤자민

한 그루가 자라 무대 중앙의 그 나무처럼 서 있었고, 그 옆에 하릴없이 긴 인생의 무의미를 되풀이하고 있는 내 자신이 〈고도…〉의 극중 인물과 다를 바 없다는 그런 생각을 갖게 했던 것이다.

임영웅 씨의 무대로 〈고도…〉를 보고 나오던 때의 충격과 그 씁쓸함이 잊히지 않는다. 나는 그때 동행한 친구와 한 마디 말도 없이 땡볕 속을 한참 걸어 나왔다. 상큼하게 풀 먹여 다린 원피스를 입은 친구와 함께였는데 그 친구는 이미 세상에 없고, 나는 어느새 훌쩍 육십을 넘겨 진작 퇴직 인생이 되어 버린 남편과 표 두 장을 손에 들고 극장 입구에 서서 줄을 기다렸다. 연극만큼은 언제나 앞자리에 앉으려는 내 조바심 때문이기도 하다. 입장료도 만만치 않았건만 우리 뒤로 길게 줄지어 선 대학생들. 그들이 얼마나 미더운지 모른다. 다른 것은 몰라도 연극만큼은 언제나 제 값을 주고 표를 사서 보자는 것이 내 지론이기도 하다.

가난하던 대학생 시절. 주머니를 털어 실험 연극에 정열을 쏟던 전력(前歷) 때문만은 아니다. 자존심으로 사는 예술인에 대한 대접이며 예의다. 그리고 어려운 제작비 때문이다.

연극은 정확하게 4시에 시작되었다. 암전(暗電) 속에서 별안간 기습하듯 터져 나오는 금속성의 파열음. 출발을 알리는 부둣가의 무적 소리 같기도 하고 레일을 달리는 기차의 바퀴 소리와도 같은 소음들이 한데 어울려 빠른 속도감으로 지나가면서 무대에 조명이 들어왔다.

어두운 동굴 안에는 손바닥만한 들창문이 두 개 나 있고, 무대 중앙에는 정물처럼 보자기에 덮여 있는 물체가 보인다. 이윽고 무대 우측에서 한쪽 다리를 약간 저는 클로브가 뒤뚱거리며 등장해서 시트를 벗기자 하반신 마비로 휠체어에 앉아 있는 햄(장두이 씨)이라는 사나이가 나타난다. 등장인물 햄과 클로브. 이 두 남자는 연극이 진행되는 동안 주인과 노예, 안과 밖, 삶과 죽음의 양극 개념을 대칭하는 듯 보인다. 허나 옆에 앉은 남편은 이 두 사람을 정신과 육체, 이성과 감정으로 해석하면서 연극을 보았다고 한다.

무대 왼쪽에 놓인 두 개의 쓰레기통 안에는 햄의 부모님인 나그와 넬이 식물인간으로 생존하고 있다. 간혹 통 속에서 뚜껑을 열고 얼굴을 내밀면 일그러진 그들의 몰골과 천치같이 이어지는 대화는 섬뜩하리만치 처참했다. 무의미한 대사를 숨차게 이어가는 그들에게서 서서히 붕괴되어 가고 있는 생명체의 몰락을, 불행을 느끼고 있는데 햄은 그들을 가혹하게 압제해버리고 만다.

폐쇄적인 공간에 갇혀 있는 네 사람, 자명종 시계는 0시에 머물러 있고 그나마 들창문을 통해 밖을 볼 수 있는 사람은 클로브 단 한 사람뿐이다. 그는 반복적으로 시간과 날씨를 무의미하게 되뇐다. 그의 모든 작품이 다 그렇듯 시간과 죽음은 베케트 문학의 키워드라고 할 수 있다. 그가 소설이나 희곡에서 줄기차게 추구했던 테마 역시도 죽음과 시간의 문제, 인간 존재의 부조리성이 아닌가 여겨진다.

지금 어디 있지?
지금은 언제지?
지금 누구지?

이것은 그의 소설 「명명(命名)하기 어려운 것」의 서두이다.

〈게임의 종말〉에서도 "지금 몇 시지?"라고 햄이 자주 물으면 클로브는 "언제나와 같은 시간이지."라고 천연스레 답한다. 그러니까 어제와 오늘은 이미 의미를 상실한 개념의 시간인 것이다.

베케트가 통찰한 인간의 시간은 결코 채워질 수 없는 성질의 것. 〈고도를 기다리며〉나 〈게임의 종말〉에서 보았던 것처럼 인간의 기다림이란 텅 비어 있는 무대의 시간만이 진정한 시간이며, 만약 우리가 충만한 시간을 누리고 있다고 믿는다면 그런 사람의 시간은 거짓된 시간이라는 견해가 베케트의 기본 입장인 것 같다.

베케트는 한때 정신과 치료를 2년이나 받은 적이 있다. 베케트의 전기를 쓴 제임스 크노울슨은 병의 원인을 그의 가족 관계로 풀이했다.

'인생은 질병 덩어리'라고 자주 말하던 그의 아저씨. 인생에 대해 긍정적이지 못한 인식과 가족 간의 영향은 그 자신을 어둡게 만들었다. 더블린에서 태어나 32세의 나이로 프랑스에 귀화한 이래 그는 영어로 시를 썼고 프랑스어로 소설과 희곡을 썼다. 뿐만 아니라 세계대전의 증후군으로 죽음을 찬미하고 자살을 실천한 예술가들이 많았는데 베케트도 당시 이러한 분위기에서 '죽음의 운동'을 주도하던 발터 로웬펠스로부터 쇼펜하우어의 염세주의 세례를 받았었다. 그래서 그런지 그의 작중 인물들은 늘 지하의 세계에서 끊임없는 도피 행각을 벌이며 저마다 죽음의 그림자를 길게 늘어뜨리고 있다.

"인간 파멸의 근원을 파헤치는 차원 높은 염세주의"라고 어느 연출가도 그의 문학을 정의한 바 있지만, 사실 인간이란 파멸할 수밖에 없는 존재가 아닌가라고 여겨진다.

〈고도…〉에서도 블라디미르가 포조에게 "언제부터 럭키가 벙어리가 되어 버렸느냐?"고 묻자 포조의 대답이 또 그것을 반복한다.

　그런 질문은 집어치워. 빌어먹을 시간 같은 것을 가지고 나를 괴롭히는 일은 쓸데없는 일이야. 언제! 언제! 어느 날, 그것으로 충분치 않은가. 다른 날과 똑같은 어느 날, 어느 날 그 녀석은 벙어리가 됐다. 어느 날 나는 장님이 됐다. 어느 날 나는 귀머거리가 될 것이다. 어느 날 태어났다. 어느 날 죽을 것이다. 어느 날, 같은 어느 시간. 그것으로 충분치 않다는 건가. 어쨌든 여자들은 무덤을 올라타고 애기를 낳는 것과 같은 거야. 그리고 한순간 햇빛이 반짝이고, 그리고 또 밤이 찾아오지. 그것뿐이다.

어쩌면 인생은 그것뿐일지도 모른다. 한순간의 햇빛과 그리고 금세 어둠의 밤이 찾아오는 것. 그리고 여자들은 무덤을 올라타고 죽음 위에서 애기를 낳는 일, 출생과 사망으로 이어지는 낮과 밤.
눈이 멀어 밤과 낮을 구별할 수 없게 된 햄은 클로브에게 같은 대사를 수없이 반복한다.
"나 진통제 먹을 시간이 되었지?"
"아직 시간이 안 되었어요."
이번에는 클로브가 햄에게 다음의 대사를 반복한다.
"저 여길 떠나겠어요."
"그러나 너는 나를 떠나지 못할 걸."이라고 응수하는 햄.
남편의 말대로 나는 여기에 육체와 정신을 대입시켜 본다.
육체가 정신에게 말한다. "나 여길 떠나겠어요."

정신이 육체에게 답한다. "너는 나를 떠나지 못할 걸."

구체화되기는 하지만 정답은 베케트 자신도 모른다고 했다. 베케트의 작품은 난해한 것으로 이미 정평이 나 있다. 아방가르드 연극의 본고장이었던 파리의 연극비평가들도 그의 〈고도…〉를 어떻게 이해해야 좋을지 몰라 고개를 갸우뚱거렸다고 한다. 극작가 장 아누이는 이 극을 "프라델리니 어릿광대가 펼쳐 나가는 파스칼의 팡세"라고 말했다.

연출가 정일성은 모두(冒頭)에서 말한다.

"〈게임의 종말〉은 한 마디로 엄청나게 어려운 작품이다. 베케트의 난해성을 다 극복하지 못한 채로 연출을 시작하고 연출을 끝낸다. 그리고 아무런 말도 하지 않겠다."

정답이 없는 그래서 각자가 자의적으로 읽어 내야 하는 추상화 한 폭을 감상하는 것 같은 기분이었다.

햄이 진통제를 기다리는 시간의 그 사이, 결코 떠나지 못하는 클로브가 "떠나겠어요."를 반복하며 다시 그 대사의 시간을 기다리는 그 사이에 엉거주춤하게 걸쳐져 있는 존재가 내게는 마치 생사의 거미줄에 걸려 있는 고통스런 존재로 보였다.

〈게임의 종말〉 첫 대사를 다시 반추해 본다.

"끝이다. 끝이야. 끝나려 하고 있어. 아마도 끝날 것이다."

달아날 수 없는 노예 클로브의 어눌한 대사에다 베케트의 〈한 편의 독백〉이라는 작품의 첫 대사를 대입시켜 본다.

"탄생이 그에겐 죽음이었어."

이렇게 이미 시작 속엔 끝이, 끝 속엔 시작이 포함되어 있지 않던가.

사실 이 작품에서 베케트가 보여 주려고 한 것도 단순한 절망이나 허무가 아니라 이들이 처한 곤경, 즉 그러한 고통 속에서 인간들이 어떻게 존재하는가, 어떻게 그 행간의 삶을 이어나가는가를 보여 주려고 한 것같이 생각된다. 작품 속에서 햄은 절대 권력자처럼 굴지만 실상은 클로브에게 모든 것을 의존하고 자신을 중심으로 하는 하나의 역할극을 하며 자신의 상황과 거리를 유지함으로써 현재의 고통을 견디고 있는 것을 보여 주려고 한 것 같다.

'게임의 끝'은 모든 것이 끝나 버린 상태에서 종말을 기다리는 것처럼 보이는데 "끝은 이미 시작 속에 있지만, 계속해서 나가는 것"이라는 햄의 대사가 모든 것을 요약하고 있었다.

하반신 마비로 휠체어에 앉아 지내야 하는 장두이 씨는 동작 없이도 햄 역을 잘 소화해 내었다. 때로는 부드럽게 혹은 난폭하게 호흡의 리듬을 조절하면서 리드미컬한 대사 처리와 손동작으로만 맹인의 연기를 잘 표출해 내었다. 그는 브로드웨이의 배우답게 탄탄한 연기력을 견지했고 클로브 역의 장우진 씨도 무리 없이 자신의 역을 소화해 내었다.

노인 역을 맡은 김동일 씨와 여세진 씨의 분장과 대사는 가까운 장래의 우리 모습일 것도 같아서 보는 동안 내내 마음이 편치 않았다. 클로브처럼 혹은 〈고도를 기다리며〉에서 블라디미르나 에스트라공처럼 떠나지도 못하고 죽지도 못하는 엉거주춤한 존재들로 거기 세워 놓고서 막이 내린다. 나는 한참 동안 그 자리에 멍하니 앉아 있었다.

몇 해 전, 몽파르나스에 있는 그의 무덤 앞에 섰을 때처럼 막막한 기분이었다. 묘비도 없는 차가운 검은 오석에 다만 생몰연도만 적혀 있을 뿐. 일체의 군더더기도 용납하지 않는 또 다른 그의 내면을 훔쳐보는 듯했다. 대체로 그의 연극은 클라이맥스나 결말도 없이 끝나버리고 만다. 인생 자체가 미완(未完)이라는 듯이. 그리고 대부분 그의 작품은 무의미한 일상성의 탈출을 위해서인지 아이들처럼 꾸며 대고 놀게 한다. 그 해프닝. 그 유희의 끝은 언제나 막다른 골목에서의 절망 같은 것. 그런 우리의 모습과 만나게 한다.

무대라는 거울을 통해 그는 우리의 삶을 돌아보게 하고 다시 삶과 죽음의 문제를 철학하게 만든다.

연극은 끝이 나고 무대에 불이 들어와 극장 밖으로 내몰릴 때 "더 살아 봐라" 하는 경고와 함께 세상 밖으로 내던져지는 듯한 이 기묘한 감정. 이러한 착지감(着地感) 때문에도 나는 공연장을 다시 찾게 되는 것인지 모른다.

탱고, 그 관능의 쓸쓸함에 대하여

봄이 이울자 성급한 덩굴장미가 여름을 깨운다.

아파트 현관문을 나서다가 담장 밑에 곱게 피어난 장미 꽃송이와 눈이 마주쳤다. 투명한 이슬방울, 가슴이 뛴다. 그리고는 알 수 없는 통증이 한 줄기 바람처럼 지나가는 것이다. 6월의 훈향이 슬며시 다가와 관능을 깨운다. 닫혔던 내부로부터의 어떤 확산감을 느끼게 되곤 하던 것도 그러고 보면 매양 그 무렵이었다.

약속한 대로 나는 '예술의전당' 앞에서 남편을 기다렸다. 아르헨티나에서 온 뮤지컬 〈포에버 탱고〉를 관람하기 위해서다. 내가 탱고를 보자고 제안했을 때, 그는 순순히 동의해 주었다. '순순히'라는 말 속에는 그렇지 않을 수도 있다는 뜻이 담겨 있는데 그것은 우리가 흔히 탱고를 관능과 외설, 즉 단정치 못한 어떤 것과 연관 지어 생각하기 때문이다.

관능과 외설에 대한 사람들의 반응도 가지각색이다. 팔뚝에 붙은 거머리 떼어내듯 말은 모질게 하면서 속으로는 내심 그 진한 유혹의 잔에 취하게 되기를 원하며, 궤도 이탈을 꿈꾸기도 하고 심지어는 파괴적 본능까지도 일으키는 이들이 있었다. 이렇게 논리로 설명될 수 없는 일이 일어나며 때에 따라서는 그것이 미화되고 대상에 따라서는 인간적이라는 지지까지도 얻어내고 있는 것이다.

『악의 꽃』을 쓴 프랑스의 시인 보들레르의 수간(獸姦)에 얽힌 이야기나 아르튀르 랭보와 베를렌의 동성애 사건, 19세기를 떠들썩하게 했던 사르트르와 보부아르 여사와의 계약 결혼. 이들의 자유 선언에도 불구하고 성(性)에서 끝내 초월적이지 못했던 보부아르 여사를 떠올리면 성은 한 마디로 무엇이라고 단정하기도 어렵다. 그러면서도 꼭 알고 싶은 것이 성의 정체이다.

성의 철학적 성찰을 시도한 조르주 바타유는 "우리 인간을 그런 열정적 충돌과 무관한 존재로 상상한다면 우리 인간을 제대로 파악하지 못한 것"이라고 힘주어 말했다. 우리는 열정적 충돌과 결코 무관할 수 없는 존재, 사실 그것으로 해서 우리의 성이 동물적 성행위와 구별되는 것이 아닌가 싶기도 하다.

감각 기관을 통해 일어나는 우리의 욕망과 열정적 감정들이 빚어내는 갈망, 그리고 심리적 추구가 일으켜 내는 프리즘의 굴절 작용 같은 에로티시즘에서 동물의 것과 다르게 구분되는 인간의 성(性)을 찾아볼 수 있지 않을까 싶다.

성(性), 나는 그 자체보다 성에 대한 심리적 반응에 더 관심이 모아진다.

감각의 비늘을 일으켜 세우는 우리 몸의 관능이 어떻게 하여 일어나며 어떻게 스러지는가? 생명의 에너지를 성의 에너지로 환치한다고 해도 다를 바 없다는 그 에너지의 본체는 무엇인가 하는 물음이 한때는 내게 화두였다. 백골(白骨)을 떠올리며 거기서 애욕(愛欲)의 공무(空無)함을 상상해 보기도 하였다. 그러나 목숨이 있는 한, 성(性)은 우리를 자유롭게 하지 않는다는 사실을 알게 되었다.

며칠 전 조간신문에서 '관능적 몸짓, 유혹의 노출'이라는 큰 제목 아래 소개된 〈포에버 탱고〉 댄서들의 사진을 보게 되었다. 열정과 관능의 댄스라고 세계의 언론도 극찬한 바 있었지만 무엇보다도 나는 솔직하고 아름다운 섹슈얼리티의 무대라고 한 그 선전 문구가 마음에 들었던 것이다. 사실상 섹슈얼리티에서 한 발자국쯤 멀어진 나이가 되어서인지 섹슈얼리티의 무대가 궁금해졌다. 기다리고 있던 무대에 조명이 들어왔다.

아르헨티나의 고유 악기인 반도네온(아코디언의 변형 악기)이 상징물처럼 무대 중앙에 설정되어 있고, 부에노스아이레스의 밤하늘에 슬픔의 고함처럼 울리던 그 반도네온의 선율이 오케스트라와 함께 울려 퍼지면서 댄서들의 춤이 시작된다.

말끔하게 턱시도를 차려입은 남성 댄서는 올백으로 붙여 빗은 머리에 거울처럼 반짝거리는 검정 구두를 신었다. 그런가 하면 여성 댄서들은 터질 듯한 앞가슴의 풍만함을 엿보이도록 깊게 패인 드레스를 입고 될수록 몸의 곡선을 강조한 타이트한 실루엣, 높고 뾰족한 하이힐. 거기다 내면의 외로움을 무시하듯 함부로 치장된 금속성의 액세서리와 머리에 꽂은 가벼운 깃털과 구슬핀의 섬세한 장식. 대각선으로 어깨를 맞대고 있는 남녀 댄서의 얼굴은 정지 신호에 걸린 듯 잠시 무표정하다. 투우사가 소를 겨냥할 때의 그것처럼 긴장감마저 든다. 그러나 빠르고 경쾌한 탱고 리듬의 스텝이 몇 번 어우러지더니 급한 회전을 이루며 이내 타오르는 장작불처럼 격렬함에 이르고 만다.

여성 댄서의 손이 남성 댄서의 목을 부드럽게 감싸 안는다. 입술이 닿을 듯 밀착된 가슴, 상대방을 갈구하는 듯한 눈빛, 마침내 남자의 손이 여자의 몸을 훑어 내리기 시작한다. 정교하면서도 감성적인 터치, 허벅지까지 깊게 터진 스커트 속으로 공격적인 다리의 움직임이 자유롭다.

탱고는 원래 '만진다'는 뜻의 라틴어 '탕게레'에서 비롯되었다. 그래서 이 춤은 파트너 간의 밀착, 혹은 좀체 끊어지지 않는 터치에 그 중점을 둔다고 말한다.

새로운 삶을 찾아 부에노스아이레스까지 흘러들어온 이민자들.

아프리카나 유럽 등지에서 떠나온 그들은 자신의 정체성과 스스로의 애환을 달래기 위해 밤이면 핸슨 클럽에 모여들었다. 거기에서 그들만의 고유한 춤이 시작된다. 국가는 춤을 법으로 금지하기에 이른다.

탱고는 관능을 고조시키는 북의 단순 반복음·원시성이 깃든 북의 반복음으로 시작된 룸바나 삼바의 기원에 그 뿌리를 둔다. 브라질계 아프리카 흑인 노예들이 아르헨티나에 전한, 그러니까 칸돔베라는 춤이 탱고의 모체가 되는 것이다.

몸만큼 정직한 것이 있을까? 감정이 추운 것을 그들은 몸으로 비볐다.

아라베스크의 문양만큼이나 이국적이고도 음울한 도시.

부에노스아이레스의 좁다랗고 긴 골목의 회랑을 따라 걸어 들어가면 불 켜진 '탱고 바' 앞에서 소리쳐 손님을 부르는 한 젊은 호객꾼과 마주치게 된다. 중국 영화 〈해피투게더〉에서의 야휘(양조위 역)이다. 동성애자인 그는 보영(장국영 역)과 이구아수폭포를 보러 아르헨티나에 여행 왔다가 돈이 떨어져 이곳에 억류되고 만다. 이민자와 다름없는 생활이 시작된다. 첫 번째 고통은 허기와 외로움, 그리고 분노와 섹스. 그들은 어디서부터 잘못된 것일까? 영화가 끝날 즈음에 한 사람은 고국으로 귀향하는데 한 사람은 그냥 주저앉고 만다. 손을 쓸 수 없는 질병처럼 되어 버린 자신의 삶을 끌어안고 절규하는 대목에서도 긴 가락의 흐느낌, 반도네온의 탱고 선율이 화면을 가득 채운다.

탱고는 남녀가 추는 춤이다. 유랑민의 허름한 방 안 구석, 두 마리 짐승처럼 사내 둘이 부둥켜안고 추는 춤은 탱고가 아니라 차라리 슬픔이었다. 그들은 영화의 제목처럼 행복하지 못했다. 나는 몸으로 풀어내는 그들의 언어를 읽어 내려가며 목 안이 아려 옴을 어쩌지 못했다. 부에노스아이레스의 낯선 항구, 적막한 그 마지막에 기대 선 것 같은 인생들로 해서.

"욕망과 외로움을 표현하는 데 이보다 더 우아하고 솔직한 작품이 있을까?" 『뉴스위크』는 〈포에버 탱고〉를 이렇게 평했다.

욕망과 외로움을 달래기 위한 스스로의 발열(發熱), 고양(高揚)된 감정에 도달하려고 애쓰는, 그럼으로 해서 더욱 외로워지고 마는 탱고는 결국 외로운 몸짓의 형상화라는 생각조차 들었다. 화려한 복장과 경쾌한 음악, 에로틱한 율동에도 불구하고 나는 왜 탱고를 관능의 허무와 동렬(同列)에 두고 바라보게 되는 것인지 알 수 없다. 무대 뒤에서 화장을 지우는 배우의 심정처럼 처연해지는 것이다. 가면을 내려놓은 뒤 거울 속 자신의 얼굴과 마주한 느낌이라고나 할까. 사물의 뒷모습은 때로

앞모습보다 훨씬 본질적일 때가 있다.

그리하여 열광과 갈채, 그것이 사라진 텅 빈 객석이거나 아니면 소모해 버린 뒤의 육체적 욕망의 쓸쓸함 같은 것. 이렇게 서로 다른 두 개의 얼굴을 탱고에서 보게 되는 것이다. 관능의 열락(悅樂)과 축제 속에서 다른 한편으로는 울고 있는 자신을. 그래서 탱고는 둘이 추면서 혼자인 춤. 무표정한 얼굴의 속마음, 그 더듬이가 촉수(觸手)로 짚어 내려가는 내성적(內省的)인 요소가 탱고의 본령이 아닐까 싶기도 하다. 그리고 그믐달보다도 더 매운 계집의 눈썹 같은 스타카토, 그 스타카토의 분명한 선(線)을 기점으로 하여 안으로 파고드는 수렴(收斂)의 감정, 보다 철저하게 혼자가 되는 내성적(內省的)인 춤으로서의 탱고를 나는 좋아하게 되는 것이다.

지금 무대에서는 성장(盛裝)을 한 노년의 커플 댄서가 탱고를 보여주고 있다. 경륜만큼이나 원숙하고 호흡이 잘 맞는 춤이다. 맞잡은 손을 풀어놓고 잠시 멀어지는가 했더니 다시 공격적으로 다가와서는 폭력적인 정사(情事)라도 벌이는 것만 같다. 그러나 마음을 주지 않고 돌아서는 여인처럼 여성 댄서는 곧 분리된다.

오케스트라의 리듬에 맞춰 그들은 썰물과 밀물처럼 끌어당김과 떨어짐의 동작을 되풀이하고 있다. 끝없이 이어지는 긴장과 이완. 철썩거리며 해안가에 밀물처럼 굽이쳐 들어왔다가는 휘돌아 나가고, 나가고 나면 다시 그 자리. 어찌할 수 없는 본원적인 자리일 터이다.

그럼에도 다시 거듭되는 단순 반복의 해조음(海潮音), 관능과 외로움의 합주(合奏). 제 몸에서 일어나는 조수(潮水)의 파고(波高)와도 같은 탱고 리듬, 그 슬픈 단조(單調)의 내재율(內在律)을 듣게 하는 것이다.

실체는 찾을 수 없으나 제 몸에 깃든 녹[鐵]처럼 다시 피어나는 관능의 노도(怒濤)와 해일(海溢).

그것은 결국 우리로 하여금 맞닿을 수 없는 어느 허무의 벽을 짚게 하고야 말리라. 한 발자국 다가서면 또 한 발자국 비켜나는 자신의 그림자처럼, 어쩌면 몸이 도달하고 싶어 하는 지점도 끝내는 허구(虛構)가 아닐까 하는 생각이 들었다. 양파 껍질처럼 한 겹 한 겹 다 벗겨지고 나면 끝내는 망실(亡失), 바로 그 발밑은 죽음의 계곡이 아닐까?

가서 맞닿지 못하는 허무(虛無). 그리하여 나는 현란한 불빛, 탱고 음악의 물결 바다, 섹슈얼리티의 무대라고 한 거기 노련한 동작에도 불구하고 진정한 에로티시즘을 만날 수 없었다. 다만 서러운 포말(泡沫)과 다시 일으켜 세워지지 않는 관능, 노댄서의 이마에 돋은 힘줄을 보았던 것이다.

그것이 나를 스산하게 하였다. 탱고, 그 관능의 쓸쓸함이 나를 쓸쓸하게 하였다. 한 차례 탱고의 물결이 어렵게 지나갔다. 옆을 돌아보니 남편의 얼굴도 묵묵하다. 웬만한 일에는 좀체 고양되지 않는 우리들의 요즈음처럼.

객석에 불이 들어오고 나서도 우리는 한참만에 그 자리를 떴다.

밤공기는 가을 하늘처럼 삽상하다. 돌층계를 막 내려서는데 불쑥 릴케의 시구(詩句)가 발등에 와 닿는다.

오! 장미여.
순수(純粹)하나마
서러운 모순(矛盾)의 꽃.

(중략)

이제는

누구의 것도 아닌 외로움을

고이 간직하고 있는

아름다움이여.

나는 낮게 부르짖었다.

"누구의 것도 아닌 외로움을 고이 간직하고 있는 아름다움이여!"

만약 릴케 선생의 허락이 있다면 이 시구를 탱고에게 바치고 싶었다. 그러나 어쩌면 그것은 내 자신에게 보내고 싶은 말이었는지도 모를 일이었다.

집시의 달

국경선에서

2002년 사월의 마지막 날, 나는 비엔나를 떠나 헝가리로 가는 국경선에 멈추어 서 있었습니다.

국경선은 언제나 이상한 설렘과 긴장감을 동반하곤 합니다. 바로 우리 차 앞에 중국인을 태운 버스가 국경을 넘는 데는 50분이 걸렸고, 기다린 지 두 시간 만에 우리 차례가 되었습니다. 정복 차림의 오스트리아 군인이 버스에 올라 패스포트의 사진과 얼굴을 일일이 대조한 뒤, 여권을 걷어가더니 한참만에야 사증을 찍어 돌려주었습니다.

버스에 억류된 듯한 긴장감이 오래 전에 보았던 영화의 한 장면을 떠올리게 했습니다. 소련군에게 점령당한 부다페스트, 비공산국가를 향해 버스로 국경선을 넘어야 했던 여행객들의 불안감, 여주인공 데보라 커를 포함한 그들이 자유의 땅을 밟게 되는 순간, 난데없는 일발의 총성이 울리고 자신의 지프차 옆에 쓰러지고 마는 소련 국경수비대 소령 율 브리너의 모습이 그 위에 겹쳐져 왔습니다.

국경선은 이렇게 자유의 상징이기도 합니다. 목숨이 담보된 자유의 땅. 영화 〈여로(旅路)〉에서처럼 기실 우리 나그네의 귀착지는 모두 자기만의 이런 자유의 땅이 아닐까 하는 생각이 드는 것입니다.

나그네 길에서 숨을 거둔 일본의 승려 시인 바쇼(芭蕉)나 아스타포브의 작은 역사 안에서 숨을 거둔 톨스토이의 그 만년의 방랑을 동경하면서도 실천에 옮기지 못하고 마는 내 가슴속에서는 언제나 바람의 깃발 같은 것이 펄럭이고 있었습니다.

　　이것은 내가 바라던 바이다.
　　선(善)을 위한 전부이며, 타인을 위해서가 아니다.
　　바로 나 자신을 위한 것이다.

톨스토이의 마지막 일기장 구절은 잊을 수가 없습니다. '나 자신을 위한 선(善)의 전부.' 비록 이 같은 경지에는 이르지 못한다 할지라도 내 안의 선을 실천하려면 철저히 고립되어야 할 것과 빈손, 그리고 바닷속보다 더 깊은 침묵이 전제되어야 할 것임을 굳게 믿고 있는 터였습니다. 제게도 이런 기회가 허락된다면 하고 바랄 뿐입니다. 더는 가 닿을수 없는 곳에까지 이르고자 하는 바람의 깃발, 죽음의 땅을 생각하게 되는 것입니다. 올해는 갑년이 되는 해라서인지 이런 생각이 더욱 자주듭니다. 여행이란 때로 사람을 비장하게 만드는 것인가 봅니다.

우리는 지금 세계대전의 발발지이던 독일을 기점으로 오스트리아를 지나 한때 공산 국가였던 헝가리와 체코, 그리고 폴란드를 향해 떠나는 길이었습니다. 오스트리아 땅을 넘자 헝가리에서는 아무 까탈도 부리지 않고 우리가 탄 차를 순순히 보내 주었습니다. 마치 두 팔 벌려 안아 주는 듯한 넓은 품이 느껴졌습니다. 비엔나가 콧대 높은 만딸 같다고 한다면 왠지 헝가리는 결혼에 실패하고 친정에 돌아온 맏누이처럼 만만한 친근감으로 다가왔던 것이지요.

그것이 무엇일까. 쉽게 설명할 수는 없었지만 어느 동질의 기운이 나를 편안하게 감쌌던 것만은 사실입니다. 마치 수없는 전쟁의 참화를 겪은 여자가 쉽게 아랫도리를 벗고도 치욕에서조차 초연할 수 있듯 그렇게 서 있는 모습으로 다가왔던 것입니다. 그 개방성과 참담하면서도 성스럽게까지 느껴지던 까닭은 함부로 그 땅을 밟고 지나간 숱한 군화 자국과도 무관하지 않다는 것을 나중에야 알게 되었습니다만, 아무래도 체관(諦觀) 위에 세워진 정체성 때문인 것 같았습니다.

헝가리는 1,200여 년 동안 무려 100번에 가까운 침략의 수난을 겪어야 했습니다. 400년 동안 로마 제국의 지배를 받았고, 수차례의 몽고 침략을 받았던 곳입니다. 몽골군은 당시 인구 200만 중에서 절반 이상을 살해하거나 노예로 끌고 갔습니다.

그 후 오스만 터키 제국의 참혹한 침공과 합스부르크가의 긴 지배를 또 받아야 했습니다. 제2차 세계대전의 화약고로 오스트리아군의 통치 또한 얼마나 가혹했던지요. 수많은 전란을 겪으면서도 결코 민족의 주체를 잃지 않았던 그들의 투지에서, 또 로마나 터키, 합스부르크가의 다양한 건축문화 양식을 수용하면서도 아름다운 건물로 조화를 이루고 있는 그들의 역사성에서 나는 강인한 의지와 어떤 생명의 야생성을 보는 듯했습니다.

그렇게 친화력으로 다가오던 동질의 정서는 우연이 아니었습니다. 헝가리는 이미 태생적으로 동양의 핏줄을 가지고 있었습니다. 우랄어족에 속한 그들은 우리와 어순(語順)이 같았고, 생활 습관에서도 비슷한 점이 많았습니다. 부다 왕궁에서 본 고추나 옥수수 같은 곡물의 진열하며, 마티야 성당의 깃발에서 본 반달과 별이 그려진 유목 민족의 풍향계하며, 전대 토템 신앙의 대상물에서도 유사한 점을 볼 수 있었기 때문입니다. 동유럽 국가들 중에서 제일 먼저 우리나라와 국교를 맺었다는 것도 어쩌면 혈연의 동기(同氣)가 작용한 것은 아닐까 하는 생각이 들었던 것입니다.

버스가 국경을 넘자 오른쪽으로는 야트막하게 이어지는 구릉의 연봉, 왼쪽으로는 넓게 펼쳐진 평야와 나무 숲 뒤로 도나우강이 숨바꼭질하듯 모습을 드러내며 우리의 뒤를 따라오고 있었습니다. 이름도 아름다운 다뉴브강. 그들은 '두나'강이라고 부르기를 좋아한다는데 이 도나우강은 부다페스트를 관통하면서 부다와 페스트를 둘로 나누어 놓고 있었습니다. 강안 서쪽은 페스트 지구, 상업과 예술의 도시였고, 동쪽은 부다 지구로 왕궁의 역사적 유물이 많은 옛터였습니다. 우리는 부다페스트로 가지 않고 먼저 에스테르곰으로 향했습니다. 퇴직한 남편의 학교 동료 일곱 쌍과 일행이 되어 흔들리는 버스에 실려 가고 있었습니다. 낯선 땅을 찾아 흔들리며 떠나는 것 자체가 인생이라는 생각이 들었습니다. 모두 지친 듯 잠잠해진 차내에 별안간 바이올린 선율이 흐르기 시작했습니다.

집시의 달

가이드가 준비해 온 테이프는 〈집시의 달〉이었습니다. 저물어 가는 시간, 헝가리 땅에서 〈집시의 달〉을 듣게 되다니요. 천천히 온몸으로 스며드는 맑은 현의 울림. 화려한 기교와 집시풍의 선율로 유명한 사라사테의 곡 〈치고이너바이젠〉이었습니다.

뛰어난 테크닉과 절도 있게 다스리는 솜씨, 야샤 하이페츠의 바이올린 연주는 참으로 자유자재했습니다. 빠르게 꺾다가 휠 듯 이어지는 현의 떨림은 우리의 호흡마저 긴장시키더니 슬쩍 톤을 낮추면서 어느새 유순한 음색으로 달을 불러내어 오는 것입니다.

"달이여, 집시의 달이여!"

눈앞에 전개되는 달빛 고요. 음악만큼 빠르게 우리의 영성(靈性)을 자극하는 것이 또 있을까요. 금세 환한 달빛이 눈앞에 펼쳐지는 것입니다. 눈을 감고 달빛 가득한 뜨락 아래로 층계를 밟아 내려섭니다. 잔디밭에서 쇼팽의 〈야상곡〉을 듣던 어느 날 달밤의 일이 떠오릅니다. 달빛은 술을 마시지 않고도 우리를 취하게 했고 여성성을 더욱 고양시키며 사람을 관능적으로 이끌어 들이는 마력을 지닌 듯했습니다.

달빛과 마성(魔性), 그리고 집시와 달빛과 나. 그러고 보니 달빛과 집시와 헝가리는 내 무의식 속에서 이렇게 서로 공명음(共鳴音)을 이루고 있어 왔던 셈입니다.

"달이여, 집시의 달이여!"

손을 잡아 끌 듯 이어지는 현의 음률은 집시들이 머문 어느 마을 어귀로 나를 데리고 갑니다. 눈을 감고 천천히 따라가 봅니다. 거기에 낡은 수레와 천막이 보입니다. 허름한 불빛 아래 카드 점을 보고 있는 유난히 목이 굵은 부인과 그 옆에 눈꼬리가 가늘게 찢어진 젊은 여인의 모습도 보입니다. 우랄산맥에서부터 시작된 그들의 고달픈 삶의 역정이 짚어집니다. 삶 자체가 하나의 떠남인, 그래서 이 지상의 영원한 보헤미안들. 내일이 불투명한 그들의 정서는 독특할 수밖에 없는 것이겠지요. 지역적으로는 유럽의 정서요 태생적으로는 동양계인 그들의 음악은 그래서 더욱 묘한 정취를 자아내게 되는 것인가 봅니다.

　　집시풍의 선율은 매양 근원도 알 수 없는 슬픔으로 내게 다가와 온몸을 감쌉니다. 그리고는 마치 전생의 어느 구불구불한 흙벽의 좁은 골목 안으로 데리고 가는 듯한 기억의 착시현상을 일으키곤 하였습니다.

　　어릴 적 일입니다. 김칫거리를 다듬는 한편에서 쪼그리고 앉아 파를 잘라 피리를 불면 "다 저녁 때 뱀 나올라!" 하고 질색을 하시던 어른들의 모습이 재미있어 장난으로 피리를 불면, 눈앞에 똬리를 튼 뱀이 슬슬 몸을 풀고 정말 일어나는 것만 같은, 내 안의 어느 부분도 따라 일어나는 것만 같은 착시현상과도 닮아 있는 이 근원에는 알 수 없는 어떤 '원형무의식'이 자리 잡고 있었던 것은 아닐지 모르겠습니다.

　　정열적이면서도 비극적인 색채를 띠고 있는 이 집시 음악은 생래적으로 나의 감각과 들어맞았고, 그리고 어떤 내 선험적 기억과도 무관하지 않은 듯했습니다.

　　내가 〈집시의 달〉을 처음 듣게 된 것은 대학교 1학년 때, 삼선교 초향(初香)다방에서였습니다. 당시 길 건너 아담다방에서는 보컬 그룹의 〈그린 필드)가 한창이었지만, 이곳 이층 마루 계단에 들어서면 풀꽃 같은 한복 차림의 마담은 언제나 이 노래를 틀어서 좀 더 오래 앉아 있으면 몇 번씩이나 되풀이해서 듣게 되던 곡이었습니다. 1960년은 오디오가 귀하던 시절이라 스페인 출신의 작곡가 사라사테의 이름을 알게 된 것도 나중 일이었습니다.

포플러나무가 마주 보이는 창가 구석진 자리. 집에서 김장판이 벌어지면 책을 들고 이 자리로 나왔고, 휴학계를 내고 돌아온 날도, 동생의 묘지 이전을 앞두고 친구를 불러 의논하던 자리도 바로 여기였습니다.

아득하게 혼자 앉아서 듣던 노래였습니다.

집을 떠나가 계신 아버지. 섬약한 어머니 모르게 미아리 공동묘지에 묻힌 남동생의 시신을 처리해야 했던 나는 스물을 갓 넘긴 여학생이었습니다. 이따금씩 공동묘지를 찾아 동생의 무덤에 기대어 한나절씩 책을 읽다가 돌아오곤 했지요. 그러나 죽음을 생소하게 그리고 아주 간단한 일쯤으로 여기게 해준 사건은 어머니의 심장마비였습니다.

어머니는 갑작스런 고생을 더는 견디지 못하고 오십도 못 다 채운 나이로 세상을 떠나셨습니다. 남겨진 아홉 살짜리 막냇동생과 중학생이던 두 동생. 나는 그들의 모성 결핍이 어떠한 것인지조차 잘 이해하지 못하는 그저 누나일 뿐이었습니다.

땅거미가 질 무렵, 퇴근하는 누나를 기다려 문 앞에서 서성이던 동생들의 모습이 어른거립니다. 재잘대며 교문을 함께 빠져나오던 친구들을 떠올리며 나는 시청 사무실에서 서류철을 뒤적이고 있었습니다. 이 무렵 이웃 나라 작가 다자이 오사무(太宰治)에게 심취되었고, 그가 『사양(斜陽)』에서 보여 준 결국 패배할 수밖에 없는 인간의 조건과 몰락. 그리고 일본의 마지막 귀족인 어머니의 죽음과 남동생(나오지)의 자살 뒤에 혼자 남겨진 누나, 가즈코가 내 모습인 것만 같아서 거기에서 위로받고 싶었던 이유도 보탤 수 있을 것입니다.

〈집시의 달〉은 내 혈관 속에서 슬픔의 물결로 지나가고 있었습니다. 입덧같이 어지러운 2월의 바람 끝에 서성이던 내 지난날들의 모습이 저만치에서 보였습니다.

영화 〈엘비라 마디간〉에서 본 카드 점(占) 장면을 내 것으로 할까 하던 시절, 탈영병과 곡예사 소녀는 더는 갈 곳이 없게 되자 늙은 집시 여자에게 가서 카드 점을 봅니다. 소녀가 뽑은 카드에는 '죽음'이란 글자가 나왔고, 그 후 피크닉을 가장한 풀밭 위에서 식사를 마친 뒤 두 발의 총성으로 끝을 맺는 젊은 연인들. 화면 가득히 흐르던 모차르트의 아름다운 피아노 협주곡을 또 어떻게 잊을 수가 있겠습니까.

죽음이란 글자를 뽑아든 곡예사 소녀와 그것을 설명하는 늙은 집시 여자는 더 이상 남일 수가 없었습니다.

당시 저는 가족도 없고 직장도 없었으며 매인 데 없이 텅 비어 있던 시절. 자유와 죽음, 불안과 운명, 카드와 점, 허무와 자살, 이런 쪽에 정신이 닿아 있던 때였습니다.

한때 나는 그들의 허무주의와 관능에 동조하며 신비주의와 카드 점에 매료되었던 것입니다. 달빛 쏟아지는 냉방에서 혼자 할 수 있는 일은 책을 읽는 것뿐이었습니다. 문을 닫고 앉아 글을 읽어도 천하의 일을 다 알 수 있었다던 선인들의 지혜를 부러워하며, 특히 『황극경세서』를 쓰신 소강절 선생처럼 세상의 일을 다 알고 싶었습니다. 한대(漢代)의 역서(易書)를 뒤적이기 시작했고, 『주역』을 알면 생사를 알 수 있고 귀신까지도 마음대로 부릴 수 있다는 대목에서 눈이 멎고 말았습니다. 우연의 일치인지 사물을 보고 어느 대상을 떠올리면 그것이 곧바로 현실로 나타나곤 했습니다. 정처(定處)도 없고 무소유의 단순한 삶이어서인지 그네들의 직관과 점은 잘 맞아떨어졌습니다. 갈 곳도, 지닌 것도 없는 저야말로 무정처 무소유의 삶, 허실생백(虛室生白)의 텅 빈 공간, 그게 전부였습니다.

아무튼 운명을 예언하며 자유롭게 유랑하던 러시아 집시들은 우랄 산맥을 넘어 헝가리로 이집트로 프랑스로 스페인의 안달루시아 지방으로 퍼져 나갔습니다만, 역시 카드 점의 원조는 집시들이 주로 살았던 러시아 남서부 지방이었습니다. 이곳 집시들을 모델로 하여 푸슈킨은 『집시』라는 작품을 썼습니다. 언제나처럼 을씨년스럽기만 한 인생, 유랑의 무리 위에 영화 〈선 라이즈 선 셋〉의 멜로디가 겹쳐 지나갑니다. 그래서 그런지 눈을 감고 들으면 러시아의 민속 음악과 동유럽의 집시 음악이 다르지 않다는 걸 느끼게 되는데, 그것은 아마 깊은 체관 위에 세워진 비극적 정서가 같기 때문일 것 같습니다.

러시아 화가 샤갈의 그림에서도 우리는 〈거리의 악사〉 집시 바이올리니스트를 만나게 됩니다. 샤갈 역시 이 지구상의 보헤미안이었던 셈이지요. 인간은 걷기 시작하면서 살던 곳을 떠난다고 한 그의 말이 아니더라도 기실 우리의 삶이란 이곳에서 저곳으로 옮겨 다니는 일밖에는 다른 것이 아니라는 생각이 요즘 강하게 드는 것입니다. 별안간 버스가 멈춰 우리가 내린 곳은 에스테르곰이었습니다.

에스테르곰과 마르쿠스 아우렐리우스

에스테르곰은 헝가리의 첫 번째 수도로 13세기까지 번영을 누리던 유서 깊은 도시였습니다. 왕궁의 언덕에는 대성당 바질리카가 서 있고, 도나우강 맞은편의 슬로바키아 땅은 석양에 물들어 가고 있었습니다. 어둠에 잠기는 성당을 뒤로하고 뜰로 나오니 마르쿠스 황제가 『명상록』을 썼다는 곳, 쉽게 발걸음이 떨어지질 않았습니다.

"나를 위해 울지 말라. 오히려 페스트에 대비하고 수많은 다른 사람들의 죽음을 생각하라."는 유언을 남기고 그는 이 도나우강 유역의 진중에서 숨을 거두고 말았습니다. 대로마제국의 황제요 스토아학파의 위대한 철학자였던 마르쿠스 아우렐리우스(서기 121~179). 그는 도나우강 남쪽인 펀노니아 지방에서 3년 간 머물면서 동방의 외적을 격퇴하고 게르만 민족과 싸워 승리를 거두긴 했으나, 이 원정 중에 페스트에 걸리고 말았던 것입니다.

"기꺼이 자기 자신을 운명의 여신, 크로투우에게 맡겨 너의 실을 그녀가 마음대로 짜도록 내버려두라."던 황제 역시 운명에 순응했고 무자기(無自欺)한 성실로 자기 안의 선(善)을 실천했던 군주였습니다. "너는 천년만년 살 것처럼 행동하지 마라. 죽음이 지척에 있다. 살아 있는 동안, 할 수 있는 동안 선(善)한 자가 돼라."던 그였습니다. 허긴 인생에 있어 또 그것밖엔 달리 길이 없다는 것도 알고 있습니다.

마침내 나그네 길에서 숨을 거둔 마르쿠스 황제 역시 결국엔 죽기 위해 이곳에 왔던 셈이 되고 말았지요. 사위는 고요한데 깊은 어둠에 잠기면서 문득 보행(步行)이 곧 죽음이라는 생각을 떨칠 수가 없었습니다. 에픽테토스가 말했듯이 우리는 '시신을 짊어지고 다니는 작은 영혼일 뿐'인지도 모르겠습니다.

겔레르트 언덕에서

도나우강 물결에 비친 부다페스트의 야경은 참으로 아름다웠습니다. 이튿날 아침 일찍 부다성으로 향했습니다. 지대가 높아서인지 부다와 페스트 지역이 한눈에 들어오고 그 사이를 관통하는 도나우강에 처음으로 세워졌다는 다리, 체인교가 눈에 들어왔습니다. 파리의 개선문을 닮은 아취가 두 개 서 있고, 그 위에 아름다운 조각과 사슬로 연결된 다리, 영화 〈글루미 선데이〉에서 작곡가 안드라스가 악보를 찢어 강물에 뿌리며 서 있던 곳이 어디쯤일까 눈짐작으로 그곳을 짚어 보게 됩니다.

〈우울한 일요일〉이라는 이 헝가리 노래는 들으면 들을수록 무엇에 홀린 듯 많은 사람들을 죽음으로 빠져들게 했습니다. 헝가리 정부가 법으로 방송을 금지하기에 이르렀으나 자살 행진은 삽시간에 전 유럽으로 번져 나갔던 것이지요.

"왜 이 곡을 들으면 자살 충동을 느끼게 되는 거죠?"

영화 속에서 기자가 물었을 때 "저주받은 곡이기 때문"이라는 답이 이어집니다. 비오는 날이면 저도 이 노래를 자주 듣곤 하였습니다. 저는 이 곡의 마성이 극단에 이르기를 좋아하는 헝가리 사람들의 비극적 정서와 맞닿아 있다고 여겨졌습니다. 춤추기를 좋아하는 그네들은 열광적인 가무(歌舞)에도 불구하고 훨씬 더 염세적이며 비극적이기도 합니다. 즐겁고도 슬프며, 슬픔의 끝은 언제나 허무적이 되어 버리고 마는 것이지요.

쟈보식당에선 집시 밴드 대신 피아노를 사들이고 연주자를 모집했습니다. 음악을 전공하는 아르바이트생 안드라스. 그도 이 곡을 연주한 뒤 자살로 생애를 마감했습니다. 그의 자살을 두고 "존엄을 찾아 떠난 거야." 했을 때, 나는 무엇엔가 한 방 얻어맞는 느낌을 지울 수 없었습니다. 존엄과 자살. 다자이 오사무도 『사양』의 작중 인물인 나오지를 통해 같은 심정을 토로했던 것을 기억합니다.

어젯밤의 술도 말짱히 깨었습니다.
나는 맨정신으로 죽는 것입니다.
누님, 나는 귀족입니다.
　　　　　　　　　　　　　　　—「나오지의 유서」중에서

결국 이 작가도 존엄 때문에 자살을 하고 말았습니다. 맨정신으로 자기 죽음을 선택하는 그의 의지가 부럽기도 했고, 그가 마지막 숨을 쉬는 새벽의 공기가 신성하게 느껴지기도 했습니다. 존엄과 자살, 어느 것 하나 내 것으로 하지 못하고 있던 때였습니다.

『사양』을 읽던 무렵, 나는 니체의 허무에 동조하고 공초 오상순 선생의 시를 무슨 부적이나 되는 것처럼 외우고 다녔습니다.

허무야
오, 허무야
불꽃을 끄고 바람을 죽이라

그리고 허무야. 너는 너 자체를 깨물어 죽이라

—「허무혼의 선언」에서

'너 자체를 깨물어 죽이라'고 힘주던 그때의 심정과 시구가 다시 가슴에서 맴돕니다.

세계문화유산 보호 구역으로 지정되었다는 부다성에는 역사박물관·미술관·어부의 요새·마차시 성당 등이 바로크·고딕·네오로마네스크 등의 양식으로 아름답게 공존하고 있었습니다. 특히 다섯 번이나 무너지고 여섯 번째 세워졌다는 이 비운의 성은 그대로 헝가리의 운명을 보는 듯했습니다. 산다는 건 정말 고통 외에 다름 아니라는 감회에 젖고 있는데 때맞춰 거리의 악사 두 사람이 〈다뉴브강의 물결〉을 연주하기 시작했습니다. 입성도 허름한, 작은 키에 검게 그은 얼굴. 양해를 얻어 그들 곁에서 사진을 한 장 남겨 오긴 했습니다만 사진 속에 노래를 담지 못한 것이 유감으로 남습니다. 경쾌한 다뉴브강의 물결은 금세 현해탄의 검푸른 파도로 바뀌고, 그 위에 윤심덕의 노래 〈사(死)의 찬미〉가 와서 실리는 것입니다.

광막한 광야를 달리는 인생아
너는 무엇을 찾으려 하는가

김우진과 윤심덕, 그들도 자살로 생을 마감하고 말았습니다. '너는 무엇을 찾으려 하는가?' 그들의 유혼이 내게 자꾸만 묻는 것 같았습니다.

저무는 봄날의 애상(哀傷)과 함께 점심때 마신 맥주 한 잔의 취기가 사람을 한껏 감상적으로 만들었습니다.

다음 도착한 곳은 겔레르트 언덕이었습니다. 에스테르곰 대성당에 모셔진 헝가리의 성인 겔레르트(Gellért)의 이름을 따온, 말하자면 신성 불가침의 땅 '솟대' 같은 지역이지요. 무당과 집시촌인 이 허름한 언덕에는 수공예품 가게가 즐비했습니다. 십자수나 아프리케로 만든 횟대보·책상보 따위가 진열되어 있고, 그때 좌판대에 놓인 팔찌 하나가 우연히 눈에 들어왔습니다. 종려나무 잎사귀가 양쪽으로 새겨져 있고 한가운데 둥근 오닉스가 박혀 있는 손때 묻은 팔찌였습니다. 그것을 집는 순간 찌르르한 전류가 손끝에 느껴졌습니다.

대체 이 팔찌의 주인공은 어떤 사람이었을까?

푸슈킨의 작품에 나오는 젬피라 같은 여자였을까? 아니면 〈글루미 선데이〉의 여주인공 일로나 같은 여자일까. 눈매가 서글서글하고 몸매가 아름다운, 샤리를 입히면 꼭 인도 여자 같은 이국적 향취의 일로나. 그도 아니면 목이 잘린 요한의 얼굴에 입 맞추는 살로메 같은 고혹적인 여자였을까. 〈엘비라 마디간〉에서 카드 점을 보아 주던 그 늙은 집시 여자?

바람 부는 언덕에 서서 잠시 즐거운 상념에 빠져들고 있었습니다. 이왕이면 팔찌의 주인공이 젬피라같이 피가 뜨겁고 검은 눈동자를 지닌 아름다운 여인이었으면 좋겠다는 생각이 들었습니다. 보드카처럼 독하고, 한잔 술에 쉽게 점화되고 마는 열정을 가진 집시 여자.

브람스의 〈헝가리 무곡〉이나 〈차르다스〉 곡이 울리기라도 하면 벌써 그녀들의 몸은 싱싱한 비늘처럼 일어나 눈을 뜰 것입니다. 격심한 변화에 맞춰 플라멩코를 춤추는 무희의 드레스에는 프릴이 잔뜩 달려 있고 흑단 같은 머리채엔 붉은 꽃이 꽂혀 있기 십상이지요. 뒷굽 높은 구두로 강한 발박자를 내며 사이사이 캐스터네츠로 박자를 가르고는 그속에 빠져 버리는 집시 여자를 떠올리는 것은 그다지 어렵지 않은 일이었습니다. 어깨끈이 반쯤 흘러내린 야성적인 여자 카르멘이어도 좋고, 유대 공주 살로메여도 상관없습니다. 두 눈을 감고 미간을 찌푸린 채, 무엇에 홀린 듯 극도로 집중하는 표정, 온몸으로 비늘을 털어내는 듯한 광기어린 춤. 그녀들의 춤을 보고 있노라면 그건 기쁨의 표현이 아니라 관능 속에 내재한 어떤 악마성을 흔들어 깨우는 주술적인 행위가 아닌가 여겨지기도 했습니다. 그 같은 격렬함을 동경하면서도 차마 그들의 담대한 엑스터시에는 이르지 못하고 맙니다.

비눗방울처럼 순간에 소멸되고 마는 그들의 관능과 허무. 집시 여자들은 본래 자신만을 위해 춤춘다고 합니다. 마음 내키는 대로 뜨거워지고 기분 내키는 대로 춤추며 노래하는 제멋대로의 인생. 지구상에 존재해서는 안 될 두 가지를 들어 히틀러는 유태인과 집시라고 했다지만, 집시들의 온갖 범죄와 부도덕함에도 불구하고 나는 방랑과 자유라는 기치 아래 정처 없이 떠돌던 그네들의 삶을 동경했던 적이 있었습니다. 허긴 이 세상에 보헤미안 아닌 사람이 또 있을까요? 외톨이로서의 나 역시도 선험적 집시였을지 모릅니다.

또 누가 알겠습니까. 팔찌 주인공의 혼이 정맥을 타고 내게로 실려와 내 안에서 젬피라가 다시 태어나고, 살로메가 일어나 춤을 추며 격정적인 카르멘의 사랑이 이어질지. 이런 즐거운 공상을 하며 팔찌를 팔목에 걸었습니다. 살로메나 저 젬피라처럼 자신만의 춤을 통해 생명의 마지막까지 온전히 산화(散華)될 수 있다면…. 그러나 그것은 희망사항일 뿐이겠습니다.

   흰 광목천에 달과 별이 그려진 그 깃발이 나부끼던 겔레르트 언덕에
서서 나는 속절없이 되뇌고 있었습니다.

   "오, 허무야. 불꽃을 끄고 바람을 죽이라."

   알 수 없는 바람의 깃발 같은 것이 내 안에서도 펄럭이고 있었습니다.

제4부

수필을 말하다

책 읽는 대통령

중국을 방문 중인 박근혜 대통령의 모습이 TV로 방영(6월 29일)됐다. 시진핑(習近平) 주석의 모교이며 『중국철학사』의 저자 펑유란(馮友蘭)이 재직한 칭화(淸華)대학교 단상이었다.

강당의 자리를 가득 메운 그곳 학생들도 연회색 바지에 보라색 상의를 받쳐 입은 온화한 표정의 우리나라 대통령을 주목했다. 나 역시도 벅찬 긴장감으로 화면에서 눈길을 뗄 수 없었다. 대통령은 중국어로 연설을 시작했다.

"곡식을 심으면 일 년 후에 수확을 하고, 나무를 심으면 십 년 후에 결실을 맺지만, 사람을 기르면 백 년 후가 든든하다."는 교육을 강조한 관자(管子)의 글귀와 『주역』에서 따온 칭화대학교의 교훈인 '자강불식, 후덕재물(自强不息, 厚德載物)'을 또박또박한 중국어 발음으로 말했다. 이 것은 공자가 건곤(乾坤)괘에 붙인 대상(大象)의 말씀이다.

"하늘의 운행이 굳건하니 군자는 (이것을 본받아) 스스로 굳세어 쉬지 않는다(天行健, 君子以 自强不息).”에서 따온 '자강불식'과 "땅의 형세가 곤(坤)이니 군자는 이로써 두터운 덕으로 만물을 신는다(地勢坤, 君子以 厚德載物).”에서 따온 '후덕재물'을 말한다.

연설 도중 대통령은 중국 고전을 읽으면서 마음을 다스렸고, 직접 에세이를 쓰면서 마음을 다스렸노라고 심중의 일단을 밝혔다. 가슴이 쩡해지면서 순간 30여 년 전, 정수직업훈련원 수료식에서 격려사를 하던 그분의 모습이 눈앞을 스쳐 지나갔다. 설립자인 어머니를 대신해서 어린 나이에 가녀린 모습으로 그러나 침착하게 그때도 퍼스트레이디의 역할을 수행했다. 그 뒤 총탄에 아버지마저 잃고 그 인고의 세월을 어찌 지냈으며, 또한 비통한 마음을 어떻게 다스려 왔을까? 궁금하기도 했었다. 아, 그동안 중국 고전을 읽으면서 마음을 다스려 왔구나. 수필을 쓰면서 마음을 다스려왔구나! 그랬구나! 동병자의 상련(相憐)처럼 자꾸만 그분의 심정이 되짚어지는 것이었다.

대통령은 『논어』와 『주역』을 읽고 마음을 다스렸으며, 평유란의 『중국철학사』를 애독했다고 언급했다. 마음 다스리는 일, 누가 그것을 도와줄 수 있을까? 어떤 것이 사람을 위로할 수 있을까? 감각적인 잠시의 위로는 가능하다. 그러나 근본적인 치유와 위로는 온전히 자기 몫이다. 누구도 마음 다스리는 일은 도와줄 수 없다. 책만이 그 깊은 곳을 열고 들어가 언 곳을 녹게 하고 기질(氣質)의 변화를 이루게 한다.

땅바닥에 넘어진 사람은 그 땅을 밟고 거기에서부터 혼자 일어서야 한다. 혼자일 때 더욱 처절하게 혼자 그 힘을 길러야 한다는 맹자의 충고가 떠오른다. 하늘이 장차 대임을 맡김에 그 사람으로 하여금 먼저 그 마음과 뜻을 괴롭혀 능하지 못한 것을 더하고 더하게 하려는 바라더니 "절망이 나를 단련시켰다."는 그분의 말이 그런 것이 아니었나 짐작되기도 했다. 대통령은 아버지와 어머니를 모두 잃은 자신의 경험을 언급하면서 제갈량이 아들에게 보낸 '담박영정(淡泊寧靜)'의 고사를 또 인용했다. "마음이 담박하지 않으면 뜻을 밝힐 수 없고, 마음이 안정되어 있지 않으면 원대한 이상을 이룰 수 없다."

안정되게 마음을 다스린다는 일이 얼마나 지난한 수행인가? 나도 한때는 『주역』에 기대 마음을 다스렸던 적이 있다. 하늘과 땅이 어긋난 것처럼 비색한 처지에 놓여 있을 때 공자는 내 등을 두드리며 이렇게 위로해 주었다. "슬퍼하지 말라. 비색한 것도 마침내는 기울어지나니 그것이 어찌 오래 갈까 보냐." 천지비(天地否)괘의 괘사 '비종즉경(否終則傾)하나니 하가장야(何可長也)리오'를 얼마나 외웠던가.

겨울이면 군불도 때지 못한 냉골에서 똑바로 앉아 눈썹을 내리깔고 손을 모은 채 『논어』를 읽었다는 이덕무(李德懋, 1741~1793)도 나와 같은 심정이었을까. 이덕무는 일기에 이렇게 적었다.

공자는 도대체 어떤 사람이기에 온화하고 화평(和平)한 말 기운으로 나로 하여금 거친 마음을 떨쳐내어 말끔히 사라지게 하고 평정한 마음에 이르게 한단 말인가? 공자가 아니었더라면 나는 거의 발광하여 뛰쳐나갈 뻔하였다.

박 대통령은 일기에 이렇게 적었다.
"절망은 나를 단련시키고, 희망은 나를 움직인다."
이것은 그분 자서전의 책 제목이기도 하다.

절망과 희망, 어느 것 하나도 배척하지 않고 두 가지를 다 수용하며 절망조차도 긍정적으로 활용하는 지혜, 이것이 역(易)의 정신이 아닐까 한다. 사실 절망과 희망은 빛과 그림자의 관계이며, 음과 양의 변화에 다름 아니기 때문이다.

역(易)이란 상황의 논리이며 변화의 철학이기 때문에 언제나 좋을 수만도 나쁠 수만도 없다. 왜냐하면 달이 고정되어 있지 않은 것처럼 모든 사물은 궁극에 이르면 원시반본(原始反本)의 순환을 거듭하기 때문이다. 다만 시시각각으로 변화하는 현실에 대하여 그 본바탕을 알아보고 거기에 따라 알맞게 행동할 것을[時中] 역은 가르친다. 때에 알맞음, 현재의 상황과 알맞게 조화를 이룩함을 뜻한다. 그러나 불행하게도 우리가 처한 현재의 상황은 그렇지 못하다. 정신과 물질이 조화롭지 못한 불균형의 시대이다.

주역의 정신이란 중용(中庸), 중정(中正)사상을 말한다. 할아버지의 『주역』이 잊힐까 염려되어 『중용』을 지었다는 공자의 손자 자사(子思)는 그 핵심을 이렇게 짚었다. "군자의 중용(中庸)은 군자의 때에 맞음[時中]이다." "중용(中庸)이란 치우치지 않으며 의탁하지 않으며 지나침이나 모자람이 없는 평상의 이치이며, 시중(時中)이란 능히 보이지 않는 바를 경계하고 근신하며 들려지지 않는 바를 두려워하면 알맞지 않는 때가 없다."는 주자(朱子)의 해설을 다시 찾아 읽어본다.

대통령께서는 『주역』의 중정(中正)사상을 실천해 주기 바란다. 중(中)이란 때를 만남이니 때에 지나치거나 미치지 못함이 없는 것이요, 정(正)이란 위(位)를 말함이니 자리에 치우치거나 기울어짐이 없는 조화와 균형으로써, 인간이 인간의 척도가 되는 인문(人文) 시대를 책 읽는 대통령께서 열어 주기를 기대해 본다.

책 읽는 대통령. 한글을 창제하신 세종대왕과 문화적 황금기인 진경 (眞景) 시대를 이룩한 정조대왕도 손에서 책을 놓지 않았다. 수필은 글 쓰는 이의 영혼의 성장과 비례한다. 수필 쓰는 대통령은 말한다.

"인생의 어려운 시기를 헤쳐가면서 제가 깨우친 게 있다면 인생이란 살고 가면 결국 한 줌의 흙이 되고, 백 년을 살다 가도 긴 역사의 흐름 속에서 보면 결국 한 점에 불과하다는 것."

나는 그 한 줌 공간과 한 점 시간을 생각해 본다. x, y 축의 그 지점 을. 풍상 섞어 친 세월을 견디고 온화한 모습으로 지금 그 지점에 서 있는 대통령의 모습을 바라본다. 흔들림 없는 그 모습에 왠지 가슴이 떨려왔다.

독도 만세

2006년 5월 23일, 저녁 6시에 서울을 출발한 버스는 다섯 시간 뒤 포항에 닿았다. 울릉도로 가는 배 '나리호'에 승선한 것은 밤 11시.

출렁이는 밤물결을 바라다보며 내 마음은 홀로 외롭다는 '獨島'에 가 있었다. 삼삼오오 무리를 지어 소주병을 기울이는 사람들, 잠을 이룰 수 없는 때문인지 배 안은 사람들로 술렁였다. 여섯 단체의 예술인 120명이 이 배를 탔다. 내일 낮 독도에 가서 한바탕 외치고 규탄하고 독도를 위무하러 가는 중이다.

일본이 자기네 영토라고 망발하는 바람에 바짝 긴장감을 더 하게 되는 독도 문제. 역사적으로 문헌상으로 우리의 영토임이 엄연한데도 불구하고 저들은 1905년, 일제 강점기 초에 제멋대로 다케시마(竹島)라고 이름 붙여 놓고 당시의 무주지선점론(無主地先占論)을 펼치며 자기네 영토라고 주장하고 있는 것이다.

나는 여명의 바다를 보려고 선실 창문에 매달려 훤하게 날이 밝아오는 것을 지켜보고 있었다. 어둠이 가시자 바다는 남보랏빛 물결로 넘실댄다. 얼마 뒤 멀리 섬이 보였다. 울릉도에 닿은 시각은 오전 5시가 조금 넘어서였다.

당일 오후 4시의 '독도문화예술축전' 행사를 위한 여분의 시간에 우리는 울릉도를 돌아보았다. 그리고 다시 배를 탄 것은 오후 2시. 꼭 두 시간 만에 독도에 도착했다.

예쁜 섬 두 개가 거기에 있었다. 동도와 서도. 우리는 동도 선착장에 내렸다. 이근배 시인은 이번 세 번째 와서 겨우 독도에 발을 딛는다고 한다. 풍랑으로 배를 댈 수 있을까 걱정했는데 그건 순전히 기우였다. 예총 회원인 장순향 교수의 〈독도 해원춤〉이 펼쳐졌고, 판소리 〈독도〉도 구성지게 이어졌다. '다케시마가 웬 말이냐!' 어찌 독도의 생물들이 환호하지 않을 수 있겠는가?

바다제비, 괭이갈매기, 사철나무, 흑돔, 오징어, 볼락까지도 반기는 듯하다.

'한국문학평론포럼' 임헌영 회장과 '한국문인협회' 신세훈 이사장의 인사말로 시작된 행사는 독도사랑 시낭송으로 이어졌다.

"… 독도는 섬이 아니다./단군사직의 제단이다./광개토대왕의 성벽이다./바다의 용이 된 문무대왕의 뿔이다./불을 뿜는 충무공의 거북선이다./최익현이다./안중근이다./윤봉길이다./아니 오천년 역사이다./칠천만 겨레이다."

이근배 시인의 외침에 모골이 송연해짐을 느낀다. 나도 모르게 주먹 쥔 손에 힘이 더해졌다.

"누가 함부로 이 성스러운 禁標(금표)를 넘보겠느냐. (생략)

독도는 사랑이고 평화이고 자유이다./오늘 우리 목을 놓아 독도 만세를 부르자…"

나도 힘껏 '독도 만세'를 외쳤다.

둘러본 섬은 생각보다 아름다웠다. 군함바위와 코끼리바위가 있는 서도보다는 독립문바위와 한반도바위가 있는 동도가 더 아기자기했다. 화산암으로 이루어진 지형과 강한 해풍으로 깎이고 다듬어진 촛대바위와 닭바위 등은 이름 그대로의 형상을 하고 있었다. 든든한 우리 의 용수비대원들도 만났다.

날씨가 청명한 날에는 울릉도에서도 환히 보인다는 독도. 일본의 옛 기록에도 있거니와 '조선에서는 하루 뱃길이고, 일본에서는 닷새 뱃길' 이라니 어찌 이것이 저희 땅이란 말인가.

『신증동국여지승람』에 8도 총도와 강원도 별도(別島)에 울릉도와 독도가 그려져 있으니 1486년경의 일이다. 또한 임진왜란 당시 도요토미의 명으로 구키[九鬼嘉隆] 등이 제작한 지도에도 우산도(독도)와 울릉도가 그려져 있었다. 이것은 저들이 그린 우리 최초의 영토인 것이다.

이러고서도 무슨 망령된 발언인지? 양식 있는 일본의 작가 및 문화 예술인들에게 묻고 싶다.

신라 지증왕 13년(512년) 이사부의 우산국 정벌로 신라에 병합됨을 『삼국사기』에서도 밝힌 바 있고, 1696년 숙종 22년에 안용복이라는 어민이 일본으로부터 울릉도, 독도는 조선 땅이라는 약속을 받아낸 기록까지 있다.

이러고서도 대나무 한 그루 없는 다케시마가 어찌 너희들의 영토가 될 수 있느냐고 절절히 되묻고 싶다.

지금도 눈감고 누우면 등허리 밑으로 검푸른 바다가 출렁이며 동해로 울릉도로 독도로 흐르고 있는 것만 같다.

독도, 너 이제는 더는 외롭지 않거니, 우리 120명의 예술인들뿐 아니라 칠천만 겨레가 함께 하고 있느니, 너는 이제 혼자가 아니다.

더 이상 독도가 아니다.

한갓 바위섬이 아니다.

너는 민족의 자존(自尊)이며 우리의 긍지다.

민족의 횃불이다.

우리 국토의 솟을 대문, 해와 달이 거기에 눈부시게 빛날지니, 태초부터 그곳에 독도가 있었느니라.

나는 지금도 눈감고 등허리께로 기분 좋게 출렁이는 독도의 체온을 느낀다.

수필은 열등한 장르인가

불교 TV에서 방영하는 BTN문학관 〈나의 문학을 말하다〉를 가끔 시청하고 있다. 작가들의 삶과 문학을 직접 들을 수 있는 좋은 기회이기 때문이다. 그런데 어느 날, 신달자 시인의 발언은 좀 유감이었다.

문학을 삼각형으로 자리매김한다면 꼭짓점에 시와 소설이 있고, 그 밑에 있는 주변 문학은 없어져도 좋다는 얘기였다. 예를 들면 수필, 희곡, 아동문학 등이라는 것이다. 아무리 사견(私見)이라 할지라도 기존의 질서를 깨는 발언은 공적(公的) 매체에서 삼가야 한다는 것쯤은 모를 리 없는 교양인일 텐데…. 그렇다면 시적(詩的) 자만심에 도취된 그녀는 어떤 시인이란 말인가? 순간 이런 분노와 반문이 솟구쳐 올라왔다.

괴테는 최고의 시인이었다. 그러나 약관의 나이로 세계를 열광케 한 소설 『젊은 베르테르의 슬픔』을 썼고, 『파우스트』라는 대작의 희곡을 남겼다. 소설가 오스카 와일드도 〈살로메〉라는 희곡으로 더 유명하며,

그리고 헤르만 헤세는 시와 소설과 아름다운 수필을 우리에게 선물했다. 인류 역사상 최고의 극작가인 셰익스피어도 소네트 형식의 주옥같은 시를 남겼다. 그들은 문학의 전 장르를 넘나들며 형식에 구애됨 없이 활발한 창작 활동을 전개했다.

이 지구상에서 하루라도 셰익스피어 연극이 공연되지 않는 날이 없고 베케트의 희곡 〈고도를 기다리며〉는 전 세계인의 각광을 받고 있다. 이래도 희곡이 없어져야 한단 말인가? 문학의 경계가 허물어진 지금, 우리는 퓨전 시대에 살고 있다. 더구나 '21세기는 수필의 시대'라고 공언한 어느 평론가의 말이 아니더라도 수필에 대한 관심은 날로 고조되고 있다. 문인협회 등록 수필가는 어느새 3천 명을 넘어섰고, 20여 개가 넘는 수필 잡지들은 수필의 문학성 제고와 정체성을 위한 이론 확립에 힘쓰며 비평 활동을 통해 젊은 작가들을 키워내고 있다. 이러한 양적 팽창에도 불구하고 수필은 아직 일간지의 신춘문예 현상 공모에서 제외되고 있는 실정이다. 그렇다면 수필은 열등한 장르인가? 신달자 씨의 발언과 관련하여 나는 안으로 눈길을 돌려 수필에 대한 의의와 반성할 점을 짚어보기로 하였다.

수필은 어떠한 문학인가?

수필은 한마디로 홍차와도 같은 문학이다. 유리잔 안에 담긴 맑은 빛깔과 은은한 향기. 그 향기의 여운은 또한 길다. 수필은 이와 같이 향기롭고도 아름다운 문학이다. 쉬우면서도 결코 가볍지 않은 글이며, 수필의 대상은 작으면서도 크다. 오동잎 하나를 가지고도 천하의 가을을 논할 수 있고, 겨자씨 한 톨을 가지고도 우주의 진리를 논할 수 있어야 한다.

저마다 자유로운 보폭으로 하나를 가지고도 열을 논할 수 있다. 주제는 땅굴을 파듯 깊이 천착하되, 표현은 듬성듬성, 생략과 함축으로 마치 고목등걸에 핀 매화처럼 성긴 것이 그 귀격이라 하겠다. 글 속엔 뼈대가 서야 하고 논리와 도덕성이 갖춰 있어야 한다. 인생에 대한 새로운 해석을 얻기 위해서는 사물의 관조와 성숙된 인생관을 또한 지니지 않으면 안 된다. 이에 부단한 독서와 사색은 좋은 글쓰기의 필수 조건이다. 그러나 배움[學問]이 없는 사색은 위험하다. "문장이 비록 작은 재주라고는 하나 학력(學力)과 식견(識見), 그리고 공정(功程)이 없이는 지극한 데로 이를 수 없다."는 허균의 삼요(三要)를 주목할 필요가 있다. 스승의 체계적인 지도 아래 인문학 전반에 걸친 공부는 필수다. 그것 없이는 자신의 독단이나 편견조차 인식하지 못할 것이며 올바른 안목과 식견도 바로 설 수 없다.

"생각만 하고 공부하지 않으면 위태롭다(思而不學則殆)."는 공자의 말씀도 바로 이런 점을 지적하신 것이 아닐까 한다. 또한 문장력이 뛰어난다고 해도 빈약한 정신세계로는 훌륭한 작품을 기대할 수 없다. 수필은 손끝의 재주로 빚어지는 문학이 아니기 때문이다. 좋은 수필을 쓰기가 어려운 이유는 바로 사람의 가치가 글의 가치로 환산되는 때문이다. 수필은 곧 쓰는 그 사람이다. 그러므로 인격의 함양과 내적(內的) 풍부가 다 함께 요구되는 것이다. 그런데 우리는 지금 어떤 지점에 서 있는가? 어떠한 자세로 수필 쓰기에 임하고 있는가?

얼마 전 수필집을 상재한 원로 소설가 H씨는 수필 쓰기가 소설 쓰기보다 훨씬 어렵다며 '수필가들은 대단해'라며 상찬하던 말씀이 떠오른다. 수필에서는 소설처럼 허구가 용납되지 않기 때문이다. 수필은 우선 작가 자신의 진솔한 체험이어야 하고 선별된 그 체험은 형상화(形象化)라는 문학적 경로를 거쳐 독자에게 다가가야 하기 때문이다.

무엇보다 독자들은 작가의 진정성에서 공감하기를 원한다. 그들은 찔린 손가락 끝에서 흐르는 피의 생경함 같은 것을 느끼고 싶어 한다. 픽션이 아니라는 사실이 수필의 장점이기도 하다. 수필은 우선 분량이 길지 않아서 좋고, 시처럼 함부로 비약하여 논리가 무시된 난해성도 없으며 울타리 넘어 친근한 이웃처럼 편안하고 소박한 문학이다. 그런가 하면 품격을 갖춘 어느 노신사의 지성과도 만나는 기쁨을 나는 몽테뉴의 수필에서 누린다.

자신이 고독을 좋아하는 이유는 보다 자신에게 집중하기 위해서며 자신의 욕망과 심로(心勞)를 억제하기 위해서라는 자성적(自省的) 에세이스트인 몽테뉴 외에도 유려한 문장과 섬세한 묘사로 일상적 사유의 뜰을 가꾼 헤르만 헤세의 수필, 또 죽기 일 년 전에 쓴 나쓰메 소세키의 인생에 대한 깊은 성찰이 담긴 『유리문 안에서』와 같은 수필집이라든가, 영국의 찰스 램, 「도보 여행」의 스티븐슨, 미국의 에머슨, 중국의 임어당과 주자청, 새싹이 파르스름하게 돋아난 느릅나무 토막을 자르려다가 단두대를 떠올리고 차마 그 목에 톱질을 할 수 없었다는 러시아의 작가 솔제니친, 이에 버금가는 수필, 다산 정약용의 「파리를 조문하는 글」이 있다. 파리는 굶주려 죽은 백성이 다시 태어난 몸이기에 그는 글을 지어 그들의 넋을 위로한다. "이제 실컷 포식하여 굶주렸던 한을 풀도록 하여라. 그리고 다시 태어나지 말아라. 사람은 죽어도 내야 하는 세금이 남았나니…" 이와 같이 사회의 부패상을 고발한 촌철살인의 수필들. 우리나라의 이규보, 연암 박지원, 피천득, 김소운, 이양하제씨 등의 수필은 또한 얼마나 빼어나던가?

어찌 수필이 열등한 장르이겠는가. 다만 그와 같이 쓰지 못함을 탄할 뿐이다. 문학 장르에 어찌 우열이 있겠는가. 다만 쓰는 사람의 우열이 있을 뿐이다. 전천후 작가, 셰익스피어, 괴테, 헤세, 이상(李箱)은 어떤 장르에서도 뛰어났으며 결코 어떤 장르에도 매이지 않았음을 소심한 수필가들이여, 상기해 주시기 바란다.

제 몸의 깃털을 뽑아 비단을 짠 학녀(鶴女)처럼 그렇게 치열한 글쓰기를 통해 수필에 봉사해 주실 것을 부탁드린다. 왜 그래야만 하는가를 짚어보게 한 자성(自省)의 기회였다.

침묵의 의미

데스크에서 교정을 보는 게 주요 업무인 때가 있었다. 하루 종일 남의 글만 읽는다. 번쩍 눈에 띄는 것은 드물고 해가 겨워지기 시작할 무렵이면 목덜미가 뻐근해 왔다.

수필의 대부분은 비슷비슷한 일상사요 지나온 삶의 편린들로 시차적인 기록들이었다. 하품을 쫓을 만큼 펄떡거리는 황금비늘의 대어는 만나기 어렵고 그래도 돋보기를 고쳐 쓰고 읽고 또 읽는다. 그러다 보면 마음에 끌리는 소재를 다룬 글과도 만나게 되는데 소재를 설명하느라 예시 부분으로만 그쳐 버린 경우에는 안타까웠다. 마치 호젓한 오솔길을 따라나섰는데 별안간 길이 뚝 끊기고 마는 막다른 절벽과 만나는 그런 느낌이었다.

왜 과감히 진일보하지 못하는가? 글 속에서 왜 생각이 성큼성큼 나아가지 못하는가? 경험의 기록, 체험의 진술에만 그치지 말고 한 발 더 나아가 그 소재가 갖는 의미 천착이나 인생에 대한 필자의 해석 같은 그 작가의 견처(見處)를 기대하게 되는데 그것들의 대부분은 용두사미로 끝나는 경우가 허다했다.

사유의 빈곤일까? 독서량의 부족도 짚어보게 된다. 어차피 문학이란 인간에 대한 물음 아닌가. 그러므로 어떠한 글일지라도 인생과 깊이 관련된 삶의 해석이 뒤따라야 한다. 그것의 결여는 문학성에서 멀다고밖에 할 수 없다.

고통스러운 우리의 삶. 거기에다 문학은 사유의 둥지를 틀고 근원적 물음을 던지고 있는 것 아닌가. 간단히 정의할 수 없는 인간이라는 존재의 모순과 이기심. 죄와 구원과 양심의 문제 등 인간에 대한 탐구가 먼저 선행되지 않고서는 인간에 대한 깊은 이해는 기대하기 어렵다.

"나는 인간이다. 인간적인 것은 무엇이나 내게 이상하지 않다."는 몽테뉴의 말이 아니더라도 인간에게 일어나는 그 어떠한 것도 이해할 수 있는 넓은 가슴과 사물을 바라보는 따뜻한 시선이 작가에게는 요구된다.

절망과 고통에 처한 우리에게 위안을 주는 것이 문학이라면 작가는 그 절망을 딛고 우리에게 다가오지 않으면 안 된다. 그만큼 인간에 대한 이해가 깊어야 한다는 뜻이다. 역사적 인물과의 해후, 작가의 내면 탐구, 숱한 인생들과의 간접경험은 독서를 통해 보충될 수 있다. 사유와 독서를 통해 충전되지 않으면 그리하여 스스로 깊어지지 않으면 깊은 글은 쓸 수 없다.

문학은 그 사람의 깊이만큼 쓴다고 한다. 작가의 인간적 가치가 곧바로 작품의 가치로 환산되기 때문에 인생을 바라보는 작가의 안목과 그것을 해석해내는 다른 차원의 눈이 요구된다. 다시 말하면 인생을 바라보는 인간에 대한 안목이 필요하다는 결론이다.

그런데 다행인지 불행인지 우리 수필가들의 대부분은 식생활이 그다지 절박하지 않고 비교적 체면 유지가 가능한 편이다. 해서 심각한 갈등이나 깊은 좌절 따위는 잘 눈에 띄지 않는다. 살다가 혹시 어려운 일을 당할지라도 익혀 온 중용의 덕성으로 균형 감각을 잃지 않는다. 온당하며 지극히 상식적이다. 함부로 구겨지지도 망가지지도 않는다. 파격과 일탈을 꿈꾸지도 않는다. 건전한 상식, 이러한 담성(淡性)만으로는 치열한 창작 행위는 기대하기 어려울 것이다. 우리는 좀 더 자신에게 정직해야 한다. 어차피 완전하지 못한 하나의 인간, 숱한 동물적 욕구와 이상을 동시에 품고 있는 모순적 존재가 아닌가.

문학은 인간 벗기기다. 인간의 껍질 그 속에 도사리고 있는 위선과 숱한 욕망, 그 좌절을 꺼내 해체하는 작업, 해체 뒤에는 다시 조립이 가능하다. 상처의 봉합, 문학은 이런 작업을 통해 진흙 구덩이에서 오롯이 피워 올린 한 송이의 연꽃과 같다고나 할까.

고통을 딛고 맑게 피어난 얼굴, 그 순화된 정신과 만나고 싶다. 한데 왜 우리는 정직하지 못한가, 치열하지 못한가? 이러고도 인간을 다루는 작가라고 말할 수 있을까를 깊게 반성해야 하리라.

무엇을 쓸까? 원고 청탁을 물리치지 못하고 마음이 더러 조급해질 때가 있다. 이럴 때는 과감히 침묵해야 한다고 스스로에게 타이른다. 안에서 물이 차오를 때까지 기다리지 못하고 웬만한 평판에 안주하면서 적당한 솜씨로 대충 써낸다면 그것은 뒷날 후회를 불러오게 마련이다. 소외되더라도 침묵하는 편이 낫다.

침묵 속에서 사유의 강폭을 넓혀 나가는 일이 작가에게는 무엇보다 중요하다. 뮈조트 성관에 스스로 소외된 릴케의 그 뼈저린 고독과 침묵에 나는 깊은 감동을 전해 받은 일이 있다. 철저히 고독해지기 위해서 단독자(單獨者)로서의 그가 선택한 길이었다.

뮈조트 산간 마을에 밤이 내려 만물은 편안히 졸고 있는데 오직 끝없는 극심한 하나의 슬픔이 한 영혼의 고독 속에 깨어 있다고 그는 말한다. 영혼의 고독 속에 늘 깨어 있기 위해서 그는 혼자여야 했다. '존재하라. 그리고 동시에 비존재의 조건을 알라'고 외친 그의 음성이 들리는 듯하다.

고독 속의 침묵, 침묵의 시간을 많이 가져야 되겠다.

좀 더 외진 마음으로 가난한 영혼이 되어 침묵 속에 깊이 침잠하자고 다짐한다. 일차적으로 그것은 나를 구원할 것이다. 비로소 깊은 독서가 가능해지며 오롯한 사유의 세계에 대한 접근이 허락되리라고 믿는다.

뮈조트 성관이 아니더라도 나는 그 속에 기꺼이 함몰되고 싶다.

수필을 말하다

1970년 이후부터 2000년을 기점으로 한국 수필은 양적 팽창과 함께 괄목할 만한 신장을 이루어 왔다. 수필지의 종류도 이제 20여 종을 넘고 문협 등록 수필가만도 3천을 바라본다. 활발한 수필의 시대다. 그러나 세(勢)를 불린다고 해서 수필의 위상이 높아진다고는 말할 수 없다. 그것은 양(量)보다 질적(質的)인 평가에 의존하기 때문이다. 백 마리의 닭보다 한 마리의 학이 절실하게 요구되는 이유다.

우리는 스스로에게 물어야 한다. 자신은 수필 문단을 풍성하게 하는 데 그저 한 자리를 보태는 닭인가, 아니면 외진 곳에서 창작을 위해 고군분투하는 외로운 학인가?

우리는 수필 문단의 위상을 높이고 수필문학의 이미지 제고를 위해, 또한 작가로서 자신의 존재감을 입증하기 위해 피나는 노력을 멈추지 말아야 한다.

사실 수필은 접근이 용이한 문학이다. 입문이 쉽다는 문학으로서의 장점을 갖고 있으나 그 완성도에 있어서는 결코 용이함이 허락되지 않는다. 그래서 웃고 들어갔다가 울고 나오는 문학 장르라고 말하는 것인지 모른다. 수필이 어려운 또 다른 이유는 시나 소설이 넘보지 못하는 다른 차원의 영역을 갖고 있기 때문이다. 수필가의 정신은 신성불가침의 땅, 솟대의 깃발이 나부끼는 영성(靈性)의 땅에 적을 두고 있다.

수필은 허구가 아닌 실제다. 게다가 수필은 독자와 작가 사이에 어떤 장치나 매개물도 없이 소통되는 직접적인 문학이다. 작가의 가치가 곧바로 작품의 가치로 환산되는 인격의 문학이며, 가장 심층적이고도 영적(靈的)인 문학이기 때문이다. 왜냐하면 그들은 비허구적인 방법으로 진실을 고해(告解)하고, 삶의 의미를 천착하며 자아 탐구와 인생에 대한 관조를 문학의 요체(要體)로 삼아 작품으로 형상화한다. 대상의 본질을 꿰뚫는 혜안(慧眼)이 없고서는, 우주와 교감하는 영성(靈性)이 없고서는 좋은 수필은 기대할 수 없다.

수필 쓰기에는 두 가지의 문제가 대두된다.

무엇을 쓸 것인가? 어떻게 쓸 것인가?

수필은 인간이 사유할 수 있는 모든 것을 다룰 수 있다. 그러나 존재론적인 주제의식이 있어야 한다. 중국의 저 소동파는 겨우 몇 백 자로써 우주 가운데 인간의 왜소함과 자연의 무궁함을 대비시키며 인간과 자연, 순간과 영원, 변화와 불변(不變)을 『주역』의 설리(說理)로써 풀어내고 있다. 우주의 본체와 현상을 설명하지 않고 문학적 기법을 통해 이를 아름다운 산문으로 직조해 내었다. 바로 「적벽부」다.

적벽강 아래에서 뱃놀이를 하던 나그네가 탄식해 가로되, "인간이 세상에 붙어 있는 것은 마치 하루살이의 짧은 삶을 의탁한 거와 같고 아득한 창해의 일속(一粟)이라, 내 일생의 수유함을 슬퍼하고, 강산의 다함없음을 부러워하노라. 이 경치를 영원히 누릴 수 없으니 그것을 슬퍼한다."고 하자 동파가 그를 위해 말한다.

"그대는 저 물과 달을 아는가? 흘러가는 것은 이[물]와 같다지만 그러나 일찍이 가는 것만이 아닌 것을. 가득 차고 비는(盈虛) 것이 저[달]와 같으나 마침내 소장(消長)할 수 없음이라."

물이 흐르되 다 흘러가 버린 적이 없고, 달이 만월이 되거나 기울어 초승달이 되어도 달은 끝내 없어지거나 사라지지 않는다. 영허소장(盈虛消長)은 현상계의 작용일 뿐, 본체는 변하지 않는다는 취지이다.

"대저 그 변(變)하는 자, 스스로 볼진대 곧 천지도 일찍이 한순간도 가만히 있지 못하는 것을." 이것은 주역의 첫 번째 원칙인 '변역(變易)'이다.

"그 변하지 않는 자, 스스로가 볼진대 곧 만물과 내가 모두 다함이 없음이라."

이것은 '불역(不易)'이다. 춘하추동으로 반복되는 사계절의 순환, 계절은 변하되[變易] 그 운행의 질서나 만물을 변하게 하는 그 이치는 변하지 않는다는 불역(不易)인 것이다. 현상 세계의 본질은 늘지도 줄지도 않는다. 그러므로 불변의 관점에서 본다면 천지만물은 오직 하나의 근원이라, 나고 죽음이 따로 없다는 것. 불생불멸(不生不滅)이다. 이때의 '만물과 나는 영원한 것을, 어찌 인생이 짧다고 비탄에 잠길 필요가 있겠는가?'라는 것이 그의 우주관이자 사생관(死生觀)이었다.

수필은 뜻글이다. 위의 글과 같이 뼈대가 있어야 한다. 앞으로 우리가 수필 쓰기에 있어 지향해야 할 바라고 생각된다. 나는 무엇보다 위의 글 중에서 '변역과 불역'을 주목한다.

고금 이래로 불변하는 기본적 인간의 삶과 우주의 도, 그 불역(不易)과 시대에 따라 끊임없이 변화, 발전하는 변역(變易)을 수필에 접목해 본다.

불역유행(不易流行).

바뀔 수 없는 불역(不易)의 도이거나 예술의 본질은 중심축으로 놔두고, 표현 방식은 시대에 따라 유행(流行)하면서 늘 새롭게 바뀌어야[變易] 하지 않을까 하는 생각이다. 그런 생각을 더하게 된 것은 TV에서 〈나는 가수다〉라는 프로를 보면서였다. 원곡보다 재창작된 편곡이 더 좋을 때가 많았다. 요즘 사람들의 정서에 맞게 변주된 노래들, 이렇게 달라질 수 있는 거구나 하는 신선한 충격. 그것은 변주(變奏)라는 표현 방식에 따른다.

수필에 있어서도 글감에 대한 작가의 해석과 변주 능력이야말로 작품의 성패를 가름하는 척도가 될 것이다. 나만의 독창적인 표현 방법으로 변주해내는 능력, 이것이 '불역유행'이 아닐까.

프랑스의 비평가 롤랑 바르트도 문학의 모든 조건을 베리에이션[變奏]으로 설명한 바 있다. '어떻게 쓸 것인가'에 대한 그의 답도 역시 '변주'였다.

수필은 짧은 글이다. 짧은 글 속에서 자신의 이야기를 효과적으로 전달하려면 고도의 형식과 기교가 요구된다. 때로는 과감한 생략과 함축, 설명이 아닌 상징과 은유로써 이미지 형상화에 성공을 거두어야 한다. 지성을 바탕으로 한 글을 쓰기 위해서는 문학, 역사, 철학의 인문학 공부가 필수이고, 정서적인 글을 쓰기 위해서는 감수성 훈련이 요구된다. 이에 앞서 살아 있는 감각과 따뜻한 마음이 선결 요건이다. 수필은 체온의 문학이며 정(情)의 문학인 때문이다. 이래저래 수필은 쓰기 어려운 문학 장르이다.

　누가 수필을 쉽다고 했는가.

산책

눈이 보는 대로 귀가 듣는 대로 마음에 물결이 일 때가 있다.

그런 날은 몸이 벌떡 일어나 마음더러 산책을 나가자고 한다. 동생이 형의 손목을 잡아 이끌 듯이 몸이 마음을 데리고 집을 나서는 것이다.

중국의 육상산(陸象山)이나 왕양명(王陽明) 같은 심학(心學)의 철학가들은 마음이 몸을 주재한다고 하지만 경우에 따라서는 몸도 마음을 선도(先導)할 수 있는 것 같다.

공연히 울적하여 일이 손에 잡히지 않을 때, 동네의 목욕탕에라도 들어가 보라. 뜨거운 물에 몸을 한참 담갔다 나오면 마음이 한결 상쾌해지는 것이다. 날씨마저 울듯이 꾸물한 날에는 더운 구들목을 지고 한나절 뒹굴다 보면 마음의 울결도 어느새 풀어지고 만다. 마음이 앓아눕고 싶은 날은 그래서 몸이 먼저 쉰다. 몸이 가벼워지면 마음도 따라서 가벼워지는 것이다.

아파트 후문을 빠져 나와 횡단보도를 두 번만 건너면 바로 개롱(開籠)공원 앞에 닿게 된다. 옛날 임경업 장군이 우연히 한 궤짝을 얻어 열었더니 그 속에서 갑옷과 투구가 나왔다고 전한다. 개롱이란 여기서 붙여진 이름이다. 입구의 표지판을 뒤로 하고 완만한 경사를 따라 공원 안으로 들어선다. 적요(寂寥)와 청결감, 왠지 단정한 마음이 된다.

양쪽으로 도열한 벚나무며 느티나무·상수리나무들은 나목으로 늠름하게 서 있다. 찬바람이 얼굴을 때린다. 억울하게 죽은 임경업 장군의 심정이 되짚어진다. 남편 대신 청나라로 끌려간 그의 부인조차도 제 명을 살지 못하고 심양의 감옥에서 자결로 생을 마쳤으니 그들의 한이 어떻다 하랴.

어긋나는 인생이 어디 그들뿐이겠는가?

우리의 삶이 뜻대로 되지 않는다는 것을 아는 데, 그리고 그것을 받아들이는 데 전 생애가 다 걸리는 것도 같다.

볼이 얼얼하도록 나는 찬바람을 맞으며 외곽으로 난 작은 길을 따라 다섯 바퀴나 돌았다. 걷는 동안 마음이 점차 편안해졌다. 앞만 보고 부지런히 걷다 보니 자잘한 생각들이 없어지고 만다. 땅이 흡수해 들이는 것일까?

가던 걸음을 멈추고 잠시 하늘을 올려다본다. 얼음조각처럼 투명하다.

햇살이 퍼지는 이 시간대면 운동장에 나와 게이트볼을 치곤 하던 노인들의 모습도 오늘은 보이지 않는다. 발이 시린 듯 비둘기 떼만 마당에서 종종거린다.

나는 언제나 그랬던 것처럼 정자의 육각형 지붕이 잘 바라보이는, 내 지정석으로 가서 앉는다. 의자의 차디찬 감촉. 이럴 때, 담배를 피울 줄

안다면 한 개비쯤 뽑아 물어도 좋으리라.

여름내 푸르던 나무숲이 휑하다. 마치 머리 밑이 드러나 보이는 것처럼 춥다. 눈이 가 닿는 풍경의 표면에 따라 마음은 겨울나무 숲처럼 이내 적막해지고 만다. 찬 하늘을 머리에 인 빈 나뭇가지며 텅 빈 공원. 마음도 따라서 텅 비어져 버린다. 내 자신이 생명의 잔고 없는 통장처럼 느껴지기도 한다.

인생의 여름과도 같은 바쁜 시기를 나는 강남구에서 보냈다. 20년 가까운 세월이었다. 문정동으로 옮겨 앉은 것은 재작년 초겨울께, 이제 두 번째의 겨울을 맞는 심정은 제 몸의 잎을 다 털어낸 겨울나무처럼 홀가분하면서도 조금은 쓸쓸하다. 소나무 언덕[松坡] 아래로 물러나 조용한 노년을 시작하자고 자신에게 타이르던 기억이 되살아난다. 물러나 앉는다는 말에는 그것이 비록 자의라 할지라도 묘한 뉘앙스가 붙는다. 때로는 패자 같은, 때로는 현자의 은둔거사(居士)적 이미지를 떠올려 주기도 한다. 어느 쪽이라도 상관없다. 하지만 정년을 맞은 남편과 함께 선뜻 여기로 물러나 앉은 데는 마음을 좀 더 외진 곳에 두고자 한 뜻도 포함되어 있었다. 마음이 속세에서 멀어지면 사는 거기가 곧 외진 곳이라고 하지만, 도연명(陶淵明)의 그러한 경지에 이르지 못하고 보니 자연히 환경을 탓하게 되고 마는 것이다. 다행히 이 부근에는 공원이 많다. 공기가 맑고 조용하다. 그 한적함이 외진 마음을 더욱 외지도록 만든다. 그리하여 철저하게 단절되어 보는 것도 좋은 일일 듯싶었다.

마음을 스스로 제어하지 못하는 나 같은 사람에게는 이런 타율적인 방법도 좋으리라는 생각이 든다. 바깥 경계(境界)에 따라 움직이는 마음의 물결을 잠재우자면 모든 감각 작용을 차단하는 것도 한 방법이기 때문이다.

사실 벌써부터 물러나 쉴 나이가 되지 않았던가. 예순 살을 인도에서는 '산으로 가는 나이'라고 말한다. 자연으로 돌아가는 나이가 된 것이다. 스스로 하나의 자연이 되어야 하는 나이이기도 하다. 하므로 이제 휴지기(休止期)를 맞아 온 산의 물을 퍼내고 숨을 고르는 저 겨울 산처럼 가쁘지 않은 호흡으로, 조용히 숨결부터 다스리는 법을 배워야 하리라.

급한 물살에 격랑이 일 듯 때로는 턱없이 뛰는 가슴, 그런 가쁜 숨결부터 다스려야 하리라.

바로 며칠 전의 일이다. 뜻하지 않은 일이 생겨, 바빠진 마음으로 속을 좀 끓였더니 위가 탈이 나고 말았다. 억지로 마음을 느긋하게 하여 그 위염(胃炎)의 불꽃을 달래야 했다. 마음에 바쁜 일이 들어와 걸리면 이렇게 위가 탈이 나고, 신경에 한 번 켜진 불이 꺼지지 않을 때는 눈에 실핏줄이 터지고 마는 경우도 있다.

몸이 마음의 무게를 감당하지 못하기 때문일까?

마음처럼 몸이 되질 않는다. 오래된 양복의 안감과 겉감처럼 안과 겉이 따로 논다. 양복 밑단으로 슬며시 삐져나온 안감처럼 궤도에서 이탈을 할 때도 있다. 이래서 둘 사이의 관계는 협응이 원만하지 못하다. 몸과 마음이 하나 되는 일은 이리도 어렵다. 몸과 마음이 순일(純一)하게 하나가 되기 위해 나는 오늘도 이 언덕을 오르는 것인지 모른다.

낡은 수레는 먼저 짐이 가벼워야 하리라.

몸이 늙으면 마음도 몸의 속도를 따라야 한다. 가볍지 않은 발걸음을 천천히 옮겨 놓는다. '쩌르르' 이따금씩 무릎에 와 닿는 통증. 마음이 앞서는 날은 이래서 몸이 따라 주지 못하고 마음이 미처 몸을 따라오지 못할 때에는 저만치 앞서 가던 몸이, 걸음을 멈추고 마음을 기다리는 것이다.

육신의 무게만 둔중하게 느껴지는 날은 정신이 몸을 이끌고, 그리고 이렇게 마음이 꾸물거리는 날에는 몸이 마음을 데리고 나와 이 자리에 앉는다.

누가 비키라고 하지 않는 마지막 장소. 내가 나에게로 돌아가 눕는 자리다. 몸도 마음에게로 돌아가 눕는다.

귀일(歸一)을 위해 바쳐지는 시간이다.

나비의 두 날개가 한 장으로 접어지듯, 몸과 마음을 포개어 마침내 아무것도 아닌 것으로 조용히 풍화(風化)되고 싶다. 텅 빈 숲 둘레에 어둠이 가만가만 내려앉는다. 나는 적요 속에 한 점의 정물(靜物)이 되어 그냥 앉아 있다. 이윽고 편안한 어둠이 몸을 감싼다. 푸른 어둠의 바다 밑으로 잠기고 있다. 이제 나는 아무것도 아니다.

시간의 의미

　며칠 전 꿈이 이상하리만치 마음에서 떠나지 않았다.

　직사각형으로 좁게 팬 땅, 검붉은 흙이 드러난 곳에 어떤 한 남자가 붕대로 온몸을 칭칭 감고 누워 있었다. 석관도 없이 맨땅에 누운 그 사람은 내가 알고 있는 사람이어서 조금 뒤면 흔히 우리가 그래 왔던 것처럼 흙을 그의 몸에 뿌려야 할 입장이었다. 얼굴도 가려져 누군지 확실치 않은데 나도 그 일에 동참해야 하는 걸 보면 지인(知人)임에 틀림없었다. 붕대로 흰 옷차림이 된 그 사람에게 누군가 흙을 한 줌 끼얹었다. 내 차례가 된 것 같은데 왜 그런지 나는 잠시 머뭇대고 있었다. 바로 그때 어떤 사람이 사람들 틈을 비집고 나타나 내 오른손에 염주를 쥐어주면서 저기 누워 있는 사람이 가져다주라고 했다는 것이다. 염주를 들어 쳐다보다가 꿈에서 깨어났다. 노환 중에 계신 ○○스님이 갑자기 열반을 하시는 건 아닌가? 그동안 격조했던 무심함에 화들짝 놀라 가슴을 쓸어내렸다. 무슨 일이 생기면 당연히 연락이 올 테지. 그런 와

중에도 나는 손때 묻은 염주의 의미를 찬찬히 생각해 보았다. 길몽일까? 흉몽일까?

옆에서 내 이야기를 전해 듣던 J가 '누워 있는 남자는 작가'일 거라고 말했다. 그동안 무덤을 헤매 돌던 내 무의식의 어느 발현일 거라는 이야기다.

그러고 보니 붕대로 칭칭 감겨 있던 그 남자의 정체가 인화지에서처럼 천천히 내 눈앞에 윤곽을 드러내는 것이다.

1960년 무렵, 쏟아져 들어온 전후(戰後) 문학과 세기말 현상에 대해 20대인 우리들의 정서는 그것과 무관할 수 없었다. 데카당스의 성전(聖典)과도 같다고 한 보들레르의 『악의 꽃』을 읽기 위해 김붕구 선생의 역저 『보들레르』를 구해 펼쳐들었다. 머리글에 앞서 몽파르나스 묘지에 누운 기분 나쁜 한 남자의 사진이 나왔다. 턱을 괴고 사색에 잠긴 음울한 눈빛, 그 아래 수의를 감고 누운 또 하나의 사내를 내려다보고 있는 남자.

설원에 찍힌 첫 발자국과도 같이 내게 각인된 사진 한 장. 남자가 누운 그 현장을 찾아 나서게 된 것은 그로부터 40년이 지나서였다. 과연 몽파르나스 묘지 북쪽 벽에 기대어 있는 그의 추모비는 김붕구 선생의 책에서 본 사진 그대로였다. 두 개의 조각상 중, 흰 천으로 몸을 칭칭 감싼 남자가 관 위에 누워 있고, 또 하나의 남자는 벽과 닿아 있는 높은 석주(石柱) 위에 올라앉아 턱을 괴고 아래의 남자를 빤히 응시하고 있는 조각상이었다.

그의 시구 "두 손에 턱을 괴고, 높은 지붕 밑에서 나는 보리라."던 「풍경」이 떠올랐다. 이 대목을 형상하여 세운 추모비가 아닌가 생각되었다. 바로 그 남자였다. 내 꿈속에 흰 붕대를 칭칭 감고 맨땅에 누워 있는 남자는 보들레르였다. 사진 속에 찍힌 날짜는 2000년 5월, 그러고도 13년의 시간이 더 지났다. 나는 이제 그의 주검에 흙을 뿌릴 차례이다. 흙에 덮여 온전히 그가 쉴 수 있도록.

한편 돌이켜 보면 누워 있는 그 남자는 또 다른 나의 모습이 아니었나 생각된다.

그로부터 며칠 뒤 '수필과비평사'로부터 축하 전보를 받았다.

나의 문학 나의 인생

　　돌이켜 보면 인생은 본문이고, 문학은 내 인생에 대한 주석서라고 생각됩니다. 따라서 맑은 날보다 흐린 날이 더 많았던 내 생애의 발걸음은 남들이 즐겨 찾지 않는 묘지이거나 작가들이 숨진 장소 또는 정신병원, 그런 어두운 내면의 공간으로 향하기 일쑤였습니다.

　　진작부터 저는 죽음이라는 문제에 붙잡혀 있었습니다. 6·25 피란 중 산골 뒷방에서 본 다섯 살짜리 여동생의 시신, 미명 속에 꼼짝 않고 앉아 계시던 어머니와 그 앞에 흰 천으로 덮여 있는 작은 물체가 보였습니다. 주검과의 첫 대면이었습니다. 그런데 그 후의 뒷일이 도무지 생각나지 않는 것이었습니다. 10년 뒤 중학생이던 남동생을 또 잃었습니다. 자유당 정권의 탄압으로 일찍 옷을 벗어야 했던 아버지의 좌절, 가장의 실직, 장남의 급사, 정신이 조금씩 이상해지는 어머니를 보며 무더운 여름, 저는 방문을 닫아걸고 거미줄 같은 원고지 칸에 매달려 있었습니다. 어느 콩쿠르에 낼 작품이라는 구실보다도 실상은 그 상황에서의 도피책이기도 하였습니다.

고등학교 2학년 때였습니다. 학교와 자매결연으로 미8군에서 주는 약을 한 줌씩 먹으면서 미아리 공동묘지에 누운 동생의 무덤을 어머니 모르게 찾아다녔습니다. 허난설헌의 「곡자(哭子)」라는 시를 그 애에게 읽어 주며 오누이의 정을 다지기도 했습니다. 아무에게도 방해받지 않는 사자(死者)의 공간. 그곳에 가면 이상하게 마음이 편안했습니다. 푸른 하늘과 흘러가는 구름과 바람과 햇볕과 고요. 그리고 푹신한 잔디. 동생의 등에 기댄 듯 무덤에 기대어 한나절씩 책을 읽다 돌아오곤 했습니다. 텅 빈 가슴 위로 지나가는 바람. 문학의 유혼(遊魂)들이 나를 쓰다듬으며 지나가는 듯했습니다. 그 무렵, 릴케의 시를 수도 없이 되뇌었습니다.

이 세상 어디선가, 까닭도 없이 누군가
이 밤에 걷고 있는데
그것은 나에게로 오는 것이다.
이 세상 어디에선가, 까닭도 없이 누군가
이 밤에 죽어가고 있는데
그것은 나를 바라보고 있는 것이다.

—「마음 무거울 때」의 일절

죽음을 인식하게 된 시점이 아니었나 싶습니다.

릴케는 언제나 죽음과의 대결을 통해서 자기의 정신적 발전을 이룩해 나간 작가였습니다. 10년에 걸쳐 완성한 『두이노의 비가』에 와서 비로소 죽음을 긍정하게 되는데 비가(悲歌)의 핵심은 역시 죽음이었던 것입니다.

"인간 존재의 중심에는 죽음이 본질적으로 자리 잡고 있다. 죽음은 인간 밖에 있는 것이 아니라 인간 안에 있으며, 인간 삶의 핵심이며 진주처럼 인생을 빛나게 하는 것 역시 죽음이다."

그는 『두이노의 비가』에서 계속 외칩니다.

"존재하라. 그리고 동시에 비존재의 조건을 알라. 비존재의 조건을 알 때 인간은 자유로워진다. 그것은 성숙한 존재가 되었기 때문이다. 성숙한 인간은 무르익은 과일이 나무에서 떨어지듯이 죽음에 대한 원한이 없다. 죽음을, 완전한 죽음을 끌어안고 깊은 잠에 드는 것뿐."이라고 말합니다. 이제 그것을 실행할 때가 온 것 같습니다. 무르익은 과일처럼 저도 머지않은 장래에 그렇게 낙과(落果)하려고 합니다.

릴케는 자신의 시 세계를 통해서 마침내 죽음을 극복했던 것이지요. 어쩌면 그의 시는 죽음을 건너가는 뗏목이었는지 모릅니다. 작가들에게 문학이란 죽음을 건너뛰는, 혹은 허무와 절망을 극복하는 뗏목이라는 생각이 들었습니다.

나의 20대, 1960년대는 벅차고도 힘든 시기였습니다. 일요일마다 삼선교에 있는 절(정각사)에 가서 하던 경전 공부며, 극단 '실험극장'에서의 연극 활동, 당시 국문과 학생이던 저는 이시카와 다쿠보쿠의 시에 매료되고 두보와 베를렌의 시가 좋아 벽에 써 두고 암송하며 문학을 사랑하고 있었습니다. 그런데 어느 날 카프카의 『변신』에서처럼 갑자기 서울시청 공무원으로 변신하게 되었고, 어머니의 돌연한 별세로 소녀

가장이 되어야만 했던 암울한 시절. 베틀의 한복판을 가위로 자른 듯, 모든 것은 일시에 중단되고 말았습니다. 자지러진 핏빛 칸나의 꽃잎마저 전율스럽던 그해 여름, 나는 다자이 오사무(太宰治)의 작품을 읽고 또 읽었습니다. 동병상련이랄까? 그 무렵 『사양』의 여주인공처럼 나 또한 허허벌판에 서 있던 때였습니다.

"누님. 안 되겠어요. 먼저 갑니다."로 시작되는 나오지의 유서를 읽고 또 읽었습니다. 그를 떠나보낸 누나의 심정으로 나오지를 그리워하며, 실상은 내 동생을 애도했던 것이지요.

『인간실격』의 요조나 『사양』의 나오지는 바로 다자이 자신의 모습이었고 다른 한편으로는 나의 어떤 내면의 모습이기도 해서 때로는 거울을 보는 듯한 전율마저 느끼며 그 유서를 거듭거듭 읽어 내려갔던 것입니다. 그로부터 40년이 지난 어느 겨울날 나는 다자이 오사무를 찾아가는 아오모리 행 비행기에 앉아 있었습니다. 어찌 보면 허무의 벽을 짚던 내 젊음이 고스란히 담겨 있는 그늘 한 점 없던 그 땡볕의 1960년대를 향해 거슬러 올라가고 있다는 느낌이었습니다.

인생은 상흔, 문학은 그것을 지워 나가는 고해(告解)의 과정과도 같다고나 할까요. 이런 발걸음이 허용된 것은 나이 육십이 가깝게 되고서야 가능해졌습니다.

귀족의 몰락과 퇴폐의 미를 그린 다자이 오사무의 『사양』과 그의 자전적 소설 『인간실격』은 순수한 한 영혼의 실패와 패배할 수밖에 없는 작중 인물을 통해 결국은 우리 모두 패배자가 아닐까 하는 생각을 내게 깊게 해주던 작품이기도 하였습니다. 본인의 의지와는 아무 상관없이 펼쳐지는 운명 앞에서 저 역시 심한 상실감과 좌절을 겪고 있을 때였습니다.

전후(戰後)의 퇴폐주의와 데카당스, 적당한 방기(放棄)로 이어지는 허무주의와 자학, 이런 것과 맞물린 내 20대의 문학적 센티멘털리즘 속에는 보들레르, 아쿠타가와 류노스케, 베를렌, 다자이 오사무 등이 있었습니다.

작열하는 태양 아래 한 번도 눈부시게 빛나 보지 못했던 내 젊은 날을 쓰다듬으며 목마른 사람처럼 그리움을 안고 작가들의 자취를 더듬고 그 언저리를 배회하면서 마치 인생의 본문에 대한 주석을 확인하는 것 같은 심정이 들었습니다. 기쁠 것도 슬플 것도 없다던 모파상처럼, 인생이란 항용 회한과 눈물뿐인 것을 새삼 확인하면서 '베를렌의 집'에 앉아 가엾게 죽은 그를 생각했습니다.

오, 그곳의 너, 무엇을 하였기에
끊임없이 울고만 있느냐.
말하라, 그곳에 있는 너, 무엇을 하였더냐?
너의 젊은 날을 어떻게 보냈더냐?

그의 육성은 자꾸만 나를 향한 물음으로 다가왔습니다.
'너의 젊은 날을 어떻게 보냈더냐? 어떻게 보냈더냐?'

저는 추울 때, 배고플 때, 책 말고는 달리 위안이 없었습니다. 그 속에서 성자의 길을 실천한 톨스토이를 만났고, 죽음에서 활달하게 뛰쳐나온 빅토르 위고와 임어당을 만났고, 민족혼이 된 노신과 굴원을 만난 것도 큰 보람이었습니다. 그러나 내 눈길이 머무는 곳은 작가들의 불우함과 고통에 대한 그들의 생생한 증언과 인간의 한계를 그들이 어떻게 극복했느냐에 집중되었던 것입니다.

유년이 행복하지 못한 탓이었을까요? 현실 세계에 대한 말라르메의 인식도 비극적이었습니다. 다섯 살 때 어머니를 여의고, 15세 때 어린 누이동생의 죽음과 외아들마저 잃게 된 그는 '인간은 한낱 물질의 헛된 형상일 뿐'이며, '육체는 슬픈 것'이고 세상은 온통 환자들로 가득 찬 하나의 거대한 병실이라는 비극적 세계관 속에 빠져 '허무'에 집착하게 됩니다. 그의 필생의 싸움도 허무와의 싸움이었습니다.

"존재했던 것은 물질뿐이다. 사유와 시, 자아의식, 세계와 신(神)의 즉자적인 현존 이 모든 것들은 꿈이었으며, 꿈은 존재하지 않았다. (…) 순전히 정신의 환각인 이 관념들은, 소재(所在)도, 실재도, 심지어는 존재조차도 정신 속에 있지 않았다. 왜냐하면 정신 자체도 거짓이었기 때문이다. 그리고 정신적인 존재로서는 인간 존재 역시도 존재하지 않았다."는 평론가 풀레의 도움으로 말라르메를 이해하게 되면서 저는 그를 딛고 벽돌 한 장을 넘어설 수 있었습니다.

말라르메는 일찍이 환상에 불과한 '물질세계의 헛됨'을 간파하고 시로써 자신의 가치를 확립하고 허무를 극복하고자 하였습니다. 그리하여 그의 순수시는 세상의 헛됨을 덮을 수 있는 미와 예술, 그리고 지(知)의 전변을 위한 고행이었다고 말할 수 있습니다.

나는 죽었다가 내 정신의 마지막 보석 상자의 열쇠를 지닌 채, 되살아났네. (…) 나는 자신 있게 말하기 위해서 무(無)까지의 꽤나 먼 길을 내려갔었네. 거기에는 오직 미(美)밖에는 없으며 그 아름다움의 완벽한 표현은 단 하나뿐이네. 시(詩).

그의 육성이 이를 증명합니다. 시의 종교에 도달하기 위해 스스로 세속적 욕망을 버리고, 순교자적 고행에 삶 전체를 바쳤던 이 시인을 만나기 위해 나는 열두 시간의 비행기를 타고 파리의 북쪽 지역인 롬가 89번지 앞에 섰던 적이 있었습니다. 정문 위에 "시인 스테판 말라르메가 1875년부터 이 집에 살았다."는 석패가 붙어 있고 프랑스에서 가장 아름다운 장시로 손꼽히는 그 유명한『목신의 오후』가 발표된 곳이라는 설명도 보였습니다.

"사람의 일생이란 그 사람이 일생을 어떻게 생각했는가 하는 것"이라는 마르쿠스 아우렐리우스의 말을 떠올리면서 저는 말라르메를 생각했습니다.

사르트르에 의하면 아무튼 말라르메는 "니체보다 더욱 짙게 더욱 훌륭하게 신(神)의 죽음을 체험한 사람으로서 단 하루도 자살의 유혹을 받지 않은 날이 없었건만 자신의 온 존재로 시적 작업에 투혼 했다. 그의 시야말로 무한한 성찰에 의해 자신의 근원적 고뇌에 답하는 한 존재자의 응답인 것으로 볼 수 있다."는 언급에 저 또한 크게 공감한 바 있었습니다.

작가는 온 존재로 자신의 근원적 고뇌에 답하는 응답자이며 고백하는 사람인 것입니다. "나는 시인이요, 구도자요, 고백하는 사람"이라던 헤세도 세상을 '환(幻)', 즉 '마야'로 보았습니다. 마크 트웨인도 여기에서 다르지 않았습니다. 큰집에 혼자 남겨진 그가 만년에 천착한 것은 오직 죽음뿐. 그의 유고집『불가사의한 이방인』NO. 44에서 그의 사생관을 엿볼 수 있었습니다.

인생 그 자체는 하나의 환상적이고 한바탕 꿈일 뿐이야. 존재하는
것은 아무것도 없어. 모든 것은 꿈이지. 하느님과 인간, 이 세상, 태양
과 달, 수많은 별들. 이 모든 것들이 하나의 꿈이야. 꿈이고말고. 그
것들은 존재하지 않아. 텅 빈 공간과 너를 제외하고는 존재하는 것
은 아무것도 없어.

마크 트웨인이 설파한 '인생' 그것은 '아무것도 없는 텅 빈 공간'이었
습니다. 거기에 막이 오르면 사무엘 베케트의 극중 인물이 나타나 '고
도'를 기다립니다. 그는 언제 오는가? 〈고도를 기다리며〉에서처럼 인간
의 기다림이란 텅 비어 있는 무대의 시간뿐. '아무도 이곳에 온 일이 없
고, 아무도 여기를 떠나지 않았으며 아무런 일도 일어나지 않았다'라
고 베케트는 말합니다. 왜냐하면 와도 온 바가 없고, 간다고 해도 갈 바
가 없기 때문이라는 것이지요. 일찍이 태어난 적도 없고 죽은 적도 없
다는 것을 더블린의 시인 예이츠는 그의 시집 『탑』에서 '죽음과 삶은
본래 존재하지 않았다'라고 말합니다. 무덤이 즐비한 사자(死者)들의 공
간, 텅 비어 있는 무대의 시간뿐. 마크 트웨인이 잠든 우들론 공동묘지
에서 저는 잠시 제 존재를 생각했습니다. 살았다고 기뻐할 것인가, 죽었
다고 슬퍼할 것인가를. 그때 삶을 좋아하지도 않겠고, 죽음을 싫어하지
도 않겠다는 생각을 하였습니다.

"인생은 어차피 환(幻), 끝내는 공(空)과 무(無)로 돌아가리."라던 도연
명의 얼굴이 다시 여기에 겹쳐 왔습니다. 이들의 무덤 앞에 서면 내 영

혼에 불이 켜진 듯 눈앞이 환해졌습니다.

인생은 쓸데없는 노고(勞苦)라는 허무의식과 도로(徒勞)라는 생각을 내게 일찍이 심어 주었던 일본 작가 가와바타 야스나리. 그를 찾아서 가마쿠라 묘역으로 가는 날은 종일 비가 내렸습니다.

"죽음의 직접적인 원인을 볼 수 있는 죽음은 싫다. 그러나 죽음의 원인이라는 것은 그 사람의 전 생애라고도 할 수 있다."는 가와바타 야스나리. 그의 작중 인물의 대부분도 자살로 끝이 납니다. 가와바타는 "작품 쓰는 일은 자기 내부에서 허무의식이라고 하는 독을 제거하는 것"이라고 말했습니다. 그러나 그는 허무를 짚고 그것을 넘어서지는 못했습니다.

'… 허무야. 너는 너 자체를 깨물어 죽여라!'

공초 오상순 선생은 「허무 혼의 선언」에서 이와 같이 선언합니다. 온갖 유위(有爲) 무위(無爲)의 차별상을 적멸의 세계에 넣고, 그 일체상(一切相)을 무(無)로 환원시키고 끝내는 허무가 허무 자체를 교살(絞殺)하는 절대 허무의 세계와 만납니다.

육신이란 연기(緣起)에 의한 환형(幻形), 그 공(空)을 아셨기에 그분은 어디에도 머무르지 아니하고 다만 흐름 위에 보금자리 친 '나의 혼'이었습니다.

세월의 풍화로 무덤의 형태조차도 애매한 그분의 묘소를 찾아가 그 앞에 섰습니다. 나직한 그분의 음성이 들려왔습니다.

나는 밤마다 죽음의 세계를 향하는 마음으로 자리를 깐다. 다음 날 다시 눈을 뜨면 나의 생은 온통 기쁨과 감사, 감격으로 가득하다.

그때 까닭 모를 감사와 감격의 물결이 내 가슴속에 뜨겁게 흘러내렸습니다. 주야(晝夜)와 생사(生死)가 번갈아 갈마드는데 다시 눈을 뜨면 '그것으로 너의 생은 감격일지니 그렇게 살아라.' 하는 말씀으로 들려왔습니다. 나는 두 손을 가슴에 모으고 밀레의 그림 속 풍경이 되었습니다.

이분들이 도달한 높은 정신으로 미개(未開)한 내 안목을 열며, 우국충절로 민족혼이 된 작가들은 내게 시대정신을 깨우치게 했습니다. "죽음 앞에서 최고의 순간을 누린다."는 괴테. "대자연 그 자체와 같았다."라고 임어당에게 칭송된 셰익스피어. 뿐만 아니라 D. H. 로렌스는 도스토예프스키를 가리켜 "죄를 거쳐 예수로"라고 평가했고, 막심 고리키는 톨스토이에게 "이 사람은 하느님을 닮았다."라고 찬탄해 마지않았습니다.

이분들이 도달한 정점(頂点)을 향해 내 눈높이를 따라가는 일은 무엇과도 바꿀 수 없는 환희로운 은혜였습니다. 그러나 예이츠, 임어당, 헤세, 몽테뉴, 나쓰메 소세키, 소동파와 같이 해탈의 경지에 이른 분들과 대기만성한 작가들의 죽음만이 훌륭한 것은 아니었습니다.

모든 작가들의 죽음은 존엄한 것입니다.

세상에서 유일하게 남긴 재산은 "때로 눈물을 흘렸다는 것뿐"이라던 프랑스의 시인 알프레드 뮈세, 기이한 추악미를 예찬했던 보들레르, "슬픔과 아름다움은 하나"라던 안톤 체호프, "예술이 삶을 주도해야 한다."던 오스카 와일드, 슬픔과 아름다움에 유달리 민감했던 그 작가들을 나는 사랑합니다.

스스로 천형(天刑)에 처해진 시인 보들레르, 스스로 저주의 시인이 된 폴 베를렌, 또한 베를렌처럼 동성애로 불행하게 된 오스카 와일드, 스스로 인간 실격자가 된 다자이 오사무, 에드거 앨런 포, 모파상, 랭보, 뮈세 등은 관능적 쾌락에 탐닉하며 마약과 알코올중독, 혹은 자살 기도, 매독과 정신착란을 겪으면서도 작품에서만은 완벽함을 추구하는 까다로움을 보였습니다. 그들은 진짜 작가였습니다.

혼신의 힘을 다해 영혼에 불을 지피고 자신의 감성에서 뽑아낼 수 있는 한, 선율을 뽑아내고는 애처롭게 그들은 지상에 엎어지고 말았습니다. 그들의 생애는 온몸을 도구로 삼은 예술가로서의 처절한 한판 결투였습니다. 아름다움에 바쳐진 순교에 다름 아니었습니다.

저는 이들의 무덤 앞에서 '황홀한 불꽃'과 절망의 미(美)를 선물해 준 예술혼과 교감하며 긴 묵념을 바쳤습니다. 그 기록들이 '영혼의 순례, 52명의 작가 묘지 기행'인 『그들 앞에 서면 내 영혼에 불이 켜진다』입니다. 저 『화엄경』의 52 선재동자처럼 그분들은 내 인생의 선지식이기도 하였습니다.

고백하건대 그동안 저는 『밤으로의 긴 여로』를 쓰는 내내 울어서 눈이 빨개져 서재에서 나왔다는 유진 오닐의 고통, 아쿠타가와 류노스케가 겪은 유전의 공포를 생각하며 딴 세계에 갇혀 있는 그들의 가없은 어머니를 생각하면서 나는 내 아픔을 씻어 내릴 수 있었습니다. 어떻게 하면 다친 마음을 회복할 수 있을까, 균열된 정신을 봉합할 수 있을까. 가없은 어머니를 생각하면서 '무의식의 의식화'를 주창하던 융을 통독하고 불교의 심층심리(아뢰아식)에 매달리기도 하였습니다.

그 후 작가의 고통에 동참하는 일은 단순한 위안을 넘어 내 영혼을 정화시키는 씻김굿과도 같다는 생각이 들었습니다.

문학이란 내게 있어 밤바다의 등대 같은 위안이며, 몽매의 깨우침이며, 절망을 넘어서는 문지방이며, 때로는 '솟대' 같은 신성불가침의 땅이었습니다. 문학의 회상(會上)에서 만난 여러 인연에 감사드리며, 보잘 것없는 제 문학이란 63년 전, 한 어린아이가 숨죽이며 바라보았던 그 죽음의 벽을 넘어서고자 한 발걸음으로 이해해 주시면 됩니다.

시간의 말잔등에 올라탄 우리들.

'말 탄 자여! 가라'는 예이츠의 음성이 어느새 저를 향해 다가오고 있습니다. 옷깃을 여미게 됩니다.

'삶과 죽음에 싸늘한 시선을 던지라'고 그는 말합니다. '죽음과 삶은 본래 존재하지 않았으니' 그 어느 것(生死)에도 집착하지 말라는 뜻이지요. 우주라는 무대를 그냥 지나가겠습니다.

문학을 통한 시간 여행 중, 구도자였던 헤르만 헤세를 만난 것도 큰 행운이었습니다. 문학의 신께 감사드립니다.

—2012년 1월 28일 신곡문학상 수상식장에서

제5부

아! 그 사람도 갔군

봉선화

초가을 산정에 한 남자가 앉아 있다. 그는 별밤에 이 노래 저 노래를 부르다가 밤이 깊도록 〈봉선화〉만을 되풀이해 불렀는데 배가 고파서 더 부를 수 없을 때까지 부르다가 지쳐서 잠이 들었다는 것이다.

법정스님의 수필 「초가을 산정에서」를 읽다가 나는 잠시 마음이 흔들렸다. 이 칼칼한 비구스님의 나직한 오열은 무엇이란 말인가?

스님은 "울밑에 선 봉선화야, 네 모양이 처량하다…." 여기까지 부르면 내 마음엔 까닭 없는 슬픔이 밴다고 적고 있다. 아주 오래전에 비오는 날이면 모종삽을 들고 화단을 가꾸던 아버지도 이 노래를 자주 흥얼거리곤 하셨다.

"어언간에 여름 가고… 낙화로다, 늙어졌다 네 모양이 처량하다."

인생 중도의 좌절로 말년이 고적(孤寂)했던 아버지도, 법정스님도 모두 고인이 되셨다. 그런데 요즘 이 노래가 이상하게도 내 가슴속에서 맴돌고 있는 것이다.

2010년 3월 12일.

법정스님은 입던 옷 그대로, 관(棺)도 없이 대나무 평상에 실려 가사만 덮은 채 쌓아 놓은 장작더미 사이로 운구되었다. 점화가 시작되자 스님은 불꽃에 휩싸였다. 스님을 처음 뵙던 때가 떠올랐다. 1969년 봄, 세 사람이 마주 앉았다. 홍정식 선생은 스님께 내 취직을 부탁하려던 자리였다. 명동 입구로 옮긴 사무실(『불교신문』)에는 한상범 선생의 모습이 가끔 보일 뿐 신문사는 제 기능을 발휘하지 못했다. 그 후 청탁한 『신행불교』의 원고를 받으러 다래헌으로 찾아가면 원고는 주시지 않고 스님은 이 방에서 갖고 싶은 걸 말하라고 했다. 마침 레코드판 위에서 『어린 왕자』의 프랑스어 낭송이 이어졌다. 그러나 말씀드리지 못했다. 양손에 책만 가득 얻어 갖고 봉은사 나루터에서 배를 탔다.

그 후 30여 년이 더 흘러 보내드린 첫 수필집에 답신으로 온 엽서.

"가난이 우리를 이만큼 키웠습니다."

이 한 마디에 힘겹던 나의 반평생이 실려 지나가듯 했다. 알 수 없는 뜨거운 것이 안에서 솟구쳐 올랐다.

점점 불꽃의 기세는 더해진다. 스님은 저 뜨거운 불꽃 속에서 무엇을 생각하고 계실까? 그때 누군가가 "화중생연(火中生蓮)!" 하고 크게 외쳤다. 거푸 세 번을 되풀이했다. 불 속에서 연꽃으로 피어나라는, 죽되 죽지 않는 법신(法身, 진리의 몸)의 연꽃으로 피어나라는 말씀인 것 같다.

나는 다비 장면을 텔레비전으로 지켜보면서 무언의 작별을 고했다. 세월만큼 만감이 지나갔다.

봉선화와 연꽃.

봉선화와도 같은 무상한 우리 존재와 연꽃과도 같은 불멸(不滅)의 존재에 대해 다시금 생각하게 된다. 순간과 영원, 그것은 생사(生死)와 생사를 넘는 화두로서 다가왔다.

소슬한 바람에 끌려 오랜만에 산정엘 올랐다. 먼 산과 마주하고 있자니 별안간 30년 전 스님의 엽서가 생각났다. 동안거를 마치고 어느 해, 나그네 길에서 보낸다는 그 엽서.

언덕 위에 별(☆) 하나를 그려 놓고 그 밑에 "어린 왕자가 다녀간 자리입니다."라는 짧은 글귀가 붙어 있었다.

지구를 다녀간 자리, 그 빈자리를 더듬게 되는 날이 많아진다.

오두막에서 홀로 땔감을 구하고, 밭을 일구며 맑게 존재한 한 영혼.

스님은 엽서 속으로 들어가 그대로 별이 되셨는지도 모른다.

여름이 가고 있다.

"어언간에 여름 가고…."

안에서 피어나는 음절을 두드리며 나는 그리운 두 분의 노래를 가슴으로 듣는다.

봉함엽서

정창범(鄭昌範) 선생님.

같은 서울 하늘 아래에 살고 있으면서 이렇게 선생님을 잊고 지내다니요? 그러던 오늘 아침 홍사중 씨의 「스승의 그림자」란 글을 읽다가 울컥 선생님 생각이 떠올라 눈언저리를 누르며 펜을 찾아 이 글을 씁니다.

선생님께서 기울여 주신 그 많은 고마움에 제대로 고맙다는 말씀도 드리지 못하고 이제 육십을 향하는 나이가 되었으니 자칫하다가 이런 말씀을 드릴 기회조차도 놓치겠구나 하는 생각이 드니 왜 이렇게 마음이 바빠지던지요. 손으로 꼽아 보니, 숙명여고 교정에서 조례 시간에 선생님을 처음 뵈온 것이 1957년도이니까 벌써 39년이나 됩니다. 모교 동창회에서 선생님을 잠깐 뵈온 것은 2년 전이구요. 그동안 어찌 지내셨는지요? 건국대학교 교정에서 저를 배웅해 주고 돌아서 가시는 뒷모습을 뵙고는 '자주 찾아뵈어야지' 하면서도 그때뿐, 실천에 옮기지 못하고 있었습니다. 이래서 여자 제자들은 소용없다고 하는가 봅니다. 어쩌다가 동창회에 참석해 주십사고 전화를 드리게 될 때마다 '그러마'고 흔연히 참석해 주셨던 선생님. 할머니가 된 제자들에게 선생님은 언제나 '보고 싶은 선생님' 속에 첫 번째로 꼽히셨습니다.

교탁 앞에서보다 문예반에서 혹은 도서실에서 방과 후에 뵙게 되는 자리에서 더욱 환영을 받았던 선생님. 버릇없이 까불던 그 철없음조차도 너그러이 받아 주시던 선생님. 문학평론가로 세계사를 맡아 열강을 해주시던 수업 시간, 나폴레옹과 조세핀의 설명은 우리들 중 누구도 잊을 수 없을 것입니다.

그리고 우연히도 '대승불교와 소승불교의 차이점'에 대한 조사를 제게 시켜 해답을 위해 절을 찾아가고 책을 빌려 읽은 것이 불교 공부를 하게 된 계기가 아니었나 생각됩니다. 그 후 불교 대학에 편입하여 논문을 쓸 때에도 헤세의 『싯다르타』를 중심으로 한 '서구 작가와 불교적 경향'이란 제목을 의논하여 주시고 자상히 짚어 주셔서 미당(未堂) 선생이 이끄시는 불교문학회에 제출하는 원고였는데 같은 반의 고익진 씨가 『동대신문』에 전문을 게재하여 칭찬을 들었습니다. 선생님 덕분이었습니다. 그리고 제가 대학 3년이던 해, 집안 사정으로 휴학하고 서울시청 차가운 돌집에 갇혀 근무를 해야 했던 때, 시청 앞 광장에 자주 오셔서 퇴근 후 차도 사 주고, 선생님의 소장본 고갱, 고흐의 화집을 건네주시던 일, 무엇보다 제가 맡은 임무를 도와 '서울시 부녀교양 강좌'의 강사가 펑크를 내었을 때, 연세대학교의 수업도 제쳐 두고 대강(代講)을 해주시던 일, 다시 한 번 감사드립니다.

무엇보다 마음속에 뜨거운 일은 저희 어머니의 장례 날 아침, 일찍 선생님께서 저희 집을 찾아 주신 일입니다. 어떻게 아셨는지, 또 꼭대기까지 집은 어떻게 찾아오셨는지 지금껏 여쭙지 못하고 있습니다. 특히 아홉 살 된 막냇동생을 손으로 많이 쓰다듬어 주라고 하신 말씀, 하루에 오백 번은 쓰다듬어 주어야 한다는 그 말씀이 왠지 가끔 생각나곤 했습니다. 왜 오백 번일까? 그만큼 엄마의 손길이 간절했던 것이지요. 상주가 입어야 하는 베옷이 까끌까끌해 자꾸만 입기 싫다고 투정하던 그 아이도 이제 마흔이 되었답니다. 보릿고개보다 더 힘든 저 언덕 너머의 일입니다. 나중에 안 일이지만 선생님께서도 어린 나이에 부모님을 잃으셨다고요. 그 때문인지 그 부분에 대한 배려가 많았다고 느껴졌습니다. 선생님이 기거하던 후암동의 작은누님 집에 전화를 하면 매번 친절하고 상냥하던 음성만으로도 동생을 사랑하는 누님의 마음을 알 수 있을 것 같았습니다. 백병원에 입원한 선생님의 누님과 나누던 특별한 대화들은 아직도 기억하고 있습니다. 그 때문인지 저도 결혼을 하여 두 남동생을 데리고 산 적이 있었는데 그때마다 이북서 월남한 선생님의 작은누님(곽종원 씨 부인)을 생각하곤 했습니다. 좋은 날보다 언짢은 날이 더 많았던 제게 있어 선생님은 언제나 든든한 후원자이기도 하셨습니다. 집안 어른이라고는 달리 없던 제게 청년이던 남편을 불러내어 근사한 저녁까지 사 주면서 당부하시던 말씀, 또한 어떻게 잊을 수 있겠습니까?

참 또 한 가지가 있습니다.

이화여대 문예 콩쿠르를 두고 K선생님은 제 친구의 작품을 지도하고, 선생님께서는 제 원고를 돌보아 주셨습니다. 그때 소설 쪽이던 선생님께서 희곡 파트를 건드렸다는, 아이 싸움이 어른 싸움이 되어 불편한 일이 생겨 결국 제 작품을 취소시키는 것으로 끝나고 말았지요. 그 전해에 입선으로 그쳤으니, 다시 한 번 잘해 보려고 했었는데, 그때 선생님께 얼마나 죄송했던지 모릅니다. 속상한 제 마음을 그대로 내색할 수가 없었습니다. 그동안 어려운 삶을 이루어 오면서 불교지에 글도 아닌 잡문을 오래 써 오다 보니 남들이 붙여 준 수필가라는 명칭이 또 한 번 나를 불편하게 하였습니다. 명실상부하는 것만이 그 호칭의 기만으로부터 벗어나는 거라 생각되어 뒤늦게나마 글쓰기를 시작하였답니다. 극작가 되지 않고 수필가가 되었습니다. 아이들도 커버리고 집안 어른들의 일도 끝나고 나니, 나이 오십이 넘어 있었습니다. 비로소 한가한 때를 맞아 이제 겨우 불편한 호칭에서 벗어나게 되었습니다.

선생님. 누가 뭐라고 하지 않아도 평안은 자기 마음일 뿐이겠습니다. 자기 성실, 발로 확실하게 딛는 일밖에 또 무엇이 있겠습니까? 책이 묶어지면 제일 먼저 달려가겠습니다.

늦게나마 선생님께 고마운 인사를 드릴 수 있다는 사실이 얼마나 감사한 일인지 모르겠습니다. 마음속 깊이 머리 숙여 절합니다.

아름다운 오월, 붉은 벽돌집을 감싸 오르던 교정의 담쟁이 넝쿨. 그 윤기 나는 잎사귀에 흔들리는 바람. 교실 저쪽의 모습이 그리워집니다.

선생님은 아직, 그때 거기 서 계십니다.

—1996년 스승의 날에

'부치지 못한 봉함엽서' 좀 더 서둘러야 했는데….

날벼락 같던 선생님의 부음을 듣고 서랍 속에 넣어 두었던 편지를 다시 꺼내 읽습니다.

어느새 다시 17년이 지났습니다. 선생님, 뵙고 싶습니다.

제 마음이 그곳에 가 닿았으면 좋겠습니다.

유난히 하얀 직사각형의 얼굴, 건빵이란 별명에 언제나 숭글숭글 웃는 모습, 품이 넉넉하셨던 선생님.

사고무친(四顧無親)한 제게 선생님은 단 하나밖에 없는 외삼촌 같은 분이셨습니다. 이제 마음속 향 하나를 사르며, 뜨거운 묵념을 바칩니다. 그동안 참으로 감사했습니다.

선생님, 부디 영면하십시오.

　　　　　　　　　　　　　　　—2013년 9월 어느 날 맹난자 拜

아! 그 사람도 갔군

낯선 보행자들 틈에 섞여 인사동 거리를 걷다가 그들의 활발한 걸음에 치여 옆으로 물러서면 시간 밖으로 밀려나는 듯 멍한 느낌이 들곤했습니다. 군중 속의 낯섦. 이때 김구용(金丘庸, 1922~2001) 선생님의 말씀이 불쑥 떠올라왔습니다.

"덕수궁 돌담길을 걷다가 문득 하늘의 흰 구름을 올려다보고 아! 그 사람도 갔군!" 그렇게 생각하라고 하셨지요. 눈가에 술기운이 오를 때면 제게 하시던 말씀이었습니다. 선생님 떠나시고 12년, 인사동 통문관 앞에서도 발이 멎고 성대(成大) 앞을 지날 때에도 그랬습니다. 선생님의 부재(不在)가 확인되는 순간, '아! 그 사람도 갔군' 이런 탄성이 저절로 터져 나오는 것입니다. 자연히 발걸음은 느려지고 시선은 하늘로 향합니다. 실체가 없는 구름에서 생사를 보라는 말씀이셨던가요?

상주에서 태어난 선생님은 부모 곁에 있으면 제 명(命)대로 살지 못한다 하여 4살 때, 유모를 따라 금강산 마하연에 들어가 자연스레 불교와 만났고, 일제의 징용을 피하기 위해 1940년부터 동학사에 기거하며 62년까지 경전 및 수많은 동서 고전을 섭렵하며 시를 쓰셨다고 들었습니다. 「나의 문학 수업」에서 선생님은 "자신의 바탕은 고전이며, 동양의 노장이나 불경이 난해시의 근원이 된다."고 말씀하신 적이 있었습니다.

선생님께서 남긴 『시집』『시』『구곡』『송(頌) 백팔』 등 네 권의 시집에 대해 평자는 "동서양의 정신적 차별은 물론 주객(主客)의 구분조차 없앤 근원적 자유를 보여 주고 있다."는 평가를 내리기도 하였지요. 그래서 불교에 조예가 깊으신 선생님을 모시고 정각사에서 듣던 『벽암록』 강의는 특별했습니다.

1970년경이었습니다. 성대의 유정동 박사, 정규복 선생, 소설가 유주현·오정희, 시인 허영자·어효선·김후란·석지현, 강두식 박사와 조홍식 선생님이 청강을 하셨지요. 그때의 '확연무성(廓然無聖)'이 오래도록 잊히지 않았습니다.

"무엇이 가장 근본이 되는 성스러운 진리입니까?"

양나라 무제가 달마 스님께 여쭈었을 때, "텅 비어 성스럽다 할 것도 없습니다."라고 대답하셨지요.

'확연무성'의 넉 자가 이상하게도 선생님의 음성으로 머릿속에서 떠나지 않고 있습니다.

활짝 개인 드넓은 하늘(廓然)에 아무것도 없는 것처럼 흉중에 조금의 번뇌도 남아 있지 않으니 성과 범(聖·凡), 중생과 부처, 유와 무(有·無)의 차별을 벗어난 경지를 지칭한 것이 아닐는지요. 부처님의 진리 또

한 텅 비어 공(空)한 것이니 성(聖)스럽다 할 것 없다는 깊은 뜻을 요즘에서야 겨우 가늠하고 있답니다.

선생님께서 결혼 선물로 써주신 '維摩 不二門(유마 불이문)'도 잘 간직하고 있습니다. 벽에 걸어두고 눈길이 멎으면 선생님을 뵙는 것 같았습니다. 번뇌와 깨달음, 생과 사, 너와 내가 둘이 아니라는 말씀을 되새기곤 했습니다.

참으로 지중한 선생님과의 인연을 생각해 봅니다. 1958년 봄, 숙명여고 교실에서 맺어져 2001년 그믐날 용인 유택에서 영결식을 마칠 때까지 이어져 왔습니다. '비분강개' 넉 자를 칠판에 쓰게 한 날은 굴원의 「어부사」를 강의해 주셨고 소동파의 「적벽부」, 도연명의 「귀거래사」 「오류(五柳) 선생전」, 그리고 이백의 「춘야연도리원서」 등을 강의해 주셨습니다. 『고문진보』의 주옥같은 명문이었습니다. 부엽토같이 제게 자양분이 된 이 글의 산실을 찾아 어느 날 중국으로 떠났습니다. 성도(두보)와 심양(도연명)과 항주(소동파)를 둘러보고 자귀(굴원)를 지나 당도의 청산에 이르러 이백의 무덤에 잔을 치고 절을 올렸습니다.

'당명현이태백지묘(唐名賢李太白之墓)'라고 쓰여진 비석을 중심으로 둥글게 이어진 봉분을 어루만지며 무덤 둘레를 한 바퀴 돌았습니다. 교실에서 선생님과 목청을 돋우며 암송하던 구절 "夫天地者(부천지자)는 萬物之逆旅(만물지역려)이며 夫光陰者(부광음자)는 百代之過客(백대지과객)이라…"가 떠올랐습니다. "대저 하늘과 땅이라는 것은 만물의 주막집이며, 시간이라는 것은 백대에 지나가는 나그네일러라…. 거품 같은 인생이 꿈과 같으니 그 기뻐함이 얼마나 되겠는가?"를 스스로 반문하는 순간이기도 하였습니다. 교복을 입고 어미새를 따라 재재거리는 우리들의 모습이 떠올라 그때가 그립기도 하였습니다.

선생님께서 제가 근무하던 사무실로 가끔 걸음하시어 안부를 돌아보고 문학을 놓지 말라고 마음 써 주시던 일, 특히 성균관대학교 졸업반(야간) 강의를 듣도록 해주신 일은 두고두고 잊을 수 없습니다. 학창 시절 교실에서 뵙던 고답한 한문 선생의 모습이 아니었고, 이번에는 프랑스 상징주의를 강의하시는 모던한 시인, 다다이스트, 대학교수로서의 모습이었습니다.

랭보와 베를렌 그리고 보들레르와 말라르메, 발레리를 열강하시던 모습과 고조된 교실 분위기는 50여 년이 지난 지금에도 생생이 기억되고 있습니다. 제가 좋아하는 발레리의 「석류」 중에서 그중 "스스로의 발견에 번쩍이는 고귀한 이마를, 나는 보는 듯하다", "그 빛나는 균열은 비밀의 구조를 갖고 있는 내 혼을 생각게 한다."에서 선생님의 시 「뇌염」이 연상되어 어떤 동질의 기운을 느꼈었는데, 선생님께서 오직 발레리만을 서가에 꽂아두고 좋아하셨다는 것을 나중에 알고는 얼마나 반가웠던지요. 생각해 보면 저는 마치 선생님의 손에서 조정되는 줄 인형처럼 선생님의 문학 영향권에서 벗어나지 못하고 있었습니다.

선생님께서 강의해 주신 이 상징주의 시인을 찾아 파리에 가서 말라르메와 발레리, 보들레르와 베를렌의 행적을 찾아 다녔습니다. 발레리는 시를 쓰는 일은 오로지 자기 정신의 순수화를 위하여 살아가려고 결의한 데서 유래한다고 말했습니다. 그는 "정신의 정신에 몸을 바쳤다."고 언급하며 「테스트 씨와의 하룻밤」에서 테스트 씨는 "자기를 보고 있는 자신을 본다."고 했습니다.

선생님께서는 "어느 날, 내 몸이 나의 우상(偶像)임을 보았다."로 시작되는 「반수신의 독백」을 쓰셨습니다.

"언제 끝날지 모르는 생을 두려워 않는다. 언제나 일월성신과 함께 괴로워 않는다. 추호라도 나를 속박하면 나는 신을 버린다. 순간이라도 나를 시인하면, 나는 부처님을 버린다. 몸과 정신은 둘 아닌 것, 비단과 쇠는 다르다지만 그러나 나에게는 하나인 것, 언제나 여기에 있다…."라고 쓰셨습니다. '몸과 정신은 둘 아닌 것.', '언제 끝날지 모르는 생을 두려워 않는다.'는 대목은 읽을 때마다 경외스러웠습니다.

의식의 내부 세계를 정밀하게 탐색하고 자신의 내부 속에서 변하지 않는 것은 자유로운 정신이며 의식이라고 설파한 발레리와의 상통성을 여기에서도 발견할 수 있었습니다. 한편 시에 대한 초종교적인 믿음을 가졌던 말라르메는 시 「에로디아드」에서 이렇게 말합니다.

"나는 알고 있네. 우리는 물질의 헛된 형태에 불과하지만…" 그를 절망케 한 심연은 우리가 물질의 헛된 형태일 뿐이라는 바로 그 인식이었습니다. 뿐만 아니라 "존재했던 것은 물질뿐이다. 사유와 시, 자아의식, 세계와 신의 즉자적인 현존. 이 모든 것들은 꿈이었으며 꿈은 존재하지 않았다."고 합니다. "순전히 정신의 환각인 이 관념들은 소재(所在)도 실재도, 심지어는 존재조차도 정신 속에 있지 않았다. 왜냐하면 정신 자체도 거짓이었기 때문"이라고 덧붙인 평론가 풀레의 해설을 통해 저는 말라르메한테서 『금강경』의 요체를 보는 듯했습니다.

형상 없는 것으로 종(宗)을 삼고, 머무름이 없는 것으로써 체(体)를 삼는 『금강경』의 요의. 일찍이 공관(空觀)을 체득하신 선생님의 불교와 문학도 말라르메를 떠오르게 하였습니다. 그것은 제게 자유로운 영혼의 구가를, 그리고 노자와 고전 강의는 중정(中正)의 덕을 알아가도록 해주셨습니다.

평론가 유종호 씨는 "김구용 일생의 최고 작업은 『열국지』번역"이라고 했는데 과연 번역 문장은 아름다운 시어로 품격이 있었으며, 5천 년 중국 역사의 지혜가 망라된 그 책에서 길어 올린 인생의 지혜와 인간에 대한 탐구는 제 삶과 문학에 밑거름이 되기도 하였습니다.

헤세의 『싯다르타』에서 뱃사공 바수데바는 싯다르타의 스승을 넘어한 사람의 성자였습니다. 도와 합일(合一)된 사람. 제겐 선생님이 바로그런 분이셨습니다. 몽매를 깨우쳐 불우한 시절을 대과 없이 건너오게한 문수보살님처럼 생각되었어요. 고맙습니다. 세월은 속일 수 없어 이제 은발의 노파가 되어 하릴없이 누워서 지내는 시간이 많아졌답니다. 해마다 봄 되면 나뭇가지에 와서 지저귀는 새소리에 귀를 기울이며 창가의 작은 새와 눈을 맞추면 선생님께서 첫 수업 때 일러주신 이 시구가 떠오르는 것입니다.

일 없이 울고 우는 소리 좋은 새야
어찌해 해마다 이 가지에 와서 우느뇨
강산의 적막을 아까워하여
소리 소리 울어 나무 가지 가지마다 보내노라

無事啼啼声好鳥
爾何年年來此枝
但惜江山多寂寞
声声啼送樹枝枝

단순한 듯하지만 오랜 시간이 지나서야 걸러지는 속뜻, 혹시 한가한 무사(無事) 도인의 일상이 아닐는지요? 그러나 적막을 깨는 파격 또한 문학이 아닐까 생각해 봅니다. 강산의 적막과 소리 내어 우는 새. 본체와 현상, 그리고 그 속에 있는 존재를 생각하게 됩니다. 누워 그걸 듣는 제 자신을요. 선생님의 음성으로 깊게 남아 있는 이 시가 느닷없이 밖으로 쏟아져 나옵니다.

57년 전의 이 시를 선생님께 외워드리는 것으로 저는 작은 위안을 삼고자 합니다. 丘庸 선생님, 강의가 끝난 뒤 곡차 드신 선생님을 댁에 모셔다 드리던 시절이 그립습니다.

선생님, 부디 구품 연화대에서 法悅樂(법열락)을 누리시옵소서.

맹난자 합장

흰 구름이 흐르던 언덕

눈밭에 발자국을 찍듯, 수유리 4·19탑 아랫마을에서 잠시 머물던 적이 있었다. 사십여 년 전의 일이다. 그때는 인가도 많지 않았고, 길도 직선대로가 아닌 곡선으로 좁게 구부려져 들어갔으며, 비 오는 날이면 땅이 질어서 신발이 엉망이 되어 버리곤 했다. 버스가 대지극장 앞을 지나 수유 사거리에서 '화계사 입구'의 팻말을 보고 천천히 몸을 틀면, 거기 늠름하게 잘생긴 산이 불쑥 눈앞에 다가서곤 했다.

그때 내 신분은 명색이 학생이었다. '가족 없음' '직장 없음', 있는 건 아무것도 없었다. 지금 생각하면 형편도 안 되는데 직장을 퇴직하고 난 홀가분한 자유 속에서 부려 본 만용이었다고나 할까. 퇴계로에서 집으로 돌아오는 버스에 앉아 있으면 이런 노래가 흘러나왔다.

홀로 살고파 있을까
홀로 울고파 왔을까

돌아가지 않는
길 잃은 철새

어스름한 차창에 성큼 어둠이라도 내려 버리면 그만 가슴이 덜컹 내려앉는 것이다. 어서 밤이 되는 편이 더 나았다. 어둑하게 날이 저물려 할 즈음이면 왠지 나는 마음이 진정이 되질 않았다.

산그림자를 길게 드리우며 내 앞을 '턱' 하니 막아서던 인수봉. 그러면 알 수 없는 어떤 절망감이 가슴 끝에까지 와 닿는 것이다. 버스에서 내려 어둠과 마주 서 있으면 서서히 드러나기 시작하던 보랏빛 능선. 길게 이어진 그 능선의 꼬리는 어떤 시련의 끈과도 같아 보였다.

손곱은 추위, 발을 동동거리며 낯선 골목 안으로 구부러들다가 걸음을 멈추면 아득한 전생의 어느 길목을 더듬어 가고 있는 것은 아닌가 하는 착각이 들 때도 있었다.

남의 집 뒷방, 부엌도 없고 밥도 없고 작은 방의 네모난 벽과 그 앞에 면벽하여 동그마니 앉은 내 자신, 그리고 할 일 없음뿐이었다. 창문을 사납게 흔들어 대던 바람 소리를 들으며 그때 헤르만 헤세의 『싯다르타』를 읽고 '서구 작가와 불교적 경향'이란 제목의 글을 쓰기도 했다. 『채근담』에 밑줄을 그으며 냉기를 잊으려고 애썼다.

그 무렵 소설가 오영수(吳永壽) 선생께서 산보길에 어쩌다 들러 주시곤 했는데, 방바닥에 손을 짚어 보기도 하고, 또 어떤 날은 막내 아드님을 시켜 쪽지를 보내기도 하셨다. "고료를 탔으니 한턱 쓸게. 아무 데로 나오너라."는 전갈이었다. 선생 댁은 11번 버스 종점, 개울 건너 솔밭 뒤에 있었다. 저녁까지 얻어먹고 밤이 늦어 버린 시각이면 숙이[개]를 데불고 선생은 집 앞까지 바래다 주셨다. 불교에 관한 책을 빌려 가시기도 하고, 내가 좋아하는 작가를 여쭙자 선생은 일본의 나쓰메 소세키(夏目漱石)와 『나라야마 부시코(楢山節)』를 쓴 후카자와 시치로가 부럽다고 말씀하셨다.

인적이 끊어져 아무도 없는데도 달밤이어서 그랬던지 숙이는 컹컹 짖어 대고 나는 선생을 따라 타박타박 걸으면서 아무 생각 없이 그저 좋았다. 선생은 맏딸과 또래이던 나를 딸처럼 대해 주셨다. 그리고 내가 결혼하던 날은 눈길에 아드님 건이를 앞세우고 남 먼저 찾아와 축사까지 해주셨다.

결혼을 하자 곧바로 시댁으로 들어갔다. 아기까지 우리 식구는 열두 명이었으나 밥 때가 되면 서너 명씩 불어나는 것은 예사였고, 서툴기만 한 큰살림 속에서 헤어나지 못하고 있을, 그로부터 몇 해째가 되는 가을이었다. 뜰이 넓어서 마당에 떨어지는 낙엽을 쓰는 일도 수월치 않았다. 하건만 이 일만은 누구에게도 양보하고 싶지 않았다. 남 먼저 일어나 낙엽을 쓸어 모으는 일은 나를 위한 검속(檢束)이며, 어쩌면 그곳에서 내가 제일 잘할 수 있는 일인 것 같았다. 굽힌 허리로 마당을 한 바퀴 돌고 나면 훤하게 날이 밝았다. 방금 쓸린 마당의 고운 빗자국, 그것도 내겐 위안이 되어 주었다. 점심상을 물리고 장대를 돋우며 뒤란에서 푸새빨래를 널다가 문득 마주치게 되는 파란 하늘, 아득히 저쪽에 어린 동생들 얼굴이 주르륵 떠오르는 날도 있었다.

안방에서 어머님과 함께 어우러지는 어린 시누이들의 깔깔대는 웃음소리. 잘 섞이지 못하고 있던 나를 더욱 실향민의 심정이 되게 하였다. 그럴 즈음 낙엽처럼 엽서 한 장이 뚝 떨어졌다.

가을이 깊었다.

소식 없어 궁금하구나.

언제 한 번 다녀가렴.

낯익은 오 선생의 필체였다. 사실 그 무렵, 손아래 동서를 들이면서 여러 가지 일로 마음이 상해 누가 건드리기만 해도 울음이 터질 것 같은 상태였다. 그러나 돌 전 어린애가 딸려 외출 같은 것은 꿈도 꾸지 못했는데, 그 엽서 한 장이 그만 마음의 파문을 일으키고 말았다. 설거지를 도와주던 언니에게 어린것을 맡기고, 외출복도 마땅찮아 한복을 입은 채 그냥 선생 댁으로 달려 나갔다.

널따란 마당, 대문은 열려 있었고 잔디밭도 그대로인데 왠지 그전처럼 나는 활발할 수가 없었다. 선생은 반가워하면서도 아무것도 묻지 않으셨다. 차를 손수 만들어 내주시고, 예전 그대로 담배 파이프에 던힐을 얹으신다. 무엇을 물으면 대답이 곤란할 뿐이었는데, 글을 쓰는 분이라서인지 짐작만으로 아무것도 묻지 않으셨다.

"일어나자!"

나를 일으켜 세우는 어떤 결단의 의지가 느껴지는 듯한 어조였다. 점퍼 차림인 선생을 따라 나도 자리에서 일어났다. 대문의 왼쪽 돌담을 끼고 나가면 전부 소나무숲인데, 그 사잇길로 한참을 들어가다 보면 작은 언덕에 이르게 된다. 그 아래 몇 채의 인가가 나오고 자은정사(慈恩精舍) 절 앞마당을 지나면 그 근처에 수령 오백 년이 넘었다는 은행나무가 장대하게 서 있다. 바로 그 뒤편 언덕에 연산군의 묘가 있었다. 선생은 그리로 가고 계셨다. 낯익은 길이었다.

역사 얘기에 신이 나서 톤을 높이던 내 목소리가 허공 어딘가에 남아 있을 듯싶어 사방을 둘러본다. 선생은 예전 그 장소에 올라가 자리를 잡고 앉으셨다. 말없이 나도 그 옆에 가 앉았다. 무덤 속의 부인, 신(愼)씨가 적막한 연산군의 묘를 그나마 지키고 있는 듯이 보인다. 그들 둘은 지금 땅 속에서 무슨 대화를 나누고 있을까? 나는 태고 속으로 가라앉는 배처럼 침잠되고 있었다.

선생은 시가를 꺼내 불을 댕긴다. 구수한 냄새가 사방에 번져난다. 눈앞에 있는 잡목들은 생기를 잃고, 나뭇가지들은 숱 빠진 머리 밑처럼 헐렁해 보인다. 그런 것들은 계절 탓이거니와 달라진 게 있다면 내가 지금 한복을 입고 있다는 것. 나는 그런 점을 생각하고 있었는데 별안간 침묵을 가르며 "니, 저 구름 좀 보레이." 하신다. 선생은 여직 구름만 보고 계셨던 모양이었다. 올려다본 맑은 하늘에는 과연 흰 구름이 둥실둥실 떠가고 있었다. 목화솜 뭉치처럼 덩글덩글 피어오르다가 금세 다른 모양으로 바뀌면서, 모였다 흩어지고 뭉쳤다가는 풀어지고….

한참 동안 구름만 보다가 돌아왔다. 그뿐이었다. 그런데 이따금씩 내 안에서 선생의 그 목소리가 되살아날 때가 있다. 호젓한 어느 산보 길에서 문득 올려다본 하늘이거나, 아니면 볕 그리운 계절 벤치에 나와 있을 때, 그 여백으로 나지막이 들려오는 소리. 선생은 그때 무슨 말씀을 내게 하고 싶으셨던 것일까?

"니, 저 구름 좀 보레이."

나는 그만 콧잔등이 찡해져서, 그런 날은 빈 하늘가만 더듬게 되는 것이다.

인연

사람에게는 저마다 알맞은 거리가 있는 것 같다. 어떤 사람은 한 걸음 더 물러나서 바라보는 편이 더 나을 때가 있다.

금아 선생님을 처음 뵙던 날도 그랬다. 기억이 틀리지 않는다면 1964년이었다. 어느 여름날 오후, 나는 노산(鷺山) 이은상 선생과 시청 건물을 끼고 왼쪽으로 굽어들고 있을 때였다.

맞은편에서 다가와 반갑게 수인사를 하시는 두 남자 분은 나지막한 키가 그만그만하셨다. 나는 오른편으로 한 걸음 물러나 서 있었다. 노산 선생님은 손짓으로 불러 인사를 시키셨다.

금아 피천득 선생이셨다.

우리는 평생 다가가지 않아도 그 사람의 영혼에 대해 잘 알 수 있는가 하면, 아무리 가까이 있어도 그 사람의 본질에 대해 잘 알 수 없는 경우도 있다. 아마 나는 그 전자가 아닌가 싶다.

두 번째의 만남은 한국수필문학진흥회의 송년 모임에서였다.

2004년 12월 10일, 그날따라 바람이 매섭게 부는 겨울 초저녁이었다. 금아 선생님은 구십 노구를 이끌고 초대에 응해 주셨다. 한껏 송년 분위기를 낸 코리아하우스의 실내에는 현악기의 연주가 낮게 흘렀고 선생의 수필 「송년」을 문혜영 씨가 아름다운 목소리로 낭송했다. 이응백, 손광성 두 선생님과 함께 앉으신 헤드 테이블에서 금아 선생님은 눈을 지그시 감고 귀를 모으셨다.

"또 한 해가 가는구나!"로 시작된 이 글에서 우리는 "새 색시가 김장 삼십 번만 담그면 늙고 마는 인생"을 좋아했지만 선생은 "나는 반세기를 헛되이 보내었다. 그것도 호탕하게 낭비하지도 못하고 하루하루를 일주일 일주일을, 한 해 한 해를 젖은 짚단을 태우듯 살았다⋯."는 대목에 더 마음을 빼앗기고 계셨을지도 몰랐다. 마침 선생의 수필 「장미」가 생각나서 붉은 장미 한 송이씩 낱개 포장하여 일곱 송이를 선생님께 드렸다. 선생은 낭송자에게 한 송이씩 선물하고 나머지는 연주자에게 주셨다. 일곱 송이 중에 한 송이도 남지 않았다. 만약 한 송이를 추가했더라면⋯. 그러나 나는 그것으로 족했다. 거리에서 행인(行人)으로 만난 지 꼭 40년 뒤, 『에세이문학』 발행인으로 선생님을 그 자리에 모신 인연만으로도 감사했기 때문이다.

아니 만나도 좋았을 뻔한 세 번째의 만남은 아산병원 영결식장에서였다.

2007년 5월 25일. 부음을 전해 듣고 마침 최민자 씨 차편이 있어 손광성 선생과 급히 빈소를 찾았다. 괜히 마음이 바빴다. 금아 선생은 한국수필문학진흥회가 수여하는 '현대수필문학대상' 1회 수상자이기도 하다. 우리나라의 수필문학 단체가 일제히 모인 듯 리본에는 '○○수필'이란 글자가 서로 자랑이라도 하듯 파도처럼 물결쳤다.

피세영 씨가 동생 수영 씨와 나란히 서서 조문을 받았다.

얼마만이더라. 세영 씨는 1960년 연극 연습장에서 만난 그때의 모습과 크게 다르지 않았다.

"나 알겠어요?"

"아무개 씨!"

침묵 사이로 50년의 세월이 포물선을 그으며 한달음에 지나갔다. 동국대학교 강당이나 드라마센터 연습장에서 어울려 웃고 떠들던 시절. '실험극장' 멤버이던 유용환 씨가 "너 껍질 피(皮)니? 가죽 피니?" 하고 짓궂게 놀려대면 아무 대꾸 없이 픽 웃기만 하던 소년, 피세영 씨가 부인과 서영 씨를 불러내 우리에게 인사를 시켰다. 검은 상복을 갖춰 입은 상주들과 우리는 몇 번이고 맞절을 한 뒤 돌아서 나왔다.

선생의 작품 「보스턴 심포니」에서처럼 반백년의 시간이 '무지개'처럼 휘어져 내렸다. 영결식장을 뒤로하고 밖으로 나왔다.

문(門) 한 겹 사이가 생사의 경계선인 듯 이쪽은 신록이 눈부셨다.

"… 신록을 바라다보면 내가 살아 있다는 사실이 참으로 즐겁다. 내 나이를 세어 무엇 하리. 나는 지금 오월 속에 있다."는 선생의 음성이 어디선가 들리는 듯 하늘을 올려다보게 되던 것이다.

박완서 선배님 영전에

2011년 1월 22일, 오전 6시, 유명을 달리하신 박완서 선배님 영전에 삼가 머리 숙여 명복을 빕니다.

선배님과 동시대에 태어나고 숙명의 선후배로, 그리고 숙란문인회(숙명 출신 작가모임)에서 만난 인연에도 깊이 감사드립니다. 모임에 나와 언제나 소박한 미소로 앉아 계시던 모습이 눈에 선합니다. 이제 다시는 그 모습을 뵐 수 없게 되다니요.

글쓰기에 전념하시다가 마음 편한 자리에 나와 동기이신 한말숙, 김양식 선배님과 어울린 세 분의 격의 없는 모습이 저희들은 늘 부럽기만 했습니다.

지난 12월의 모임은 세 분의 팔순을 기념하는 자리여서 기대가 컸었는데 수술 후 항암 치료 때문에 참석이 어렵다는 얘길 전해 듣고 3월에는 꼭 다시 뵐 수 있을 것으로 믿었는데…. 뜻밖의 부음과 김미라 씨의 메일을 보고 황망히 삼성병원으로 달려갔습니다.

날은 왜 그리 추운지 게다가 점점 굵어지는 눈발. 약속된 시간에 한 말숙 선배님이 황병기 선생님과 들어오셨고, 잇달아 김양식, 홍혜랑 선배가 문상을 한 뒤 합석하였습니다. 선배님의 작품에 대해 이야기하다가 한말숙 선배께서 "『엄마의 말뚝』이나 『그 남자의 집』도 좋지만 완서의 『그 산이 정말 거기 있었을까』는 귀중한 작품으로 평가되어야 한다."고 하셨어요.

검정 옷을 입고 계신 선배님들의 피로한 모습이 그날따라 무겁게 마음을 눌렀습니다. 세상에 오면 가는 것은 정한 이치인데 늘 아쉬움과 많은 후회가 남게 마련인가 봅니다. 저는 선배님의 소설 속에서 이야기꾼으로서의 넘치는 솜씨와 장황한 서사에 그만 호감을 잃기도 했었으나 수상 작품 모음집인 『환각의 나비』를 독서토론회에서 다시 읽고는 그릇된 제 편견을 시정해야 했습니다. 한 편 한 편이 주옥이었습니다. 이 말씀을 이제야 드립니다. 차마 하기 어려운 개인사와 아픈 역사적 증언. 그리고 널리 인생을 바라보는 담담한 시선. 그 등장인물들의 잔상이 쉽게 가시질 않았습니다.

한 가지 고백이 더 있습니다. 선배님과는 동기이고 제게는 은사이신 박명성 시인의 탐방 기사를 『숙녀회보』에 실었더니 선배님께서 "나는 그 친구가 얼마나 아픈지 그것 땜에 읽었어요."라던 말의 진의를 곡해했던 일입니다.

선배님의 마지막 산문집 『못 가본 길이 더 아름답다』를 읽으면서 새삼 헤아려지는 노경(老境)의 쓸쓸한 심사, "씨를 품은 흙의 기척은 부드럽고 따숩다. 내 몸이 그 안으로 스밀 생각을 하면 죽음조차 두렵지 않아진다."는 죽음에 대한 천착, 남의 작품을 읽는 것도 육체적으로 힘든 나이가 되어 동인문학상 종신 심사위원직도 내놓고, 다리 골절로 바깥출입이 제한된 상황에서 쓰신 글, "스무 살에 성장을 멈춘 푸른 영혼이, 80년 고옥에 들어 앉아 조용히 붕괴의 날만을 기다리는 형국"이란 글을 읽고는 초가집 같은 제 몸이 먼저 내려앉는 것 같았습니다. 그런 심정으로 친구의 상태를 가늠하셨던 것을요. 죽음은 정말 개체적 고독인 것 같습니다.

『숙명 100인 문집』에서 "내 학력은 숙명여중(6년제)이 전부다."라고 하던 분이 2006년 서울대에서 명예문학박사 학위를 받던 날은 저는 기쁨보다도 먼저 콧등이 시려왔습니다. 그것이 무엇을 뜻하는지를 알기 때문이었습니다.

쓰지 않고는 풀어내지 못할, 몸에 새긴 전쟁의 상흔과 분단의 아픔. 선배님은 그 숱한 고통을 작품으로 승화시켜 끝내는 용서와 화해의 높은 장으로까지 끌어올리셨습니다.

쓰는 일만이 삶의 전부인 듯, 순직(殉職)으로 이어진 노역(勞役). 그러면서도 정원의 풀꽃과 자연과 사람을 사랑하고 후배를 사랑하며 특히 어린이를 더 사랑하여 검은 대륙의 어린이들을 진정으로 감싸 안은 따뜻한 인간애, 세상과 화해한 작가. 저는 그런 선배님을 좋아합니다. 불의의 사고로 아드님을 잃고 죽은 남편을 부르며 "나를 좀 데려가라"고 외치던 그 통곡을 생각하면 '이 세상에 태어나길 참 잘했다'는 책 제목도 제겐 위안이 되었답니다. 문학이 지닌 미덕, 작가와 독자가 함께 누릴 수 있는 위안과 치유의 능력에 대한 말씀도 잊지 않고 있습니다.

"퇴락한 사물들을 잔인하게 드러내던 광채가 사라지면서 사물들과 부드럽게 화해하는 일몰 무렵, 고향의 동구 밖을 들어서고 싶다."는「내식의 귀향」에서 "나도 내 인생의 허무와 다소곳이 화해하고 싶다."는 구절이 왜 그렇게 마음에 좋던지요. 그러기에 두고 온 마음속 고향 박적골 찾아가는 걸음이 하마 가벼우시리라 믿습니다. 사뿐 사뿐히 가시옵소서.

몇 해 전, 『에세이문학』 초대수필을 흔쾌히 써 주셔서 적은 고료를 드렸더니 제 손이 미안할까 봐서인지 "돈을 주니 참 좋아. 통장으로 들어와 돈을 못 만지거든." 하며 환하게 웃어 보이시던 선배님의 얼굴이 크게 떠오릅니다.

바라시던 대로 "글에서만은 떳떳하게 나잇값" 잘하신 문단의 선배요, 한국 문단의 우뚝한 봉우리입니다. 그리고 숙란문인회의 자랑이며 저희 후배들의 선망이기도 하였습니다. 그러니 이제 되었습니다.

22일은 자고로 위대한 작가들이 세상을 떠나는 날인가 봅니다. 빅토르 위고(5. 22)가 떠나던 날도 괴테(3. 22)가 떠나던 날도 22일, 그리고 찰스 램과 베케트가 떠나던 날은 눈 내리는 12월 22일이었습니다.

1월 22일을 기억하겠습니다.

박완서 선배님, 이제는 사랑하는 가족들 곁에서 부디 영면에 드십시오. 햇살이 부드러운 용인 그 천주교 묘지에서. 이 글을 쓰고 있는 지금쯤은 장례가 끝났을 시각인지도 모르겠습니다. 선배님, 그동안 참으로 감사했습니다. 안녕히 가십시오.

한국의 헤세, 홍순길 선생을 기리며

　며칠 전, 뜻밖의 책을 한 권 받았다. 암에 걸린 어느 대학교수의 『행복한 이야기』라는 책이었다. 책표지 상단의 잔글씨는 '헤르만 헤세를 인생의 화두로 삼고 인생 전부를 헤세에 바친 한국의 헤세, 홍순길 교수의 유고작'이라고 되어 있다.

　유고작이라니…. 불길한 마음으로 책을 열었다. 갑작스런 담도암 발병으로 30여 년을 재직하던 목원대학교를 퇴직하고 투병하다가 2009년 6월 13일, 향년 63세로 세상을 떠났다는 것이다. 그리고 1년 뒤 이 책이 발간된 것이다. 아직도 한국 헤세의 집에서 정원을 가꾸며 검게 그을린 얼굴로 건강히 계실 줄 알았는데…. 모른 채 세월이 이만큼 흘러버렸다.

　헤세도서관에서 순박한 이웃집 아저씨처럼 활짝 웃으며 우리를 맞아 주셨던 모습을 기억한다.

　내가 6년 전, 선생을 찾아뵌 것도 헤세 때문이었다. 계간 『에세이문학』은 '수필로 만나는 해외작가'를 기획하면서 그 첫 번째 대상을 헤세로 꼽았었다. 선생은 그때 「헤세의 수필적 요소에 대하여」라는 글을 써 주었고 수필도 몇 편 번역해 주셨다.

닉네임을 '한국의 헤세'로 할 만큼 헤세를 사랑하고 헤세에 몰두한 그분은 집까지 몬타뇰라에 있는 헤세의 집을 본떴다. 언덕 위의 하얀 집, 앞에는 호수가 있고 뜰에는 손수 가꾼 잔디며 꽃나무와 과일나무, 무엇보다 정원 잔디에 새겨진 헤세 로고는 그분이 얼마나 헤세를 간절히 사모했는지를 알 수 있게 했다. 과일을 먹는 동안에도 헤세가 좋아하는 모차르트의 음악을 우리에게 들려주기도 했다. 지금 생각하면 그분의 영혼 속엔 온통 헤세였고 이미 헤세와 정신적 동거 상태가 아니었나 싶다. 목원대에 독문과를 창설하고, 세계 유일의 헤세전문도서관을 개관했으며, 한국헤세학회장과 국제헤세학회 창립 발기인으로서 왕성한 활동을 펼쳤었다.

책머리에서 선생은 "암에 걸린 어느 대학교수의 행복한 이야기는 암 투병을 시작할 때부터 쓰기 시작한 내 자신의 소박한 행복 이야기이며, 주위 사람들의 재미있는 행복 이야기이며, 그 어느 행복 디자이너보다도 행복 설계를 잘했던 독일의 문호 헤르만 헤세의 행복 이야기"라고 쓰고 있다.

2007년 12월, 암 진단을 선고받고 이듬해 8월부터 생명을 유지할 수 없을 정도로 건강이 악화된 상태에서 2009년 봄까지 이 원고를 썼다는 것이다.

투병 말기에서 쓰여진 선생의 '행복 이야기'는 한 땀 한 땀 아프게 새겨진 문신 같아서 경외스러웠다.

왜 헤세인가?

헤세는 행복과는 거리가 먼 삶을 살았다. 나이 쉰이 넘어서 세 번째 결혼에 이르러서야 겨우 안정이 되었고, 만년에는 후원자가 생전까지만 살도록 지어 준 집에서 죽었다. 그럼에도 그는 "삶은 살아 볼 가치가 있다."며 "세계와 인생을 사랑하는 것, 고통 속에서도 사랑하는 것, 한 줄기 태양빛에도 감사하며 마음을 열고 괴로움을 잃지 않는 것." … 이런 가르침은 오늘날 더 절실하고 감사할 만한 것이라고 했다는 것이다.

이런 상황에서 홍순길 선생은 고통까지도 사랑하고 감사할 것을 피력한다. 하찮게 여기기 쉬운 한 줌의 태양빛에 대해서 감사하는 마음은 얼마나 부러운 마음 자세인가!

잠자리에 누워 편히 잠을 잘 수 있다는 것이 얼마나 행복하고 감사한가!

살아 있다는 것은 숨쉬기 운동이 원활하다는 의미를 곱씹어 본 사람이 몇이나 될까?

나는 여기서 읽기를 잠시 멈추었다. 이제까지 간과해 왔던 숨쉬기 운동의 원활함. 그분의 고통스러운 숨결에서 생명의 말씀을 듣게 되다니… 먹먹해졌다.

나는 두 손으로 책을 들어 올리고 내 방식대로 긴 묵념을 바쳤다.

어머니의 고향

　달빛이 방안으로 흘러들어 온다. 뒤척이다가 그만 마루로 나왔다. 식구들은 모두 한밤중, 달빛을 깔고 마루에 누워 본다. 벽면 한쪽에 나무 그림자가 어른댄다. 마음도 따라서 일렁거린다. 서늘한 밤기운이 옷속을 파고든다. 잊었던 잘못이 생각난 것처럼 가슴이 철렁해진다. 추석 무렵이다. 버릇처럼 창문을 열고 밤하늘을 올려다본다. 나무숲에 걸려 있던 달이 성큼 오른쪽으로 비껴 앉았다. 어찌 보면 울 듯한 그러면서도 웃고 있는 저 말쑥한 얼굴. 많은 상념들이 가슴속에서 일어난다. 한 달에 한 번씩은 만월이 되기 마련이지만 추석 무렵의 만월은 감회가 다르다. 거룩하게 완전해진 둥근 모습은 왠지 슬픔이 어린 성지(聖地)처럼 느껴지기도 한다. 어머니의 가없는 자애와 기도며 눈물이 가득한 성지로.

　덩두렷한 한가위 달이 중천에 올라오면 장독대에 정화수를 바치고 어머니는 두 손을 포갠 채 오래 서 계시곤 했다. 숨어서 지켜보던 그

월하도(月下圖) 한 장은 지금도 내 가슴에 들어 있다. 태 고운 한복으로 달빛 속에 서 계시던 어머니. 그 합장 속에 드리워진 염원은 무엇이었을까. 우리 가족의 안위. 그것밖에 나는 알지 못했다. 더 깊은 곳에 묻어둔 어머니의 비원(悲願)은 알아차리지 못했던 것이다.

어머니의 고향은 금강산 기슭, 해금강가의 금란(金蘭)이란 곳이다. 아름다운 고향 이야기를 왜 우리에게 들려주시지 않았을까? 우리 또한 여쭈어 볼 줄도 몰랐다. 겨우내 쌓인 눈이 제 혼자 녹는 부모님의 산소도 숨겨둔 아픔이셨을 것이다. 외삼촌은 6·25 직후 군에 입대한다면서 집에 다녀간 후로 그것이 마지막이 되고 말았다. 하나뿐인 남동생 이야기조차 입에 담지 않으셨다. 그 모든 것들을 나는 생각지도 못하고 살아온 것이다. 그러다 지난 광복절. TV로 이산가족의 상봉 장면을 지켜보다가 별안간 외삼촌 생각이 떠올랐다. 안에서 뜨거운 것이 솟구쳐 올라왔다. 어머니의 세수를 헤아리니 살아 계셨으면 84세, 세상을 뜨신 지 36년 만에 이런 일이 있으리라고는 당신도 생각지 못하셨을 것이다. 북한 작가 조진용 씨는 구십 노모의 머리에 내린 백설을 보고 "그것은 세월의 백설이 아니라 분단이 가져온 백설입니다."라고 50년의 통한(痛恨)을 「사모곡」에 담아 바쳤다. 하마 우리 외갓집 문턱은 닳아 없어졌으리라. 속내를 깊이 닫아걸고 꿈길마다 어머니는 그곳으로 향하셨을 것이기에. 「사모곡」 대신 나는 원개(袁凱)의 시를 오늘 아침, 어머님 영전에 읽어드리고 싶다.

흐르는 강물은 삼천리여라.
집에서 온 편지는 열다섯 줄.

편지엔 별다른 말 없고
어서 고향으로 돌아오라고.

江水三千里
家書十五行
行行無別語
只道早還鄉

은행나무

요 며칠 사이에 거리가 환해졌다. 가로수에 불이 들어온 듯.

칙칙한 녹음(綠陰)에 갇혀 있던 나뭇잎들이 일제히 자유를 선언하고 영혼의 높은 비상(飛翔)을 위해 발돋움이라도 하였는지 나무란 나무는 온통 환하게 걷혀 있다. 내명(內明)한 어느 정신을 보는 듯하다.

잠시 가던 길을 멈추고 나무 위를 올려다본다. 처음엔 형태도 가늠할 수 없던 꼬물꼬물하게 엉겨붙은 망울이더니, 하루가 다르게 자라 고 놈들이 주먹을 펴면 앙증맞은 은행잎이 되고 상수리 나뭇잎이 되고 또 벚나무 이파리가 되곤 하였다.

어린 연두로 시작하여 아예 시커먼 녹음이더니 한 생(生)을 살고 난 듯, 화사한 노란 빛깔로 혹은 선연하게 붉은 주홍색으로 돌아와 이제 제 몸에 단풍을 허락하였다. 완성으로 가는 이의 뒷모습을 보는 것 같다.

손으로 짚어보니 벌써 13년이나 된다. 종합병원 중환자실에서였다. 정신에 불이 반짝 들어온 듯, 눈에 힘을 모으고 아버지가 말씀 대신 손을 흔들어 우리에게 작별을 고하시던 것이. 침대를 에워싼 우리 형제들이 모처럼 다 모인 밤이었다. 실제적으로는 임종의 순간이나 다름 없었다. 연락을 받고 놀란 막냇동생은 멀리서 비행기를 타고 날아왔다. 한 사람씩 한 사람씩 아버지는 눈을 맞추며 웃음으로 눈도장을 찍으셨다. 그리고는 할 일을 다 하신 듯 이내 깊은 정[入定]에 드셨다. 그때부터 혼수였다.

나는 그 해, 추석 차례를 모신 이튿날이 되어서야 아버지를 뵈러 친정엘 갔다. 식사를 통 드시지 못했다. 그날따라 처음으로 꺼내신 당신 젊은 시절의 이야기를 들려주시며 이상하게 붙잡으셨다. 곁에서 모시고 오랜만에 하루해를 보냈다. 집으로 돌아올 차비를 할 즈음이었다. 아버지는 달력을 주시하더니 "언제쯤 죽을까?" 하고 나를 멈춰 세우신다. 너무나도 범상한 말씀이어서 또 괜히 그러시나 보다 하였다. 달력은 10월의 날짜들을 가득 열어놓고 있었다. 노환(老患)일 뿐, 그러니 괜한 말씀이겠거니 하면서도 별안간 숨이 막혀왔다.

"한 10월 25일쯤 죽을까?"

그 하루 전날은 언니네 혼인이 있는 날이었다. 외손자의 결혼식을 감안하여 짐짓 하루를 늦춰 말씀하신 것인가 보다 하였다. 그러나 어디 그것이 마음대로 되기나 할 법한 일인가? 나는 속으로 부아가 나서 '아버진…?' 하고 책망어린 눈빛으로 얼굴을 찡그렸다.

"아니야. 추우면 땅 파기도 나쁘고 너희들 고생 시키면 안 돼. 또 우리 아무개도 이 달에 죽었지."

중학교 1학년 때 세상을 떠난 남동생을 여태까지 아버진 가슴에 묻고 계셨다. 그러나 일주일 뒤, 집 가까운 병원의 응급실로 들어가셔야 했고. 그리고 열흘이 지난 10월 25일. 당신의 말씀대로 바로 그날 오후에 유명을 달리하셨다.

세수는 72세. 그것은 당신의 정명(定命)이라고 말씀하신 나이이기도 하였다. 손수 준비해 놓은 유택(幽宅)에 들어가는 걸 무척이나 기쁘다고 말씀하셨다. 새로 사둔 와이셔츠에 넥타이를 매드리고 지정해 놓은 양복을 꺼내 입혀드렸다. 구두는 정성껏 닦아 신겨 드렸다. 그분의 뜻이었다. 울지도 말라고 당부하셔서 우리는 조금 울었다.

장례를 마치고 돌아 나오는 길목에 환하게 서 있는 은행나무 한 그루와 눈이 마주쳤다. 황금빛으로 눈이 부셨다. 그 노란 나뭇잎이 바로 내 어깨 위에 가벼이 떨어졌다. 아버지가 그날 밤 흔드시던 손인사처럼.

나는 지금 은행나무 아래에 서 있다. 말할 수 없이 가슴이 띈다.

제6부

복(復)의 말씀

천가(天街)에서

한국의 유림 단체인 '박약회(博約會)'를 따라 공자의 고향인 중국의 산동성 곡부를 찾은 것은 2005년 9월 24일이었다. 공자의 탄신일을 기해 공묘(孔廟) 대성전에서 치러지는 치전(致奠) 행사에 참석하기 위해서였다. 매년 3월과 9월 두 차례 한국의 성균관에서 치러지는 공자 제사인 석전대제(釋奠大祭) 의식 절차를 준용해 식이 거행되었다.

이미 한국에서 마련해 놓은 64점의 제기에 음식을 차리고, 금관제복과 심의도포 차림에 유건을 쓴 제관들이 공자의 신위 앞에 나아가 북향하여 세 차례 향을 올리고 술을 올렸다. 대성전 앞에 줄지어 선 유림들은 진행자의 말에 따라 네 번씩 절했다. 식은 전통 의례에 맞춰 한 시간 넘게 진행되었다. 중국 본토에서도 사라진 공자 제례를 예법대로 재현했다는 언론의 평가가 있었다.

"널리 글을 배우고 예로써 다스린다."는 박문약례(博文約禮)의 『논어』 구절에서 이름을 딴 '박약회'는 퇴계학의 현대적 계승을 표방하는 유림 단체로서 한국의 전통 예법에 맞추어 제사를 올렸다. 나는 한국인 400여 명 가운데 한 사람으로 참석하였다. 공자의 위패를 모신 대성전 (大成殿)에는 백록동서원에서 본 것처럼 공자를 중심으로 좌우 양편에 두 사람씩 안자(顔子)와 증자(曾子), 자사(子思)와 맹자(孟子)의 상이 모셔 져 있었다.

누군가 '공맹(孔孟)의 도'를 언급하면 나 자신도 모르게 옷깃을 바로 하게 되는 버릇, 경건하게 합장례를 올렸다.

이튿날 안개 자욱한 이른 아침, 우리 일행은 태산으로 향했다. 이곳에 서 황제들이 태평세계의 실현을 신에게 보고하는 봉선(封禪) 의식을 치 렀다. 그 의식을 치르던 대묘(岱廟)의 본전인 '천황전'을 안개의 비경 속에 서 만났다. 동행한 작가 이문열 씨뿐 아니라 우리는 엄숙한 가운데 눌려 누구도 쉽게 입을 뗄 수 없었다. 얼마 뒤 천가(天街)라는 패방 앞에 다다 랐다. 여기서부터는 하늘의 거리다. 천가(天街), 나는 그 언저리를 혼자서 몇 바퀴나 돌았다. 좌측에 세워진 두 개의 나란한 돌, 그곳에는 주서(朱 書)로 '自强不息(자강불식)'과 '厚德載物(후덕재물)'이 새겨져 있었다.

그것은 공자가 건곤괘에다 붙인 대상(大象)의 말씀이다. 반가웠다. '자강불식'의 뜻이 전과 다르게 큰 울림으로 다가왔다. 그의 인격과 사 상이 집약된 이 말씀에서 나는 아래로 굴러 떨어지는 바위를 끌어올 리는 저 시시포스의 형벌과도 같은 노력을 감내하는, 스스로 자강불식 을 실천하는 사람의 고단한 땀내가 느껴졌다. 쉼 없이 굳건하게 돌아가 는 하늘의 운행을 본받고자 그는 얼마나 고달팠던가. 그분의 심정과 당 시의 정황이 헤아려지기도 했다.

춘추시대 말엽(BC 551년) 노나라 곡부에서 태어난 공자는 어려서부터 유복하지 못했다. 그의 아버지 숙량흘은 아들을 낳기 위해 온갖 정성을 기울였다. 공자의 어머니 안징재는 니구(尼丘)산에 올라가 매일 기도를 드렸다. 구(丘)란 이름은 여기에서 따왔고, 자(字)는 두 번째 낳은 아들이라 해서 중(仲) 자와 니구산의 니(尼) 자를 따와 '중니(仲尼)'로 이름 지었다. 이때 아버지의 나이는 61세, 어머니의 나이는 17세였다. 세 살 때 아버지를 여의고 24세에 어머니마저 잃은 그는 생활이 곤고하고 궁핍한 가운데서도 학문에 뜻이 굳었다. 19세에 창고지기를 지냈다. 21세 때는 가축을 관리하는 일을 맡아 그 번식에 힘을 기울였다. 30대에 이미 제자들을 가르치기 시작했다. 그러나 노나라에 큰 정변이 일어나자 제자들을 데리고 제나라로 길을 떠나야 했다.

공자는 여행 중 여러 차례 고난과 박해를 당했다. 송나라에서는 생명의 위협을 겪고 광에서는 양호로 오인되어 닷새 동안 잡혀 있기도 했다. 또한 진나라와 채나라에서는 7일간이나 양식이 떨어져 굶주림을 겪었다. 기골이 장대한 포악한 군주, 양호로 오인을 받아 곤욕을 치르고 풀려난 공자는 안회에게 이런 말을 한다.

"내 외양이 옛 제왕을 닮았는지 어떤지는 모르지만 집 잃은 개 같더라는 말은 과연 그렇다, 과연 그렇다."

집 잃은 개 같은 몰골로 3년간 열국(列國)의 황야를 떠돌아다니던 그의 심중은 참으로 암담하고 비탄스러웠을 것이다. 그러나 이 유랑의 세월이 그의 생애에 하나의 전기를 가져오게 했다. 그 후로는 자기의 정치적 활동에 실패를 인정하고 저술에 전념키로 한다. 고국에 돌아와 오로지 학문 연구와 제자 교육에만 힘을 쏟았다. 그 후 중도라는 벼슬을 위시하여 국정을 도맡는 재상의 자리를 겸하게 되었으나, 평소 제세안민(濟世安民)의 꿈인 이상정치를 실현코자 국정을 쇄신하다가 정적의 모략에 휩싸이게 되어 위(衛)나라로 두 번째의 외유를 떠나지 않으면 안 되었다.

그는 13년 동안이나 가족과 헤어져 궁핍함 속에서 방랑하는 신세가 되고 만다. 여러 나라를 순방하며 가는 곳마다 자기의 정치적 포부와 꿈을 펼치고자 했으나 안타깝게도 기회가 주어지지 않았다. 당시의 제후들은 공자의 주장을 현실과 동떨어진 이상으로만 생각했다. 지금으로 말하면 이력서를 들고 천하를 헤매 다닌 꼴이었다.

"남이 나를 알아주지 않아도 탓하지 않는다면 이 또한 군자가 아니겠는가?"라던 그의 음성이 들리는 듯하다.

갖은 고생을 다하며 여러 나라를 두루 돌아다니면서 실패를 맛본 뒤에야 그는 비로소 깊이 깨달았다.

'운명의 신은 이렇게 가혹한가?'

공자는 "운명이 무엇인지를 나이 50에 깨달았노라. 그리하여 나이 50에 지천명(知天命)했노라."고 술회했다. 나이 50이 되어 그는 『주역』을 손에 들고 죽을 때까지 내려놓지 않았다. "나로 하여금 수년을 더 살게 해서 50에 역(易)을 배우게 한다면 가히 허물이 없을 것이다."(『논어』, 술이편)라고 했던 것이다.

그는 다시 말한다. 명(命)을 모르고서는 군자가 될 수 없다. 사람이 살고 죽음에는 일정한 명(命)이 있고 부귀(富貴) 여부는 하늘에 달려 있다. 군자는 삶과 죽음, 부귀와 빈천의 결정을 진작부터 알고, 명(命)을 바로 알기에 자신의 처지에 만족하면서 분수를 지킨다고 말했다.

하늘이 정해 놓은 운명을 따른다는 것, 이것이 공자의 '낙천지명(樂天知命) 고불우(故不憂)'의 소회이다. 천명을 알고 이에 안도하나니 무슨 근심할 바가 있겠느냐는 심정의 천명일 것이다. 그런데 나는 근심하지 않는다는 그의 강렬한 의지의 표현 속에서 '고불우'의 연고를, 즉 천명(天命)을 알기 때문이라는, 자기 이해의 변이 왠지 인간적인 연민으로 다가옴을 어쩔 수 없었다. 근심 속에서 근심하지 않는 것, 근심을 해결하지 못한 채, 그 속에서 다만 근심하지 않겠다는 의지의 표명으로 들렸기 때문이다.

그가 고국을 떠난 지 13년 만에 돌아왔을 때, 아내는 이미 2년 전에 세상을 떠난 뒤였고, 외아들 백어마저 그의 앞에서 숨을 거둔다. 손자인 자사(子思)를 데리고 이따금씩 왕의 자문에 응하면서 만년을 오로지 『주역』연구에만 몰두했다. 이때 주역책의 가죽끈이 세 번이나 끊어졌다는 '위편삼절(韋編三絶)'의 고사가 생겨났다.

'천명을 알았으니 하늘을 원망하지 않으며 사람을 허물치 않겠다.'던 그의 심정이 조금이나마 짚어지는 것이었다. 그리고 '고불우(故不憂)'에서 차원이 다른 어떤 의미의 우환의식이 읽혀지는 것이다. 자강불식과 우환의식. 그 우환 속에서 공자는 자강불식할 수밖에 없었던 것이리라.

"아! 나를 아는 이가 없구나!"

"어찌 아는 이가 없으리이까?" 하고 자공이 여쭈니 공자는 다시 말한다.

"나는 하늘을 원망하지 않으며 사람을 허물치 않는다. 아래로 비근한 것부터 배워 위로 천명(天命)을 깨달으니 나를 아는 자, 저 하늘인저!"

이제 천명(天命)을 알았으니 하늘을 원망하지도, 사람을 탓하지도 않겠다던 사람. 어려운 세상을 주유천하하며 각고의 노력으로 『주역』과 스스로를 완성한 사람. 쉽지 않은 그의 생애를 떠올리니 "나를 아는 자, 저 하늘인저!"를 외치던 그의 울울한 심정이 되짚어지는 것이었다.

일행에서 떨어져 나와 나는 '자강불식'과 '후덕재물' 앞에 오래 서 있었다. 마치 그분의 위패 앞에 선 듯 경건한 마음이 들었다.

'후덕재물(厚德載物)' 땅의 형세가 곤(坤)괘이니, 군자는 이것을 본받아 두터운 덕으로써 만물을 실으라고 가르친다.

그는 자신에게는 '자강불식'의 엄격한 단속을, 그리고 남에게는 후덕한 관용으로써 모든 것을 포용하는 '후덕재물'을 몸소 실천하셨던 분이다. 나는 천가(天街)에서 비로소 공자의 진면목을 만난 듯하였다.

우환(憂患)의식

"역을 지은 사람은 우환이 있었는가 보다."

공자는 『계사전』에서 이렇게 쓰고 있다. 이것은 특히 역(易)을 지은 주나라 문왕과 은나라 주왕(紂王)이 관련된 일이다.

중국의 문왕(文王)은 은나라 말기 서쪽 제후(西伯)로 봉해져 어진 덕으로 선정을 베풀고 있었다. 그런데 당대의 폭군인 주(紂)는 달기에게 빠져 국정을 돌보지 않았고 주지육림 속에서 횡포만을 더해 갔다. 어느 날 그는 문왕의 지혜를 시험하기 위해 심지어 그의 맏아들인 백읍고를 죽여 끓인 국을 그의 앞에 내놓았다. 이 같은 사실을 알고 국을 먹지 않는다면 죽임을 당할 게 뻔하므로 그는 마음속으로 눈물을 흘려 가며 그 국을 먹었다고 한다.

이때 은나라 조정에 세 명의 어진 현자가 있었다. 주왕의 백숙부인 기자(箕子)는 조카에게 무수히 간언을 했지만 말을 듣지 않자 거짓 미치광이가 되어 목숨을 보전함으로써 후세에 '홍범의 도'를 무왕(武王)에게 전할 수 있었다. 충언을 멈추지 않던 비간(比干)에게는 주(紂)가 "성인의 심장에는 자고로 일곱 개의 털이 있다는데 그것이 과연 들어 있나 보자."면서 칼로 그의 심장을 찔러 죽였다.

문왕은 이렇게 절박한 상황 속에서 우환의식을 가지고 안으로는 밝은 덕을 품고, 밖으로는 유순하게 대처하면서 옥살이를 하는 동안 오로지 주역 연구에 박차를 가해 64괘의 차례를 다시 정하고 괘마다 말씀(괘사)을 달았던 것이다.

사람은 다소 불우해져야 도에 다가서게 되는 것 같다. 여기에는 공자 자신의 심정도 은유적으로 포함된 것이 아닌가 한다.

역(易)을 지은 이는, 즉 역(易)의 성립은 약 5천 년 전 문자가 없던 상고(上古)시대에 복희씨가 황하에서 출현한 용마의 등에 55개의 점을 보고 우주 만물의 생성의 이치를 깨달아 8괘를 그으니 시획(始劃) 8괘로써 그는 역의 조종(祖宗)이 되었다.

두 번째로는 주나라 문왕이 '복희의 역'을 연구하여 64괘에 괘사를 붙이니 문자로 된 역(易)이 시작되었으며, 문왕의 셋째 아들인 주공(周公)이 부왕의 역을 계승하여 각괘의 효(384효)에 효사를 붙였다. 문왕의 괘사와 주공의 효사를 합하여 '주역경문(周易經文)'이라고 한다. 그러나 공자의 해설이 없었다면 『주역』은 세상 밖으로 나오지 못했다고 해도 과언이 아닐 것이다.

공자가 세 분의 역을 알기 쉽게 해설했으니, 즉 '십익(十翼)'으로써 찬술, 보익하니 이로써 오늘날의 『주역』이 완성된 것이다.

공자는 젊어서 학문을 연마할 때, 점을 쳐서 화산려(火山旅)괘를 얻었다. 석양에 홀로 걷는 나그네의 괘다. 상구씨의 판단인즉 "이 괘는 조금 형통한 괘상이요, 기괴한 지혜로움으로 기괴(奇怪)한 지위를 갖추게 될 것이다."라고 판단하였다.

과연 공자는 주유천하(周遊天下)하며 자기를 써 줄 현군을 찾아다녔지만 끝내는 나그네의 입장을 벗어나지 못한 채, 고국으로 되돌아왔다. 그때 그는 이런 말을 남겼다.

'오불시고예(吾不試故藝).'

"나는 시험에 기용되지 않았다. 그 때문에 시간이 많아 여러 가지 기예에 통하게 되었다."

그는 막히는 골목에서 뚫고 나가는 길을 찾았던 것이다.

『주역』 책을 맨 가죽끈이 세 번이나 끊어지도록(위편삼절) 각고의 노력으로 주역의 '십익(十翼)'을 완성하였으니 기괴한 지혜로움으로 과연 기괴한 지위를 얻었다고 할 만하다.

그에게는 오로지 각고의 노력만이 있었다.

"10호밖에 되지 않는 작은 마을에 나만큼 정직하고 성실한 사람은 몇 사람 있겠지. 그러나 나만큼 학문을 사랑하여 연구에 몸을 바친 사람은 흔하지 않을 것"이라고 그는 말했다. "태어나면서부터 나는 현명한 사람이 아니다. 다만 옛 전통을 그리워하여 그것을 배우기 위해 열성껏 노력하는 사람에 지나지 않는다."고 공자 자신은 스스로 말하기도 했다.

열성껏 노력하는 사람, 무사자통(無師自通)한 그에게는 고정된 스승이 없었다. 다만 남의 장점을 본받고 단점을 타산지석으로 삼았을 뿐이다. "우리 선생님께서야 어디에서나 배우시지 않은 데가 있겠습니까? 또한 어찌 정해진 스승이 있겠습니까?"라고 한 자공의 말씀이 그것을 입증한다.

공자는 만년에 자기의 한평생을 이렇게 술회한 바 있다.

"나는 열다섯 살에 학문에 뜻을 두었고, 서른 살에는 뜻이 뚜렷하게 섰으며, 마흔 살에는 판단에 혼란이 없게 되었고, 쉰 살에는 천명(天命)을 알게 되었다. 예순 살에는 듣는 대로 그 뜻을 저절로 알게 되었고, 그리고 일흔 살에는 무엇이든지 하고 싶은 대로 하여도 법도를 벗어나지 않게 되었다."

자기완성을 위해 그는 이렇게 한평생 노력을 게을리하지 않았다. 문왕처럼 공자처럼 우환의식을 가지고, 스스로 굳세어 멈추지 않은 '자강불식'으로 대처한 또 한 사람이 있다.

오! 문왕이여!

괴테는 유리옥에 갇힌 문왕의 침착한 각오와 고통 속의 정진을 남다른 가슴으로 이해했다. 바이마르 공화국 시절, 그로서는 가장 어려운 때 자신의 일기장에 '오! 문왕이여!'라는 짧은 글을 남겼다. 괴테는 당시 예수회 신부들의 번역을 통해 문왕에 관한 글을 읽었다. 언제나 최상의 노력으로 선의 실천을 위해 애쓰는 자의 동병상련이라고나 할까.

괴테에게는 천재에다 유복한 환경까지 주어졌었다. 그러나 그는 자기 인생에는 "노력과 근심만이 있었을 뿐"이라고 말했다. "안락을 구가 했던 기간이란 단 한 달도 되지 않는다."

형제 사이와도 같았던 아우구스트 대공이 죽고 같은 해에 그는 외 아들의 비보를 전해 듣는다. 각혈을 하면서도 늦은 밤 괴테는 의자를 당겨 앉았다.

"의무라는 관념만이 나를 지탱케 해준다. 정신이 갈망하는 것을 육 체가 완수해야 한다."며 그는 끝까지 『파우스트』 완성에 매달렸다. 60 년이 걸렸다.

오직 성실만이 있을 따름인저! 위대한 자의 고통의 깊이는 위대한 사람만이 알아보는 모양이다. 괴테가 문왕에게 바친 경배의 감탄사. '오! 문왕이여!'

거기에서 자신의 울울한 심정을 괴테는 외마디로 토해낸 것일지도 모른다.

끝없는 우환의식, 이것이 그로 하여금 독일 문학의 시성의 자리에 오 르게 한 원동력이 아니었을까. 언제나 그의 인생에는 '노력과 근심만이 있었을 뿐'이라는 이 말에서 나는 또다시 공자의 심정을 끌어안게 된다.

'나를 아는 자, 저 하늘인저!'

막다른 길목에서 나 또한 하늘을 올려다본 적이 있다.

"하늘이 내게 액(厄)을 주시거든 나는 도를 형통하여 그것을 뚫으면 하늘인들 내게 또 어쩌랴"던 구절을 앞에 놓고 창문을 세차게 두드리 는 수유리의 칼바람 소리를 들으며 겨울밤을 지새운 적이 있다. 도(道) 란 무엇인가?

'나는 내 도를 형통하여 그것을 뚫으면…'을 위해 20대에 극락암의 경봉선사, 삼일암의 구산스님, 운허스님을 찾아뵈옵고 김동화 박사와 인연이 되어 불교학과를 섭렵하며 주역의 문을 기웃거리기도 했었다. '낙천지명(樂天知命) 고불우(故不憂)'가 잘 되지 않는다. 다만 그저 우환 의식 속에서 괴테처럼 책상 앞에 의자를 바짝 당겨 앉을 뿐이다. '의무 라는 관념만이 나를 지탱케 해준다.'는 그런 심정으로.

공자는 훌륭한 교육자였다. 최고의 덕목을 인(仁)에 두고, 제자들의 근기에 따라 인을 다르게 설명하였으나 역시 최고의 인은 극기복례(克己復禮)에 두었다.

나는 대성전 앞에서 그 기둥에 새겨진 72마리의 용, 공자 문하의 뛰어난 제자 72사람을 생각해 보았다.

제자 중 백우(伯牛)가 문둥병에 걸렸을 때, 공자가 그의 손을 잡고 "망했구나. 천명(天命)이겠지. 이 사람에게 이 병이라니." 탄식하던 소리 가 들리는 듯했다.

안연이 죽었을 때는 "아, 하늘이 나를 망쳤도다. 하늘이 나를 망쳤도 다." 하고 비탄에 잠기기도 했다. 그는 제자들을 한결같이 아끼고 사랑 했다. 그가 만년에 고향에 돌아와 제자들과 고전을 정리하는 데 온 힘 을 쏟았던 행단(杏壇) 앞에 서 본다. 그의 이상 세계인 도덕 정치는 실현 되지 못했으나 그의 이상은 전적(典籍) 편찬과 제자 교육을 통해 후세에 전하여지게 되었다.(상구씨가 판단한 '화산려'괘의 점단은 틀리지 않았다.)

유가의 기본 경전이 된 『시경』 『서경』 『역경』 『예기』 『악경』 『춘추』 등 의 6경을 편정(編定)하니 동양철학의 근간이 되었던 유가의 학문적 체계가 이곳 '행단'에서 완성되었던 것이다.

　강희제가 썼다는 대성전의 '萬代之師表(만대지사표)'가 맑은 가을 하늘 아래에서 눈부시게 빛났다. 천지(天地)의 덕과 합일(合一)하여 성인이 되신 분.
　나는 그분이 심혈을 기울여 완성한 『주역』의 한 구절을 외워 드렸다. 나의 충심 어린 헌사이기도 했다.

"무릇 큰 사람은 천지와 더불어 그 덕을 합하며,
　일월과 더불어 그 밝음을 합하며,
　네 계절과 더불어 그 차례를 합하며,
　귀신과 더불어 그 길흉을 합쳐 하늘에 앞서도 하늘이 어기지 못하며,
　하늘에 뒤떨어져도 하늘의 때를 받드나니,
　하늘도 또한 어기지 못하거늘, 하물며 사람에게일까 보며,
　하물며 귀신에게일까 보냐!"[1]

　아직도 끝나지 않은 나의 '형오도(亨吾道)'를 위해 이것을 초석으로 삼고자 한다.

---

[1] 夫大人者는 與天地合其德하며 與日月合其明하며
　　與四時合其序하며 與鬼神合其吉凶하야
　　先天而天弗違하며 後天而奉天時하나니
　　天且弗違온 而況於人乎아, 況於鬼神乎아.

마니산의 제천단(祭天壇)과 단군왕검

강화도 마니산 오르는 길은 내게 쉽지 않았다. 전국체전의 봉화를 나르는 돌층계(918개)가 잘 놓여 있었지만 보폭이 커, 나는 완만하다는 등산로 쪽을 택했다. 시간 반이면 오를 수 있다는 그곳을 왕복에 네 시간을 바쳤다.

산 능선에 깎아지른 바위며 닭 볏처럼 솟아 있는 바위가 도중하차를 마음먹게 했지만 그렇다고 중도에서 포기할 수는 없었다. 왜냐하면 단군왕검께서 하늘에 제사를 지내기 위해 쌓았다는 제천단(참성단)이 주역의 지천태(地天泰)괘로 되어 있다는 것을 진작부터 확인하고 싶었기 때문이다. 달마문학회 회원들의 성원이 없었더라면 시원치 않은 무릎으로 정상까지는 어림도 없을 뻔했다.

"제천단은 강화도 마니산에 있으니, 단군이 혈구(穴口)의 바다와 마니산 언덕에 성을 돌리어 쌓고, 단을 만들어 제천단(祭天壇)이라 이름하였다. 단은 높이가 17자인데 돌로 쌓아서 위는 네모나고 아래는 둥글게 만드니 사방이 각각 6척6촌이며 아래는 둘레가 60자이다. 혹자에 의하면 강과 바다의 모퉁이라. 땅이 따로 동떨어지고 깨끗하며 고요하여 신명(神明)의 집이 된다. 그러므로 제터를 닦아 한얼님께 제사하는 것이다. 하늘은 음(陰)을 좋아하고 땅은 양(陽)을 귀하게 여기므로 제단은 반드시 수중산(水中山)에 만드는 것이요, 위가 네모나고 아래가 둥근 것은 하늘과 땅의 뜻을 세운 것이다."

이상은 『동사(東史)』에 보이는 설명이다. 이런 정보를 머릿속에 넣고 힘겹게 올라가면서도 제천단의 위는 과연 네모나고 아래는 둥글게 되어 있을까? 그리고 문왕의 『주역(周易)』은 3천 년 전의 일이고, 단군께서 쌓은 제천단은 4,300년 전의 일이고 보면 어떻게 천 년을 앞질러 그분은 지천태의 도리를 아셨던 것일까? 놀랍고도 궁금했다.

사진에 담아 올 양으로 카메라를 준비하고, 또 동행한 사진작가는 별도의 장비마저 갖춘 채였다. '마니산 정상'의 화살표를 따라 고지에 오르니 그물망처럼 둘러친 철책이 우리의 시야를 가로막는다. 그 안에 사각형의 돌제단이 멀찌감치 보이긴 했다. 안타까웠다. 초소 위에 오르니 헬기의 이착륙장이 있고, 그 앞에 개천절 행사 사진이 크게 걸려 있었다. 일곱 선녀가 깃털 부채를 들고 제단 위에서 춤을 추고 있는 사진에서 제단부를 자세히 살펴볼 수 있었다. 분명히 네모꼴의 방형(方形)이었다. 또 한 장의 사진은 비행기에서 내려다본 제천단의 전경으로 확실한 면모를 알게 한다.

제단을 에워싼 나지막한 돌담은 둥근 원형(圓形)이 분명했다. 사진작가 K가 카메라 앞에서 내게 손짓을 한다. 그의 줌 카메라로 들여다보니 제천단이 갑자기 눈앞으로 확 다가온다.

둥글게 쌓은 아랫단과 네모반듯하게 쌓은 윗단, 그리고 제단의 중간쯤에 돌층계도 보였다. 다시 정리하면 아랫부분은 원형으로 하늘을 형상하고, 위쪽의 제단은 네모꼴의 방형으로 땅을 형상한다. '하늘은 둥글고 땅은 네모지다'는 천원지방(天圓地方)의 사상을 반영하여 축조되었던 것이다.

주역으로 괘를 그으면 하늘 위에 땅이 있는 '지천태(地天泰,)'괘가 된다. 그리고 제단의 돌층계는 삼각형으로써 人을 형상하므로 圓·方·角의 天·地·人 三才를 상징한다고 볼 수 있다.

내가 특히 놀란 것은 단군 성조께서 동남방으로 뻗친 지맥(地脈) 때문에 후세에 재앙이 있을까 봐 염려되어 제천단을 서북방으로 세우고 지천태(䷊)괘로 단을 쌓아 후손의 안녕과 국태민안을 기원했다는 사실이다.

원래 마니산은 서북[乾坐] 간에 앉아 동남[巽] 쪽을 향한 건좌손향산(乾坐巽向山)이다. 지맥이 동남으로 뻗어 나간 곳은 대개 재앙이 끊이지 않았는데, 전쟁의 화약 창고로 불리는 인도차이나반도와 발칸반도를 그 예로 꼽을 수 있다.

인도차이나반도는 한때 악명 높은 킬링필드였으며, 발칸반도 역시 보스니아계와 세르비아 민족 간에 인종 청소가 감행되던 시끄러운 지역이다. 이탈리아반도 또한 문제의 지역이다. 그곳 '카타콤'으로 불리는 지하 무덤엔 박해당한 기독교인의 인골이 넘쳐난다고 한다. 동남방의 지맥은 이렇듯 다툼이 끊이지 않았다. 『주역』 곤(坤)괘에서는 "서남은 벗을 얻고 동북은 벗을 잃는다(西南得朋, 東北喪朋)."고 말한다. 문왕후천 8괘의 방위로 볼 때 서남은 손·리·곤·태(巽離坤兌)의 음괘가, 같은 여자끼리 벗하는 곳이고, 동북은 진·간·감·건(震艮坎乾)의 양괘(陽卦) 남자들끼리 만나게 되니(다툼으로) 벗을 잃게 된다는 것이다. 서남은 본래 평탄한 지형으로 벗과 더부는 곳이 되고, 동북은 험준한 방소이므로 벗을 잃고 어려움에 처한다는 뜻이 담겨 있다. 단군께서는 건좌손향인 마니산에 일부러 제천단을 손좌건향(巽坐乾向) 서북 방향으로 쌓으셨던 것이다.

서북은 어떤 곳인가?

지축이 23.5° 기울어서 지구는 동쪽으로 자전하기 때문에 하늘은 서북으로 기운다. "하늘은 서북으로 기울고 땅은 동남으로 차지 않는다(天傾西北, 地不滿東南)."는 회남자의 말도 보인다. 그러나 제천단이 서북을 바라봄은 하늘에 제사를 모시는 뜻 이외에도 하늘을 살펴보는 천문관측대의 역할도 포함된 것이라고 여겨진다. 제천단의 다른 이름인 참성단(塹星壇)은 해와 달의 천문을 살피고 천체의 운행을 추산하여 백성에게 농사역법을 가르쳤을 것이기 때문이다.

『강도지(江都志)』의, "단군이 하늘에 제사하던 곳이라 전해지고 있으며, 우리나라에서도 고려가 하던 대로 이곳에서 별에게 제사를 지내고 있다. (…) 단지 지방(紙榜)에는 상제(上帝)의 위호(位號) 4글자를 쓰고 하단에는 성관(星官) 90여 위(位)를 설치하여 제사를 지내며, 봄가을로 제사를 행할 때는 소격서에서 제관(祭官)을 밝히고…" 등을 보아도 짐작할 수 있다.

특히 강화도 마니산은 백두산과 한라산의 정 중앙에 위치한다. 더 놀라운 것은 마니산 제천단에서 백두산 천지(天池)의 거리와 한라산 백록담까지의 거리가 모두 같다는 사실이다. 그러니까 마니산은 우리 나라의 배꼽 부분에 해당하며, 생기(生氣)가 넘쳐나는 곳이다. 단군께서 민족의 번영과 후손의 안녕을 기원하시던 성스러운 곳. 이곳은 하늘이 열린 '개천절(開天節)'과 그믐날과 설날만 개방된다고 한다.

마침 우리 일행이 그곳을 찾은 것은 개천절로부터 멀지 않은 날이었다. 헬기장에 모여 우리는 준비해 간 막걸리를 올린 뒤 긴 묵념을 드렸다.

단군이 남쪽 오랑캐에 대비하여 성을 쌓고 이곳에서 제천(祭天)하였으며 광개토대왕 역시 바다를 건너 왜인을 격파하고 이곳에서 제천하였다. 고려 때는 몽고의 침략을 받아 왕이 이곳에 올라 하늘에 제사를 지냈다. 권근 양촌 선생이 이곳에서 낭독한 제문이 떠올랐다.

"… 신령의 들으심이 어둡지 않아 인간을 덮어 주시고 (…) 감응하소서. 역대 임금들은 오랑캐를 피하여 이곳에 천도(遷都)하여 그 힘으로 나라의 근본을 지켰습니다. 우리가 무너지지 않은 것은 바로 참성단을 지켰기 때문입니다. 그런데 어찌하여 왜적이 침입하여 우리 백성을 어육(漁肉)되게 하나이까? (…) 바다에는 파도가 일지 않게 하시어 여러 배가 모여들게 하시고 하늘은 이 나라 사직을 반석 위에 앉게 하소서."

간절한 그의 충심으로 가슴이 벅차올랐다. 뿐만 아니라 병인양요를 맞아 이시원(李是遠)이 자결한 곳도 강화였으며, 일제의 치욕에 통분하며 매천 황현(黃玹) 선생이 자결하기 직전에 찾은 곳도 이곳이었다. "나라가 망하는 날, 한 사람쯤 죽지 않으면 얼마나 애통한 일이겠는가?"라던 그분의 말씀. 민족적 결의를 다지던 곳. 감격스러운 땅에 발 디딘 나도 가슴이 울울해져 왔다. 하늘을 올려다보았다. 시월 하늘은 높고 푸르렀다. 인간을 널리 이롭게 하고 세계를 다스려 교화하라는 단군의 '홍익익간, 이화(理化) 세계'의 말씀을 되새기며 국민의 번영과 민족의 평화통일을 기원하지 않을 수 없었다.

지천태(地天泰).

지기(地氣)는 아래에서 위로 힘차게 올라가고, 천기(天氣)는 위에서 부드럽게 아래로 내려와 서로 어울리니 음양이 배합 조화된다. 만물이 통태(通泰)하고 상하가 화목하다. 자연히 화목한 인간 사회가 구현된다. 그야말로 대동(大同) 세계의 건설이 이룩된다.

"나라의 지도자는 이 괘를 본받아 하늘땅의 진리를 재단하여 이룩하며, 하늘땅의 일을 북돋아 이루어서 인민(人民)을 지도하느니라."

이러한 공자의 말씀 이전에, 지극한 염원을 담아 후손에게 베푸신 단군 성조(聖祖)의 음덕을 기리며 나는 제천단을 향해 서서 두 번 경배 드렸다. 이런 통치자의 출현이 간절히 기다려진다.

안중근과 이토 히로부미

러시아의 노보키에프스크에 체재하고 있던 안중근은 서둘러 블라디보스토크로 떠났다. 『대동공보』와 『원동보』 등의 신문을 통해 며칠 안으로 이토 히로부미가 하얼빈에 도착한다는 것을 확인한다.

이토 히로부미는 만주 출행을 앞두고 잠시 망설였다고 한다. 자신의 죽음을 예감한 것은 아니었지만 무언가 썩 내키지 않는 구석이 있었던지 주역의 대가인 다카시마 돈쇼(高島吞象)를 찾아가 출행점을 쳤다. 『고도단역(高島斷易)』의 저자인 그의 점괘(占卦)는 적중률이 높았다. 출행점의 결과는 중산간(重山艮) 3효 동(動)으로 산지박(山地剝)괘가 나왔다. '원행을 중지하지 않으면 위태롭다'고 그는 이토에게 충고했다. 그러나 야심이 대단했던 이토는 겉으로는 정치적 성격을 띠지 않은 한가한 여행이라고 말했지만 그의 속셈은 따로 있었다. 그곳의 관동도독부를 철폐하고, 한국통감이 된 것만으로는 부족해서 중국에 통감을 두어 중국의 재정 사무를 감독해야 한다는 주장을 관철시키기 위해 그는 러시아 대신과 하얼빈에서 만나기로 한 것이었다.

　1909년 10월 26일. 친지 김성백의 집에서 유하던 안중근은 아침 일찍 일어나 입고 있던 옷을 벗어 버리고 멋있는 양복으로 갈아입었다. 권총을 품안에 넣고 역을 향해 나간 것은 오전 7시경이었다. 안중근은 찻집으로 들어가 차를 두세 잔 마시고 이토의 도착을 기다리고 있었다. 이토가 탄 특별 열차가 도착하였다. 이토는 특별 객실 안에서 러시아 제국 재무대신 코코흐초프의 영접을 받으며 플랫폼으로 나와 러시아군 수비대의 열병을 받았다. 군악대의 음악이 우렁차게 울려 퍼졌다. 영접 나온 각국 대사와 악수를 나누고 일본인 환영객들이 서 있는 쪽으로 몸을 돌려 나아가는 키 작은 백발노인이 눈에 들어왔다. 안중근은 그가 이토일 것이라 화신하고 권총을 꺼내 그의 우측에서 세 발을 발사하였다. 그러나 이토의 얼굴을 모르고 있었기 때문에 의구심이 일어 혹시 다른 사람을 쏜 것이 아닌가 하고 망설이면서 후방에서 걸어오는 일본인을 향하여 다시 네 발을 발사하였다. 이때 러시아 장교가 그를 덮쳐 쓰러뜨렸다.
　안중근은 쓰러지면서 세 번을 외쳤다.
　"코리아 우라, 코리아 우라, 코리아 우라(한국 만세)."
　총격을 받은 이토 히로부미는 만주 철도 총재 나카무라 제코, 무로다 요시부미 등의 부축을 받으며 열차 안으로 옮겨졌다. 수행 의사 고야마 젠과 거류민단에서 파견된 의사 모리 다카시의 응급조치를 받았지만 고야마가 권하는 브랜디를 입에 머금은 채 가해자가 한국인이란 말을 듣고는 "바보 자식"이란 말을 했고, 다시 브랜디를 더 마셨지만 세

모금째부터는 이미 마실 기력조차 없었으며, 이윽고 얼굴이 창백해지더니 9시 30분 피탄 후 30분이 지난 오전 10시에 숨을 거두었다.

일본 시인, 이시카와 다쿠보쿠는 이토의 사망 소식을 듣고 추도문을 썼다.

"… 위대한 정치가, 위대한 심장-69년간, 조금의 쉴 틈도 없이 신일본의 경영과 동양의 평화를 위해 활기찬 고통을 계속해 온 위대한 심장은 지금 홀연히 첫눈이 내리는 이역의 아침에 그 활동을 영원히 멈추었다. (…) 우리들의 슬픔은 길다. 그리고 이토 공으로서는 죽음의 장소를 잘 얻었다고 해야 할 것이다. 최후의 순간까지 국사에 몸을 바친 고인도 은근히 만족했을 것이다. (…) 공이여 고이 잠드소서. (이하 생략)"

다쿠보쿠의 지적대로 그는 죽음의 장소를 잘 얻었다. 뼈밖에 남지 않은 이 백발노인은 평소 도쿄에 있는 요시하라 술집에 파묻혀 살았는데 취하면 늘 미인의 무릎을 벤 채 잠이 들었다. 깨어나면 천하 권세를 잡았노라고 외쳐댔다. 자신이 늘 말하던 대로 기생의 무릎을 베고 거기에서 죽었다면 그런 찬사와 그런 대접은 불가능했기 때문이다. 오히려 그는 안중근에 의해 명예를 얻었다고 할 것이다.

그가 다카시마에게 얻은 괘는 중산간(重山艮)이었다. 중산간(重山艮)은 산 넘어 산, 산이 거듭 중첩된 형상(☶)이다.

『주역』 문왕의 단사는 다음과 같이 말한다.

"간(艮)은 그침(止)이니, 때가 그칠 때면 그치고, 때가 행할 때면 행하여 움직이고[안중근의 거사], 그침에 그 때를 잃지 아니함이 그 도가 광명한 것이니 '간기배(艮其背)'는 그곳에 그침이다.[이토의 복부 관통]. 상하가 적응(敵應)하여 서로 더불지 못한다. 이로써 그 몸을 얻지 못하며[이토의 사망], 그 뜻에 행하여도[이토의 출행] 그 사람을 보지 못하나[목적 미달성] 허물이 없다."

象日艮은 止也니 時止則止하고 時行則行하야 動靜不失其時 其道光明이니 艮其背면 止其所也일새라. 上下가 敵應하야 不相與也일새 是以不獲其身하며 行其庭하여도 不見其人하야 无咎라.

(필자가 괄호 안에 두 사람의 상황을 적어 보았다.)

허물이 없다고 한 것은 무엇일까? 공무 수행 중의 순직을 지칭한 것이리라.

중간산의 구삼 효사는 다음과 같다.

'그 허리에 [총탄] 그침이라. 그 등뼈를 다스림이니 위태하여 마음이 찌는 듯하도다.(九三은 艮其限이라 列其夤이니 厲薰心이로다)'

안중근의 총탄 두 발은 그의 복부를 관통했던 것이다. 효사의 '허리 한(限)' '등뼈 인(夤)', 게다가 더욱 놀라운 것은 그를 사살한 안중근의 이름이다. 두 개의 중첩된 간(重山艮) 간(艮)은 근(根)이라고도 하니 중근(重根)이다. 역(易)의 놀라운 예시(豫示)가 아닐 수 없다. 3효가 동하면 박살난다는 산지박(山地剝)괘가 되니 다카시마는 이토의 출행을 극구 만류했던 것이다.

안중근은 사형이 선고된 후 다섯 달이나 여순 감옥에 갇혀있었다. 두 평의 마루 감방에서 80여 점의 유묵을 남기고 '2천만 동포에게 고함'이란 글을 지었다. 사형 집행일인 1910년 3월 21일 오전 9시. 그는 새로 지은 한복으로 갈아입고 얼굴에 희색을 띠며 형장으로 나섰다. 오전 10시. 교수대에 오르자 3분 동안 기도했다. 때의 나이는 32세. 흐린 날씨에 비가 내렸다고 한다.

"살아서 나라와 민족의 욕이 될 때에는 오히려 죽음을 택하라."던 그의 어머니 조 마리아 여사는 아들이 독립운동에 몸 바치려고 끊었던 안중근의 손가락을 평생 간직한 채 신앙 속에서 지내다 얼마 뒤 아들의 뒤를 따랐다.

운명의 땅, 하얼빈. '코리아 우라'를 외치던 그의 고함 소리가 들리는 듯하다.

'내가 도망칠 줄 아느냐? 도망칠 생각을 했다면 죽음터에 들어서지도 않았을 것이다.'

'간(艮)은 지야(止也)라' 멈춤이다. 안중근의 삶도, 이토 히로부미의 삶도 거기에서 멈추게 된 것이 아닌가. "행하고 그침에 그 때를 잃지 않으니 그 도가 광명(光明)하다."는 문왕의 말씀처럼 죽음의 땅, 하얼빈은 오히려 그들에게 있어 광명의 땅이 된 것이다.

'불실기시 기도광명(不失其時 其道光明)'의 가르침을 가슴에 새긴다. 그러나 언제가 행동하고 멈출 때인가를 아는 일은 쉽지 않다. 그 때[時]를 아는 것, 때에 적중(時中)하는 일, 그래서 역의 심오함이 시중(時中)에 있다고 한 뜻을 짐작이나마 해본다.

백비무구(白賁無咎)

　　벌써 오래 전의 일이다. 아침 일찍 친구 집을 찾아갔을 때, 대문을 열고 맞아 주던 친구의 낯선 얼굴이 떠오른다. 화장하지 않은 맨 얼굴에 지워진 눈썹은 없다시피 하고 칙칙하게 검은 입술은 불길한 어느 환자를 연상시키고도 남았다. 마치 조명이 꺼진 무대와도 같은 쓸쓸한 느낌을 받았다. 나는 너무나도 다른 친구의 두 얼굴을 보고서 그때 사람을 속이는 것 같은 화장은 하지 않겠다고 새삼스레 다짐했던 일이 떠오른다.

　　지금도 나는 백비무구(白賁無咎)의 말씀을 존숭한다.

　　꾸밈을 하얗게(수수하게) 하면 허물이 없으리라는 주역 산화비(山火賁)괘의 말씀이다.

　　비(賁)란 꾸밈이요, 백(白)은 수수함을 뜻한다.

　　산화비괘는 산(☶) 아래 불(☲)이 있는 형상이다. 아래의 불이 위의 산을 밝게 비추면 산에 있는 모든 초목들이 광채를 받아 무늬하고 꾸미는 상(象)이 되므로 비(賁)괘로 풀이했다. 그리고 이 '백비무구'의 효사(爻辭)는 비(賁)괘 상9의 자리에 처해 있으므로 자칫 화려하고 거짓됨에 빠져 실질(實質)을 잃게 되는 허물이 있을까 봐 '질소(質素)하면 허물이 없다'는 경계사를 두신 것이다. 비식(賁飾)이 과한 그 화려함엔 늘 잘못과 거짓이 따르기 때문이다.

어느 날인가 자하(子夏)가 스승이신 공자(孔子)에게 여쭈었다. 『시경(詩經)』의 다음 구절에 관해서였다.

"예쁜 웃음에 보조개가 어여쁘고
아름다운 눈동자의 선명함이여
흰 비단으로 채색을 가한다."
(巧笑倩兮 美目盼兮 素以絢兮)

이에 공자는 네 글자로 답했다.

"회사후소(繪事後素)."

그림 그리는 것은 흰 바탕을 마련한 다음의 일이다. 즉 회화에 있어서는 우선 밑바탕을 완벽하게 만드는 것이 중요하며 색채를 칠하는 것은 그 다음의 일이다. 완벽한 밑바탕[素] 없이는 훌륭한 그림을 그릴 수가 없다. 그렇듯이 몸을 장식하는 겉치레보다는 '수기이경(修己以敬)'으로 먼저 수양을 쌓아 공경스럽고 성실한 마음가짐을 근본으로 삼으라는 취지의 말씀이기도 한 것이다.

어느 날 위당(爲堂) 정인보(鄭寅普) 선생이 비원 앞 근처에 있는 이당(以堂) 김은호(金殷鎬) 화백의 집을 찾았다. 낙청헌(絡靑軒)이란 당호가 붙은 그의 집 사랑채에는 서화 애호가들로 붐볐다. 당시 그 자리에는 백윤문(白潤文)·김기창(金基昶)·장우성(張遇聖)·한유동(韓維東)·이유태(李惟台)·조중현(趙重顯) 등이 있었다. 이당은 위당에게 제자들이 1년에 한 번씩 전람회를 열겠다고 하는데 그 모임에 걸맞은 이름을 지어 달라고 부탁했다.

며칠 후에 나타난 위당 정인보 선생은 화선지에 커다란 글씨로 이렇게 썼다.

'後素會.'

그리고 그는 다음과 같이 덧붙였다.

"공자님 말씀에 회사후소(繪事後素)란 말이 있잖나. 그림 그리는 일은 흰 바탕이 있는 연후에란 뜻이지. 이 말은 공자가 그림을 말한 유일한 명구(名句)지. 소(素)를 흰 종이라고도 말할 수 있지만, 밝고 깨끗한 정신적 바탕으로 푸는 것이 오히려 나을 것 같아. 청년 화가들의 모임이라니 무엇보다 먼저 정신이라는 공자님의 말씀을 빌려 '후소회(後素會)'라고 하면 어떻겠소?"

이렇게 해서 태어난 '후소회'는 1936년 9월 13일자 『동아일보』에, '화단의 첫 시험(試驗) 以堂, 後素會 조직코 30여 명 후진을 지도'라는 제목으로 긴 기사가 소개되기도 했다.

그 후 이당 선생의 막내 제자인 이정(以汀) 장주봉(張柱鳳)은 자신의 문하생 모임을 '일소회(一素會)'로 이름 지었다.

'後素會'와 '一素會'.

'소(素)'는 빛깔의 바탕을 이루는 흰 빛깔에 해당하며 순수와 무구(無垢)를 뜻하기도 한다. 그래서인지 중국의 성리학자 주자(朱子)는 '소(素)'를 도(道)'라고까지 일컬었다.

사람의 인품도 최상의 극처(極處)는 다만 본연(本然)이라고 했던가. 최고의 문장은 '다만 표현이 알맞을(文章做到極處면 只是恰好)' 뿐이라니 내가 또 명심해야 할 말씀인 것 같다.

지나친 수식은 오히려 본질을 감추어 버린다. 본디 내세울 것 없는 나 같은 사람은 푸른 잎에 감싸인 하얀 풀꽃같이 그저 수수한 것이 몸에 맞는 옷처럼 편안하게 느껴진다. 질소(質素)를 숭상하면 본질을 잃지 않는다니, 질소란 바로 욕심을 없애라는 말씀 같다.

복(復)의 말씀

　보라는 봄인가.

　대지에 파릇파릇하게 돋아난 어린 생명, 경이롭고 은혜롭다.

　천한지동(天寒地凍)의 동짓달, 비록 땅위의 샘물은 얼지만, 땅속[坤]에서 움터[震]나오는 하나의 기운, 이것을 기호로 형상한 사람은 중국의 임금인 복희씨였다. 위는 땅(地)이요, 아래는 우레(雷)인 괘상(䷗)으로 땅속에서 시생(始生)한 하나의 양(陽)이 오음(五陰)을 뚫고 어려운 과정을 통과하여 다시 회복한다는 '복(復)'의 뜻을 담고 있는 지뢰복(地雷復), 그것은 주역의 스물네 번째 괘이다.

　동지(冬至)달 밤은 가장 길다. 그러나 극점(極點)을 마크한 순간부터 더 이상 그 상태를 유지할 수 없다. 이날을 기점으로 밤의 길이는 줄어들고 대신 낮의 길이가 늘어난다. 낮이 가장 긴 때가 하지(夏至)이다.

　음(밤)이 극점에 달하면 양(낮)으로 바뀌는데 이것을 '변(變)'이라 하고, 낮(양)이 극점에 달하면 밤(음)으로 바뀌는데 이것을 '화(化)'라고 한다. 주야(晝夜)의 반복 교대(交代), 이 변화가 바로 천도(天道)의 운행방식이다.

지일(至日)이란 하지와 동지를 가리킨다. 하지는 5(午)월괘로 천풍구(天風姤)에 해당하고 동지는 11(子)월괘로 지뢰복괘에 해당한다. 구(姤)와 복(復)은 자오(子午)선으로 지구의 중심축을 이룬다. 비로소 동지에 하늘·땅이 처음으로 회선(回旋)을 시작하고 음과 양이 변화를 시작한다.

이에 『주역』 단전은 말한다.
"복(復)괘에서 천지의 마음을 본다(復其見天地之心乎)."

동지에서 시생(始生)한 일양(一陽)은 입춘과 입하를 거쳐 소만(小滿)에서 양의 기운이 가득 차게[乾] 되고, 하지에서 시생한 일음(一陰)은 입추, 입동을 거쳐 소설(小雪)에서 음의 기운이 극성(極盛)하게[坤] 된다.

음양으로 보면 지뢰복은 양의 시(始)이고, 건은 양의 종(終)이다. 천풍구는 음의 시(始)이고, 곤은 음의 종(終)이다. 계절로는 봄이 시(始)이며, 겨울이 종(終)이다. 겨울이 다하면 봄이 오는 것이니, 죽으면 살고, 살면 죽는 이치가 그것과 다르지 않으리라.

역(易)에서 양이 시작해서 종(終)하게 되면 양은 사라지고 음이 시작된다. 음이 시작해서 종(終)하게 되면 음은 사라지고 양이 시작된다. 이러한 음양소식(消息)의 이치를 앎으로써 사람이 생(生)하면 사(死)하는 생사거래(生死去來)의 소식을 알게 되는 것이니 "시(始)를 근원하여 종(終)을 돌이키면 생사를 안다."고 말씀하신 공자의 원시반종(原始反終)

이 그것이라 하겠다.

밤과 낮, 그 '주야(晝夜)의 도'를 통해서 생사의 이치를 안다는 것은 음양소장(陰陽消長)의 도를 안다는 것과 다르지 않다.

가라는 가을인가.

나는 매양 나목에서 푸른 잎을 떠올리고 봄에는 가을을 생각한다.

가되 어디로 가는가? 만법은 하나로 돌아가는데 그 하나는 어디로 가는가?

한때 '만법귀일(萬法歸一)'을 붙들고 '일귀하처(一歸何處)'를 화두로 삼은 적도 있었다. 야부(冶父)선사의 말씀처럼 천지(天地)에 앞서도 그 시작이 없고, 천지의 뒤에 하나 그 마침이 없는 한 물건. 하나로 시작해도 그 하나가 없고, 하나로 마쳐도 마친 그 하나가 없는 '一始無始一(일시무시일), 一終無終一(일종무종일)'의 태극을 생각하기에 이른다.

주역에서 보면 태극으로 하나가 둘을 낳는 것은 태극이 음과 양을 낳는 것과 같다. 우주 만물은 태극과 음양기운을 근원으로 하여 나온다. 만물은 태극의 씨앗을 받아 생명활동이 있게 되고 소멸되어서는 본래의 태극으로 돌아가나니 이것이 만법귀일이 아닌가. 모든 사물은 반드시 극처(極處)에 달하면 원점으로 돌아오기 때문이다. 종시(終始)가 없는 일물(一物), 그 하나는 본래의 태극으로 돌아가나니 "간다 간다 하지만 본래 그 자리요. 이르렀다 이르렀다 하지만 떠난 그 자리네(行行本處 至至發處)."라고 의상 스님은 이렇게 원시반종과 생사불이(生死不二)의 도리를 설파하셨다.

"한평생을 돌고 돌아 한 발자국도 옮기지 않았네.

본래 그 자리, 그것은 천지 이전(天地 以前)에 있었네."

월산스님의 임종게도 여기에서 다르지 않다. 천지 이전에 있었던 한 물건. 그것은 태극이며 성품(性品)이며 이치(理致)이며 도(道)가 아닐까.

봄을 찾아 온 들판을 헤매던 나그네가 제집 뜰에 핀 매화나무에서 봄을 보듯이 나 역시도 생사를 놓고 헤매 돌다가 고희를 넘긴 이제서야 내 몸 가운데의 태극을 본다.

생사(生死)란 음양의 순환이요, 자연의 변화에 다름 아닌 것을.

그래서 장자(莊子)는 아내의 시신 앞에서 울음을 그쳤고 항아리를 두드리며 노래를 불렀던 것이리라.

'오직 나와 저 해골만이 알고 있다.

일찍이 삶도 없고 죽음도 없다는 것을…'

눈부신 생명 앞에서 나는 지뢰복괘의 말씀, '종즉유시(終則有始)'의 깊은 뜻을 되새긴다.

간위산(艮爲山)

욕심이 불러들인 화근일까?

눈을 감고 지내야 하는 벌을 받게 된 것은.

전구가 나간 어둠 속에서 불을 기다리는 순간처럼 초조한 날들을 보냈다.

밀린 책과 원고지가 기다리건만 노안(老眼)은 시치미를 떼고 돌아눕는 시늉을 한다. 깔깔한 눈앞에 갑자기 내리꽂히는 통증, 활시위 긋듯 지나간다.

"학문은 날로 채우려 들지만, 도(道)는 날로 비우려 한다(爲學日益 爲道日損)."를 외우기만 하고 실천하지 못하는 나를 일깨우려는 채찍일까?

앎에 대한 욕망, 허상(虛像)을 내려놓으라는 경책인 것 같다.

눈을 감고 누워 지새우는 밤.

삼경이나 지났을까, 벌떡 자리에서 일어나 앉았다.

거실의 푸르스름한 어둠을 깔고 혼자 산처럼 앉았다.

나는 간위산(艮爲山)이 되었다.

산이 중첩된 『주역』의 괘, 간(艮)은 등을 곧추세우고 가부좌를 틀고 앉은 사람의 형상이다. 순간 간괘(艮卦)의 '멈춤'이란 지(止) 자에 마음이 가 닿았다.

간은 그침[止]이니 멈출 때가 되면 그치고, 때가 행하여야겠으면 행한다는 '단전'의 말씀이 미묘하게 가슴을 파고들었다.

"책을 읽지 않은 지 십 년이다."고 읊은 북송의 철학자 소강절에게 화담 선생은 "그는 읽음을 멈출 줄 알았다."고 말씀하지 않았던가.

읽음을 멈추어야 하는 벌써 그런 때란 말인가.

다시 허리에 힘을 주고 꼿꼿하게 앉아 본다.

앞으로는 일을 한 가지씩 줄이며 쉼[休]에 멈추어야 하리라.

흐름 위에 보금자리를 튼 공초(空超) 선생처럼, 시간의 물결 위로 그 흐름을 타고 그냥 흘러가리.

독좌무언(獨坐無言).

다만 간위산으로 앉아 '무자(無字)'와 계합되고 싶다. 그리하여 내 육신의 일점(一點)조차 지우고 텅 빈 우주 속으로 무화(無化)되고 싶다.

적적요요 본자연(寂寂寥寥 本自然)이 비로소 심중(心中)에 닿는다.

대장(大壯)은 바르게 함이 이롭다

—숭례문(崇禮門)과 대동문(大同門)

숭례문(崇禮門)

禮 자가 땅에 떨어졌다

"크게 씩씩한[大壯] 것은 바르게 함이 이롭다."는 주역의 '대장이정(大壯利貞)'의 말씀이 떠오른 것은 화마에 휩싸인 숭례문을 보면서였다.

2008년 2월 10일(오후 9시 무렵), 숭례문 2층 누각에서 번진 불길은 쉽게 잡히지 않았다. 그 불길은 우리가 지켜보는 앞에서 끝내 국보 제1호를 삼켜 버렸다.

'숭례문'의 현판 글씨가 땅에 떨어졌다. 무너져 내리는 건물의 잔해를 바라보면서 참으로 많은 생각들이 오갔다. 착잡했다. 이글이글 성난 그 불꽃은 우리를 원망하는 듯, 이 사회를 질타하는 듯했다. 특히 '禮' 자가 가슴에 아프게 와서 꽂혔다.

610년의 역사를 지켜 온 우리의 정신, 선대(先代)의 혼이 혼비백산하실 일이었다.

지금이 어느 시대인가. 최첨단 소방 장비를 갖춘 소방방재청이 가까운 곳에 버젓이 있건만 대한민국 수도 한복판에서 이 같은 일이 벌어지다니. 나는 무너져 내리는 역사 앞에서 속절없이 무너져 내리는 우리 양심의 실체와 이 사회의 현주소를 짚어보지 않을 수 없었다.

임진왜란과 병자호란, 그리고 6·25전쟁의 와중에서도 끄떡없었던 '국보 1호'가 어떻게 아무 일도 없는 평화 시기에 이렇게 잿더미가 될 수 있단 말인가.

그것도 한 필부의 개인적인 분노로 말미암아 일어난 일이었다. 게다가 치밀하게 계획된 방화였고 천재(天災)가 아닌 인재(人災)라는 사실에 우리는 더욱 경악을 금치 못한다. 자신의 토지가 재개발 되는 과정에서 충분한 보상이 이루어지지 않자 국가에 대한 원망으로 불을 질렀다는 항변이 말이나 되는가. 이미 창경궁에도 불 지른 전과가 있는 채씨는 접이식 알루미늄 사다리, 시너를 담은 1.5리터 페트병 3개와 라이터를 들고 숭례문 2층 누각으로 올라갔다. 그는 이곳에 불을 지르기 위해 지난해 7월과 12월 두 차례에 걸쳐 숭례문을 사전답사 했다고 털어놓지 않은가. 민망하게도 그곳은 경비 부재의 사각지대였던 것이다.

2003년 192명의 사망자를 낸 대구 지하철의 방화범도 "세상에 앙갚음을 하고 싶었다."고 말했다. 그는 사회적 고립에서 생긴 분노와 공격 충동을 억제하지 못한 상태에서 아무 상관도 없는 지하철에 불을 질렀던 것이라고 설명했다. 무지막지한 공격성, 맹목적인 이기심, 날로 벌어지는 사회 계층 간의 빈부의 격차, 국민이 다 함께 행복하지 못한 세상, '대동(大同)'이 아닌 비대동의 현실. 인본(人本)정신이 결여된 물질만능의 시대, 문화유산 관계자들의 나태한 책임의식과 소방부처의 서

투른 대응; 게다가 공공 부처 간의 책임 떠넘기기식 회피. 이런 것들을 지켜보면서 그동안 쌓아올린 물질적 부가가치가 다 무슨 소용인가 싶었다. 허탈했다. 인문학의 총체적 위기를 통절히 외치는 청빈한 교수들의 심정을 알 것 같았다.

자고로 성(盛)한 것은 지키기 어렵다고 했던가.

마른하늘에서 갑자기 벼락이 치면 옛사람들은 놀라 하늘의 뜻을 묻고 스스로를 돌아보았다. 극단까지 가는 잘못을 경계하는 것이라 여겼다. 자신을 점검하고 스스로를 반성하며 살았다. 예(禮)를 숭상하자던 우리의 도덕정신, 그것을 불태운 이번 화재는 정체성을 잃은 이 시대에 대한 말없는 응징이라고 생각되었다.

대장이정(大壯利貞)과 극기복례(克己復禮)

주역에서 '예(禮)'를 언급한 것은 뇌천대장괘다.

공자는 '뇌천대장'괘에서 예(禮)의 윤리를 이렇게 제시한다.

"우레가 하늘 위에 있는 것이 대장(大壯)이니 군자가 보고서 예(禮)가 아니면 행하지 않느니라."[1]

우레가 진동하는 대장(大壯)의 상(象)을 관찰하여 군자는 그 장성함을 본받아 행하나니 "군자가 크게 장성함은 극기복례(克己復禮)보다 더한 것이 없다. 극기복례에 이르러서는 군자의 강하고 꿋꿋한 대장이 아니면 불가능하다."고 주자도 언급한 바 있다.

그런 까닭에 군자는 뇌천대장의 상을 보고서 예(禮)가 아니면 행하지

---

[1] 雷在天上이 大壯이니 君子以하야 非禮弗履하나니라.

않는다는 것이다. 공자는 『논어』에서도 예가 아니면 보지 말고, 예가 아니면 듣지 말고, 예가 아니면 움직이지 말라고 다시 한 번 강조했다.

뇌천대장(雷天大壯)은 뇌성이 하늘 위에 울려 퍼지는 상으로, 안으로는 강건[天=乾]하고 밖으로는 크게 움직여[雷=震] 문무(文武)를 겸한 장부처럼 씩씩하니 괘 이름이 '뇌천대장'인 것이라고 했다.

뇌천대장의 괘체(䷡)를 보면 한 괘에 4양(陽)이 이미 반을 넘어 길하다고는 하나 거기에는 오히려 '쇠퇴'하는 뜻이 담겨 있고 또한 임금의 자리인 5효에 음(陰)이 자리하고 있어 '바르게 해야 이롭다'는 '利貞'의 경계사를 두었다.

주자(朱子)는 '대장이정(大壯利貞)'을 이렇게 풀이했다.

"대장(大壯)의 도는 정정(貞正)함이 이롭다. 크게 장성하면서 그 바름을 얻지 못하면 강하고 사나운 일을 할 뿐이요, 군자의 도가 장성(壯盛)한 것은 아니다."

장성한 것이 바르지 못하면 폐역이다. 하나 어찌 장성할 때에만 그 바름[貞正]이 요구되겠는가. 미미한 악의 단초는 장성할 때까지 자라게 해서는 안 될 일이다.

이제 우리나라는 최근 몇 해 동안 IT산업 등으로 국민들의 소득이 제법 높아졌다. 해외에서도 국위가 제법 향상된 '大壯'의 시기라고는 하나, 물질의 가치가 정신에 미치지 못하는 인본(人本)정신이 결여된 그리하여 장성(壯盛)하면서도 그 바름을 얻지 못하고 있으니 지금 이 사나운 꼴을 당하고 있는 것이 아닌가 싶었다.

예(禮)란 사람이 지켜야 할 '마땅한 바'를 형식으로 나타낸 행동규범이다. 그 '마땅히 지켜야 할 바'란, 곧 '의(義)'라고 『예기』는 말한다. 의

(義)의 근거는 인(仁)이요, 예(禮)는 선(善)에서 나오며 의(義)는 인(仁)에 표준을 둔다. 인(仁)을 뿌리로 하여 의(義)라는 나무에서 꽃피어난 것이 예(禮)라는 것이다. 시든 나무에 인의(仁義)가 메마르니 이처럼 '예'가 땅에 떨어지고 마는 것 아닌가.

옛 사람이 이르기를 '스스로 이겨냄을 강하다'고 한다.

'극기복례'의 말씀은 자신의 충동을 억제하지 못하고 불을 지른 이번 방화범들에게만 해당하는 것이 아니다. 관리 소홀로 문화재를 불태운 해당 부서의 공직자들, 아니 우리 모두에게 그 책임이 있다고 보아야 한다. 그물코처럼 연관된 사회 전반의 나태한 의식, 도덕 불감증, 그동안 아무 제재도 없이 이곳을 무단출입한 거리의 부랑자들, 노숙자들. 숭례문 누각에서 라면을 끓여 먹고 소주병을 기울이며 아무 데고 소변을 보아 국보 제1호에 지른 내가 등천을 하게 하다니… "예가 아니면 행하지 말라."시던 공자님의 말씀이 사무쳐 온다.

유교의 궁극적 목표는 인의(仁義)의 도, 완성에 있다. 유교가 국시인 조선왕조에서는 '인, 의, 예, 지, 신(仁義禮智信)'의 오상(五常)을 자연히 중시하였고 오상은 다음과 같이 주역의 '건(乾)'괘와 연관되고 있다.

4대문과 원형이정(元亨利貞)

조선왕조를 건국한 태조 이성계는 송도에서 지금의 서울로 도읍을 옮긴 뒤 도성을 쌓고 4대문과 4소문을 짓게 했다. 태조의 두터운 신임을 받던 정도전이 대문의 이름을 모두 지었다. 그는 동서남북의 4대문에 주역 건(乾)괘의 덕성을 그대로 이름에 배치시켰다.

건(乾)괘는 64괘의 으뜸괘로 하늘을 상징한다. 여섯 효 모두가 양효로 괘(☰)의 체가 완전하고 강건중정(剛健中正)하며 순수한 힘 덩어리라 하겠다.

주나라 문왕(文王)은 건괘의 대상(大象)을 다음의 넉 자로 요약했다.

"乾은 元, 亨, 利, 貞하니라."

즉 하늘[乾]은 크게 시작[元]하고, 길이 형통[亨]하며 널리 이롭고[利], 바르고 굳게 지킨다[貞]는 천도(天道)의 덕성을 천명했던 것이다.

원형(元亨)은 봄, 여름의 양도(陽道)요, 이정(利貞)은 가을과 겨울의 음도(陰道)이다. 세상 만물은 봄의 덕인 元에 바탕하여 생겨나오며(生), 여름의 덕인 亨으로 자라게 되고[長], 가을의 덕인 利로 결실을 거두어[收], 겨울의 덕인 貞으로써 갈무리되니(藏), 삼라만상의 생장수장(生長收藏)이, 곧 乾의 '원형이정' 4덕(四德)에 말미암는다. 이 네 단계는 하나의 서클을 형성하며 순환 과정을 반복한다. 이는 우주의 질서로 인간의 생로병사가 그렇고 지구의 성주괴공이 또한 그러하다.

주자는 건(乾)괘를 이렇게 정리했다.

천도(天道)로써 말하자면 '원, 형, 이, 정'이 되고,

인도(人道)로써 말하자면 '인, 예, 의, 지'가 되고,

방향으로써 말하자면 '동, 남, 서, 북'이 되고,

사시(四時)로써 말하자면 '춘, 하, 추, 동'이 된다.

이것을 세로로 묶어 보면 둘째 줄은 '형, 예, 남, 하(亨 禮 南 夏)'가 된다.

정도전은 이와 같이 남문에 예(禮)의 덕성을 배대하여 예를 숭상한다는 '숭례문'으로 이름 지었다. 남쪽 방향은 인도(人道)로써 말하자면

예(禮)요, 계절로는 여름이며 오행으로는 불(火)이다. 남방은 '이(離)'괘
로 어차피 숭례문은 불과 밀접한 관련이 있었다.

정도전과 함께 조선왕조의 건국공신인 권양촌이 '한양오덕구(五德丘)'
를 지어 서울의 풍광을 찬미한 바 있었는데, 서울을 둘러싼 명산의 모
습을 보고 그는 이것을 오행(五行)에 비유했다. 즉, 한가운데 우뚝 솟은
북악은 둥근 형세니 토덕(土德)이 분명하고 남쪽에는 관악이라, 뾰족한
형세니 화덕(火德)이라는 식이었다. 풍수에서는 산의 모습이 뾰족뾰족
하고 날카로운 모습의 바위로 되어 있으면 이를 화체(火體)로 간주한다.
불꽃으로 보는 셈이다. 숭례문 밖에는 이 화체산인 관악이 떡 버티고
있다. 관악의 화기(火氣)를 누그러뜨리기 위해 선대의 조상들은 숭례문
옆에 미리 연못을 파두었던 것이다. 연못의 이름은 남지(南池). 모자라
는 것은 도와주고 보충해 준다는 비보(裨補)의식에서였다. 지금 그 자
리는 메워지고 쓸쓸한 표석만이 남아 화마를 염려하던 선인들의 선견
지명을 되새기게 한다.

정도전은 이와 같이 동대문에는 仁의 덕성을 배대하여, 동쪽 문을
출입할 때는 인자한 마음을 일으키라는 뜻으로 '흥인지문(興仁之門)'이
라 했고, 서대문은 의(義) 자를 가져와 의리를 도탑게 하라는 뜻으로
'돈의문(敦義門)'이라 하였다. 북대문은 원형이정의 정(貞)과 智의 덕성
을 차용해 '숙정문(肅靖門)'이라 이름 붙였다. 그리고 간방(間方)에 해당
하는 4소문(小門)에는 혜화문(惠化門), 소덕문(昭德門), 광희문(光熙門), 창
의문(彰義門)이라 이름 지었다. 또한 여덟 개의 문 중심에는 토(土)의 신
(信)을 상징하는 보신각(普信閣)을 지어 주요 행사 때마다 종을 울렸다.
유교의 지침대로 오상(五常)을 근본으로 하여 인의예지신의 덕목을 활

성화하고 그것을 적절하게 배치시켰던 것이다.

대동문(大同門)

이제 평양의 대동문(大同門)으로 가보자. '대동(大同)'이라 함은 유교에서 가장 희구하는 이상사회를 일컫는다. 그 이상사회란 우리가 꿈꾸는 유토피아로 대동세계를 가리킨다. 대동(大同), 크게 공평하고 모든 이의 복지가 같다는 뜻이다. 유학(儒學)의 근본사상은 대동중정(大同中正)'으로 '대동(大同)' 역시 주역에 바탕을 두고 형성된 지침(指針)이었다.

숭례문은 건(乾)괘의 '원형이정'을 취했지만 대동문은 건(☰)괘의 구오가 변한 '화천대유(火天大有)'괘에서 '대(大)'와 구이가 변한 '천화동인(天火同人)'괘에서 '동(同)'자를 가져와 '大同'단결의 정신을 구현코자 했다.

하늘과 불이 '천화(天火)동인(同人)'이니 하늘과 불의 양기(陽氣)가 함께 상승하여 어울려 친함이 바로 '동인'이라는 것이다. 서로 협동하여 대동화합을 이루면 이상사회를 세울 수 있다고 믿었다.

'화천대유(火天大有)'란 하늘 위에 태양이 빛나는 것이니 '대유(大有)'괘라 한다. 그 덕을 본받아 악을 막고 선을 드날려 하늘에 순응하고 문명을 아름답게 하자는 뜻이 담겨 있다.

유류상종(類類相從)이라고 했던가. 하늘과 불은 그 기세가 위로 치솟고, 땅과 물은 아래로 향한다.

하늘과 불의 크고 밝은 기운.

대동문 역시 숭례문처럼 건(乾)괘와 이(離)괘를 떠나지 않았다. 천화동인과 화천대유로 온 세상이 문명한, 살기 좋은 이상(理想)사회를 실현코자 했음일 터. 그런데 지금 '대동문' 아래에 사는 인민들은 어떠한

가? 살기 좋은 문명(文明)한 세상인가 궁금하지 않을 수 없다.

『예기』는 대동세계의 이상국가를 이렇게 기술했다.

"대도(大道)가 행하매 천하가 공평하나니 어진 이를 선거하여 정치를 하게 하고, 능력자에게 행정을 맡겨서 믿음의 사회, 화목한 가정을 만든다. 그러므로 사람은 홀로 그 어버이만을 친하지 않고, 그 자식만을 사랑하지 아니하여 늙은이로 하여금 임종할 곳이 있게 하고, 젊은이로 하여금 쓰일 곳이 있게 하며, 어린이로 하여금 자랄 곳이 있게 하며, 홀아비, 과부, 고아 자식 없는 늙은이로 하여금 모두 봉양할 곳이 있게 한다.

남자는 직분이 있고 여자는 시집 갈 데가 있게 한다. 재물을 아끼지만 반드시 자기 집에만 저장하지 않으며, 능력을 존중하지만 반드시 자기만을 위하지는 않으니 이러한 까닭으로 술수가 사라지고 도적이 없어져 대문이 있어도 잠그지 않고 산다."

이상적인 대동의 세계이다. 복지가 잘 구현된 이상국가다. 그러나 이상(理想)은 이상으로 그쳐서는 안 된다. 현실이 뒷받침되지 않은 이상, 실천이 없는 이상이란 더 이상 이상이 아니다.

문(門)이란 무엇인가

우리가 추구해야 할 윤리적 가치, 드높은 정신의 표상(表象)이 아닌가. 문은 국가의 지도 이념이기도 했다. 인민이 평등하게 대접받는 대동사회를 구현한다는 북조선인민공화국과 동방예의지국임을 자처하던 대한민국의 현주소를 돌아보며 왠지 쓸쓸한 아이러니와 어떤 괴리감마저 느끼게 된다.

숭례문은 조선시대부터 서울의 도성을 둘러싸고 있던 성곽의 남문이다. 태조 7년(1398)에 완성되었다. 가장 오래된 목조건물로 남한의 국보 제1호다. 대동문은 북한의 국보문화유물 제4호다. 평양성의 동문으로 태종 6년(1406)에 창건되었으며 현판의 글씨는 양사언이 썼다고 한다.

정 남방에 위치한 숭례문은 '이(離)'괘에 해당하므로 타오르는 불꽃을 형상하고자 양녕대군이 세로로 썼다고 한다. 활달한 그의 기백과 웅혼한 정신이 느껴진다. 이번 불길에 그만 땅에 떨어져 곳곳에 금이 가고 귀퉁이가 떨어져 나간 그 현판을 보면서 그분께도 죄송스러운 마음이 들었다. 어느 분은 우리의 호적을 잃어버린 것 같다고 허탈해했다. 태조 이성계, 태종 이방원, 그의 맏아들인 양녕대군께서 과연 혼비백산하실 일이었다.

연일 숭례문 앞에 추모의 발길이 이어지고 있다. 조화를 놓고 애도하는 시민들, 조화에는 "조상님의 유산을 못 지켜 죄송합니다."라는 검은 리본도 매달려 있다. 김덕수 사물놀이패가 〈진혼비나리〉를 연주하고 〈진도씻김굿〉을 펼쳤다. 상복을 입고 삼베 두건을 쓴 이들의 공연을 지켜보는 시민들의 눈가도 축축했다. 숭례문의 넋을 기리는 49재가 3월 29일 낙산사에서 열렸다. 3년 전 낙산사도 같은 아픔을 겪은 경험이 있어 우리 문화재 보존에 대한 경각심과 중요성을 되새기자는 차원에서 행사를 마련하게 됐노라고 전했다.

숭례문을 되살리는 문화재 복원은 겉모습만으로는 되지 않는다. 숭례문에 담겨 있던 역사정신과 문화적 가치를 인식하고 조심스럽게 이를 오늘에 되살리고자 하는 정성을 모아야 할 것이다.

문화는 국력이다. 시커멓게 타버린 잿더미 위에서 문화의 세기를 맞아, 결의를 새롭게 다지고 문화국민으로서의 자긍심을 회복해야 할 때라고 생각한다.

안으로는 절도(節度)를 지키고, 자신을 규율(規律)하는 예(禮)를 지니지 않은 사람은, 어느 때건 위험한 지경에 이르게 된다는 충고가, 바로 이번 화재가 우리에게 보여 준 메시지가 아닐까 생각한다.

"대장(大壯)은 바르게 함이 이롭다."는 주역의 말씀을 마음에 깊이 새겨둔다.

대담

불교와 죽음과 문학

세계 대문호들의 삶과 죽음을 다룬 『그들 앞에 서면 내 영혼에 불이 켜진다』를 출간하고 나서 『현대불교신문』에서 '불교와 죽음과 문학'을 주제로 김홍근 박사와 나눈 대담(2012년 3월 5일). 불교의 생사관이 동·서양 문호들에게 어떤 영향을 주었는지 조명했다.

대담자 : 김홍근 박사와 맹난자 수필가

김홍근 박사(이하 김): '52명 작가의 묘지 기행'은 참으로 범상치 않은 순례의 기록입니다. 독자는 이 '죽음의 사례집'을 읽음으로써, 결국 '삶의 사례'라는 선물을 받는 것 같습니다. 선생님께서는 언제, 어떤 계기로 '죽음'이라는 화두를 참구하게 되셨는지요?

맹난자 수필가(이하 맹): 가족의 죽음을 통해서였습니다. 고등학교 시절 남동생의 죽음, 심장마비로 돌아가신 어머니, 불의의 사고를 당해 식물인간이 되신 시부모님의 용태를 오랫동안 지켜보면서 마치 백골관(白骨觀)을 명상하듯 죽음과의 대면은 불가피한 것이었습니다.

김: 책 제목 『그들 앞에 서면 내 영혼에 불이 켜진다』는 위대한 작가가 잠든 묘지를 찾아가, 현장에서 그 영혼과 대화를 나눈 저자의 체험을 고스란히 드러낸 말로 보입니다. 하고많은 장소 중에서 유독 '죽음의 장소'에서 오히려 편안함과 인생의 오의를 느끼신다는 선생님은 참으로 별난 분 같습니다. 선생님, 왜 그렇게 별난 일을 하셨습니까?

맹: 우선 그곳에 가면 마음이 편안했습니다. 죽음 쪽에서 인생을 바라본다는 것, 의미 있는 인생의 대학습장이지요. 공원 묘역에 깃들이다 보면 인생의 문제들이 하잘것없어지고 하심(下心)이 된 듯 마음이 순하게 다스려졌습니다.

김: 엔도 슈사쿠에 대해 쓰신 글 제목이 '오늘까지의 내 인생에서, 쓸모없는 것은 무엇 하나 없었다'인데요, 기독교를 믿는 작가로서 이런 '번뇌즉보리'를 깨닫기가 쉽지 않았을 것 같습니다. 선생님은 이 가톨릭 작가가 불교와 기독교 간의 깊은 소통을 이루었다고 보십니까?
엔도의 '선악불이(善惡不二)' 사상과 함께 말씀해 주십시오.

맹: 엔도는 인간의 마음을 다루는 소설가로서 이분법적인 기독교 사고방식에 회의를 품고 있다가, 불교에서 말하는 '선악불이(善惡不二)' 사상에 대해 깊은 감동을 받았습니다. 선과 악은 둘이 아니듯, 죄와 구원도 둘이 아니라 표리일체라는 것이지요. 죄 가운데 그 사람의 재생의 욕망이 숨겨져 있다는 것을 알고는 죄조차도 무의미한 것이 아니라며 마이너스를 부정하기보다는 그것을 플러스로 전화(轉化)할 것을 권장합니다. 번뇌가 보리(菩提)로 전환하는 단계지요. 악이나 죄를 통해 번뇌의 유용론(有用論)을 말합니다. 여기에서 한걸음 더 나아가 혜능선사의 '불사선 불사악(不事善 不事惡)'을 생각하게 됩니다. '선악'마저도 분별하지 말라는 말씀을 되새기게 됩니다. 작가로서의 엔도는 가톨릭에만 머무르지 않고 우주 전체를 신의 사랑으로 감싸보려는 종교 다원주의를 표방한 휴머니스트였습니다. 말년의 작품 「깊은 강」의 주인공 오쓰는 바로 작가의 분신이었죠.

만약 그가 김수환 추기경과 법정 스님의 악수를 지켜보았다면, 우리는 이 양심적인 작가의 회심의 미소를 볼 수 있었을 것입니다.

김: 선생님 책에서 "작가의 고통에 동참하는 일은 단순한 위안을 넘어 영혼을 정화시키는 씻김굿과도 같은 의식이 아닐까 생각한다."는 구절을 읽었습니다. 묘지에서 초혼(招魂)하여 망자의 한풀이를 들어주고, 그 상처를 쓰다듬어 주고, 같이 울고 웃고 하는 선생님의 모습을 보면서, 이런 표현이 실례지만 선생님께서는 '문학무당' 같아 보입니다. 대작가들의 사생관을 추적하면서, 과연 본인은 어떤 씻김굿의 업장소멸 체험을 하셨는지 궁금합니다.

맹: 묘지 앞에 설 때나 그 작가에 대해 글을 쓸 때는 그의 영혼이 내게 이입되기를 바랐어요. 더 많이 더 아프게 느끼고 싶었고 그러다 보면 어느새 내 안의 상처가 씻겨 내려갔습니다. 정신병원에서 죽은 모파상이나 보들레르를 찾아갈 때, 어릴 적 내 기억의 한토막이 떠올라 가시를 삼키는 것 같았습니다.

허난설헌의 「곡자(哭子)」를 동생의 무덤에 기대 읽어 주면서 내 슬픔을 완화시켰습니다. 작가의 고통에 동참하는 일은 그분에 대한 진혼이자 내 안의 트라우마(상처)를 녹여내는 업장소멸과도 같은 행위였다고 생각됩니다.

김: 죽음과 무상은 불가에서도 발보리심의 원천으로 삼았습니다. 소동파는 나이 40세 전후하여 정치를 비판하는 시를 썼다가 투옥 당하면서 인생의 무상함을 느끼고 불교에 귀의한 것으로 알고 있습니다. 소동파가 불인요원(佛印了元) 선사와 상총조각(常總照覺) 선사에게 참문한 이야기를 들려주십시오.

맹: 소동파가 황주에서 불인요원 선사를 찾아갔습니다. 선사는 동파에게 "여기에는 앉을자리가 없으니 거사께서는 편한 대로 하시죠"라는 의미 있는 질문을 던졌습니다. 동파는 선사에게 "그럼 스님의 좌대를 빌려서 제 앉을자리로 삼겠습니다."라고 말하자 선사는 "저는 출가한 사람으로 지수화풍 사대가 모두 비었고 오온도 존재하지 않으니 어디에 앉으시렵니까?"라고 반문했습니다. 이에 말문이 막힌 동파는 약속대로 그의 옥대를 풀어 선사에게 드렸고, 선사는 그에게 화두를 주었습니다. 제가 그 당시 소동파였다면 선사를 깔고 앉아보겠습니다만, 김 박사님 같으면 이 질문에 어떻게 답하겠습니까?

김: 저는 잘 모릅니다. 그냥 절하고 그 자리에 공손히 앉을 뿐이지요.

맹: 그 뒤 소동파가 상총선사를 찾아가 법을 청했을 때, "대관은 어찌 무정(無情)설법을 듣지 않고 유정(有情)설법만을 들으려 하십니까?"라는 한마디에 다시 말문이 막혔습니다. 그는 '무정설법'이란 화두를 안고 달리다가 어느 계곡에 이르러 우렁찬 폭포 소리에 막혔던 가슴이 확 뚫리고 눈이 환하게 밝아졌다고 합니다. 이때의 게송이 "계곡 물소리는 모두 다 장광설이고[溪聲便是長廣舌] 산색은 어찌 청정법신이 아니리오[山色豈非淸淨身]."입니다.

김: 소동파는 계곡 물소리를 듣는 순간, 주객탈락의 체험을 하고 무정설법을 깨달 았군요. 한편 선생님께서는 또한 '주역(周易)'에 대해서도 평생을 바쳐 공부해 오셨는데요, 소동파의 「적벽부」에 보이는 '현상, 본체, 중도묘용'의 대목을 주역 의 '변역(變易), 불역(不易), 이간(易簡)'으로 풀어 주시겠습니까?

맹: 「적벽부」는 겨우 몇백 자로써 우주 가운데 인간존재의 왜소함과 자연의 무궁함 을 실감나게 그린 천하의 명문입니다. 게다가 불교와 주역의 이치를 담고 있습 니다. 동파가 객과 더불어 뱃놀이를 하는데 어떤 손님이 슬프게 퉁소를 부는지 라 그 까닭을 물었습니다. "인간이 세상에 붙어 있는 것은 마치 하루살이의 짧 은 삶을 천지간에 의탁한 거와 같고 아득한 창해의 좁쌀 한 알이라. 내 일생의 짧음을 슬퍼하고, 강산의 무궁한 경치를 영원히 누릴 수 없으니 그것을 슬퍼한 다."고 하자 그는 이렇게 위로합니다.

"그대는 저 물과 달을 아는가? 흘러가는 것은 이와 같다지만 그러나 일찍이 가 는 것만이 아닌 것을. 가득 참과 비움[盈虛]이 저와 같으나 마침내 소장(消長)할 수 없음이라." 즉 물이 흐르되 다 흘러 버린 적이 없고 달이 만월이 되거나 기 울어 초승달이 되어도 달은 끝내 없어지거나 사라지지 않는다. 영허소장(盈虛 消長)은 현상계의 작용일 뿐, 본체는 변하지 않는다는 것이지요.

현상계의 본질은 『반야심경』의 부증불감(不增不減)과 같이 늘지도 줄지도 않 는다는 것입니다. 본체는 불변이로되, 현상계는 영허소장을 거듭하므로 변화 의 관점에서 본다면 세상의 그 어떤 것도 변하지 않는 것이 없습니다. 이것이 주역의 첫 번째 원칙인 변역(變易)이요 변하지 않는다는 관점에서 본다면 만 물은 시시각각 변하되 그 가운데 영원히 불변하는 것이 있습니다. 이것이 불역 (不易)입니다. 만물을 변화하게 하는 그 이치는 변치 않는다는 것이지요. 사계 절은 현상으로서 변화하되 그 운행의 질서만큼은 변치 않는 그 근거를 가리켜 도(道)나 리(理) 또는 태극(太極)이라고 합니다. '이간(易簡)'이란 쉽고 간단하다 는 건괘와 곤괘의 공능(功能)을 말한 것입니다. 천지의 도는 쉽고 간단하다는 뜻인데, 선가(禪家)에서 말하듯이 배고프면 먹고 졸리면 자는 평상심(平常心)을 가리킨 것입니다.

김: 영문학자였던 임어당은 셰익스피어를 두고, "셰익스피어는 인생을 널리 있는 그 대로 보았다. 그는 대자연 그 자체와 같았다."고 평했습니다. 이 '자연에 순응하는 인생'은 많은 의식 있는 사람들의 소위 로망인데요, 운명에 통달한 노련한 생의 달관자인 셰익스피어의 말년과 사생관은 어떤 것이었는지 궁금합니다.

맹: 초등학교 학력밖에 없던 그가 영국 왕실의 지원을 받아 극단의 대표가 되고 필사적인 노력을 기울여 부와 명예를 일구어냅니다. 그러나 한풀이처럼 보이는 성공 뒤에 다 이룬 자의 방하착이랄까, 무상함을 절감하며 그는 고향에 돌아와 만년을 친구들과 어울려 소탈하고 즐겁게 지내다가 죽었습니다. 다만 하루하루를 '일일시호일(日日是好日)'로 지내던 그는 마치 선지식 같아 보였습니다. 임어당의 말대로 '대자연 그 자체'처럼 살았고, 자연의 조화(造化)를 따라 사라진 것입니다. 동양의 순천관(順天觀)과 다르지 않습니다.

김: 선생님은 평생 수필가로 활동해 오셨기에, 1580년에 간행된 『에세』로 '에세이' 장르의 비조가 된 몽테뉴와 작가로서의 친밀감을 느끼셨을 것으로 짐작됩니다. 그리고 20대부터 임어당의 『생활의 발견』을 읽고 그의 낙관적인 수필을 좋아한다고 하셨습니다. 선생님은 한국을 대표하는 수필가 중의 한 분으로 손꼽히는데요, 몽테뉴, 그리고 임어당과 더불어 선생님의 수필관에 대해서도 듣고 싶습니다.

맹: 몽테뉴는 초기에는 금욕주의적인 스토아철학에 경도되어 죽음을 염두에 두고 대비하라고 강조했으나, 나중에는 모두 자연에 맡기고 그저 자연에 따르라고 합니다. '당신의 죽음은 우주 질서의 여러 부품 중 하나다. 이 세상의 생명의

한 부품'이라면서 천성에 따라 자연을 즐기는 에피큐리언이 됩니다. 감각적 쾌락에서조차도 그는 온 정신으로 그것을 증폭시켜 충일한 것이 되기를 바랐습니다. 이 경지를 '완성'이란 말로 표현했는데 불교의 상락아정(常樂我淨)과 연결지으면 어떨까요? 에피큐리언(쾌락주의자)인 임어당은 현세의 삶에 모든 가치를 두고 이 지상을 있는 그대로의 천국으로 보았습니다. 현세에서 인생을 만끽하고 매순간을 충실하게 살려고 한 그는 바로 깨어 있는 선지식이었습니다.

문학은 작가 정신의 성장 기록표입니다. 문학을 통해 성인의 경지에 오른 작가들의 지고한 정신을 만나면, 문학이 곧 구도의 여정임을 알게 됩니다. 특히 수필은 허구가 허용되지 않는, 작가 내면의 탐구로 이어지는 문학이기 때문에, 인생과 우주를 바라보고 이해하는 눈이 성숙되어야 합니다. 성숙한 인생관을 갖지 않으면 좋은 수필은 기대할 수 없다고 봅니다.

김: 일본의 바쇼나 그리스의 카잔차키스는 여행길에서 죽음을 맞이했는데, 글쓰기와 여행, 그리고 죽음은 어떤 관계에 있을까요?

맹: 여즉인생(旅則人生)이라며 인생 자체를 하나의 시간 여행에 비유했던 바쇼. 그는 길을 떠남에 매번 비장했습니다. "머리가 세어 백발이 되는 한이 있어도 돌아올 수 있다면 목숨은 다시 주운 것과 같은 것." 이렇게 적고 있지요. 당시 여행 조건이란 생환(生還)을 확신할 수 없는 때이기도 했으니까요. 그는 오로지 시인으로서 하이쿠의 시적 세계를 전파하는 데 온 힘을 쏟으며 문학만을 위한 여행이었습니다. 작가들에게 여행이란 새로운 세계를 만나는 영혼의 창과도 같습니다.

카잔차키스 역시 백혈병을 앓으면서도 74세의 나이로 생을 마감할 때까지 오디세우스처럼 많은 나라를 떠돌아 다녔습니다. 랭보, 에드거 앨런 포, 톨스토이, 두보, 바쇼, 김삿갓도 여행길에서 최후를 마쳤습니다. 걷는 것 그 자체가 하나의 인생이며 죽음이 아닐까 생각됩니다.

김: 공초 오상순 선생과 카잔차키스 두 분의 묘비명이 모두 '자유'를 노래한 것이라는 점이 재미있습니다. 동서의 대자유인이었던 두 분의 묘비명을 소개해 주시고, 문학과 자유와 죽음에 대해 말씀해 주십시오. 그리고 공초 선생의 마지막 말씀, "자유가 나의 일생을 구속했구나!"를 어떻게 받아들여야 할지요?

맹: "나는 원하는 게 없다. 나는 두려운 게 없다. 나는 자유이므로." 이것은 카잔차키스의 묘비명입니다. 그가 평생에 걸쳐 추구해 온 테마도 '자유'였습니다. 한편 공초(空超) 선생은 누구보다도 철저하게 무정처, 무소유의 생활로 자유를 추구해 왔음에도, 마지막에는 "자유가 나의 일생을 구속했구나!"라는 할을 던집니다. 카잔차키스는 끝까지 자유에 붙들려 있었는데, 공초는 그 자유를 걷어찬 것입니다. 즉 무심(無心)을 도라 이를 때 벌써 무심이라는 한 겹 관문을 두르게 되듯, 자유도 그런 것이 아닐까요? 본래 무아(無我)인데 따지고 보면 어느 자리에 속박과 자유가 따라 붙겠습니까? 선생은 그것을 역설적으로 우리에게 던진 게 아닐까 생각됩니다. 왜냐하면 묘비명의 시구가 그런 생각을 갖게 합니다.

'흐름 위에 보금자리 친, 오 흐름 위에 보금자리 친 나의 혼(魂)!'

우리의 존재가 가합(假合)인 그 실체 없음을 아셨기에 어디에도 주(住)하지 않고, 흘러가는 흐름 위에 보금자리를 틀고 실제로 그렇게 사셨던 분이지요. 참으로 많은 것을 시사합니다.

김: 저로서는 요즘 같은 책의 홍수 시대에 이렇게 진지한 저작물이 나와서 너무나 반가웠습니다. 아마도 그래서 이 책이 제17회 신곡문학상 대상을 수상할 수 있었겠지요. 칠순을 넘긴 선생님은 책에서 "등짝에 바짝 붙은 죽음과 동거 중"이라고 하셨는데, 요즘 이렇게 '몸으로 죽음을 학습'하는 소감은 어떠신지요?

맹: 몸으로 체감하는 것만큼 정직한 것은 없는 것 같습니다. 요즘 여러 증세를 겪으면서 오온(五蘊)의 해체를 짚어 볼 때도 있습니다. 몸이 무거운 날은 그대로

땅속에 묻히는 심정으로 드러눕습니다. 그러면 얼마 뒤 나는 한 줌 흙으로 화(化)하겠지. 한 줌 흙으로 세월과 더불어 스러지겠다는 생각이 들자 상상 속에서 내 몸이 산화되는 게 느껴집니다.

젊어서 죽었다면 아마 죽음을 잘 수용하지 못했을 거예요. 늙어서 자연으로 돌아가는 그 과정이 생략된다면, 죽음의 수용은 허약할 수밖에 없겠지요. '이제 됐다'는 생각이 들 때까지 노쇠를 겪는 것은 좋은 일인 것 같습니다. 저는 충분히 살았어요. 무르익은 과일이 나무에서 떨어지듯 아무 불만 없이 그렇게 낙과(落果)하려고 합니다.

김: 짧지만 유익한 시간이었습니다.

맹: 고맙습니다.

대담자: 김홍근 박사는 한국외국어대 스페인어과와 동대학원을 졸업하고, 스페인 마드리드 대학에서 박사학위를 취득했다. 현재 문학평론가, 한국간화선연구소 책임연구원이다. 저서로는 『참선 일기』 『보르헤스 문학전기』 『활과 리라―옥타비오 파스의 시론』 『보르헤스의 불교 강의』 등이 있다.